W0386873

Retour au ranch

Du même auteur
aux Éditions J'ai lu

L'aventurier solitaire, *J'ai lu* 6236

Elaine Barbieri

Retour au ranch

Traduit de l'américain par Catherine Plasait

J'AI LU

Titre original :

RENEGADE MOON
Leisure Books, published by
Dorchester Publishing Co., Inc., New York

© Elaine Barbieri, 2003
Pour la traduction française :
© Éditions J'ai lu, 2004

À Michael Barbieri Junior,
nouveau venu dans le clan Barbieri.
Avec tout mon amour, petit chéri.

PROLOGUE

Territoire d'Arizona, 1880

Les détonations se répercutaient contre les flancs des montagnes brûlées de soleil, les balles explosaient sur le sol. Quince se retourna vivement en entendant une sorte de hoquet et vit Jeremy Sloan porter la main à sa poitrine tandis qu'il glissait doucement à terre.

Quince embrassa la scène du regard, conforté dans sa décision par les gémissements du jeune soldat. La situation était sans espoir, et les risques de pertes humaines trop importants. Éclaireur dans l'armée depuis fort longtemps, il n'ignorait pas que le territoire d'Arizona était le fief des Apaches, ce qui leur donnait un avantage certain, surtout à cet endroit.

Esquivant une nouvelle salve, Quince s'approcha de son supérieur et déclara sans détour :

— Geronimo nous a entraînés là où il le souhaitait, commandant.

— Nous sommes cinq fois plus nombreux. Nous l'attraperons, cette fois.

— Ils sont terrés derrière ces rochers. Vos hommes tirent sur des ennemis invisibles pendant que ceux-ci les descendent un à un.

— Nous l'avons poursuivi jusqu'ici, il ne nous reste plus qu'à attendre qu'il se montre.

— Je ne crois pas.

Quince travaillait avec le commandant Jonah Tremain depuis plusieurs mois. Diplômé de West Point, membre d'une famille qui s'était distinguée au service de son pays, le commandant était un jeune homme sérieux, un militaire consciencieux. Ses hommes l'aimaient et le respectaient, Quince y compris. Ayant à peu près le même âge, Tremain et lui étaient devenus amis.

Sachant que Tremain se fiait à son expérience des Apaches, il insista :

— Voilà des années que Geronimo nous glisse entre les doigts. Il savait parfaitement que nous étions à ses trousses. Il ne nous aurait pas amenés jusqu'ici sans une bonne raison.

— Que voulez-vous dire ?

— À mon avis, c'est un piège.

Les sourcils froncés, Tremain allait répondre quand un brouhaha parmi ses hommes le fit se retourner. Plissant les yeux, il observa les parois rocheuses qui les surplombaient, puis il jura entre ses dents et s'adressa à son second :

— Ils ont cessé le tir, lieutenant. Envoyez le sergent Wiggins et quelques hommes en éclaireurs.

Tremain s'assombrit davantage lorsque les soldats revinrent, quelques instants plus tard, et annoncèrent :

— Ils sont partis, bon Dieu ! Geronimo s'est juste arrêté pour les regrouper. Et maintenant, ils vont s'en tirer...

Sans attendre le commentaire de Quince, Tremain lança à l'officier qui attendait ses ordres.

— Désignez quelques hommes pour assister les blessés, et que les autres remontent en selle. Nous allons les pourchasser.

— Je vais d'abord aller jeter un coup d'œil là-haut, proposa Quince, soudain envahi par un mauvais pressentiment.

— Pas le temps ! Si Geronimo prend trop d'avance sur nous, nous le perdrons...

L'estomac noué, Quince regarda les soldats enfourcher leurs montures. Il contemplait les montagnes, le visage fermé, lorsque Tremain lui demanda :

— Que se passe-t-il ? Vous ne nous accompagnez pas ?

— J'ai une sale impression, commandant.

Après une brève hésitation, ce dernier secoua la tête.

— Je ne peux me fonder sur des impressions pour prendre des décisions, et je ne veux pas prendre le risque que Geronimo nous échappe une fois de plus.

Sur ces mots, Tremain donna le signal du départ à ses hommes. Quince se dirigea d'un pas vif vers sa monture.

Les chevaux peinaient sur la pente abrupte. Quince fermait la marche, les yeux rivés sur la patrouille. Soudain, alors qu'ils atteignaient la crête, un coup de feu retentit. La troupe s'arrêta net. Alors que les soldats se mettaient à couvert, le commandant s'effondra sur le sol.

Quince éperonna son cheval et bondit à terre. Se glissant de rocher en rocher pour éviter les tirs des Apaches, il se rapprocha de l'officier. Celui-ci était immobile, mais sa poitrine se soulevait en rythme.

Il était vivant !

Sans hésiter, Quince rampa jusqu'au soldat le plus proche.

— Je vais chercher le commandant. Couvrez-moi. Que pas un Apache ne sorte la tête.

Il progressa prudemment, jusqu'à se retrouver à quelques mètres du commandant, qui avait perdu connaissance. Il se retourna, eut un signe de tête à l'intention des soldats, et tandis que les balles fusaient de toutes parts, il parvint à ramener Tremain à l'abri.

Il avait à peine repris son souffle que déjà le sergent Pace donnait les premiers soins au blessé.

— Bon sang, vous auriez dû m'écouter, Jonah ! maugréa Quince d'une voix haletante.

— Bon sang, j'aurais dû vous écouter, Quince.

Debout au pied du lit du commandant, à l'infirmerie, Quince demeura silencieux. Les yeux creux, le teint blafard, Jonah paraissait aussi faible qu'un nouveau-né. Sa blessure à la jambe était sérieuse, et il avait perdu énormément de sang.

Il avait failli périr en tentant vainement de capturer Geronimo, deux jours plus tôt, pourtant, dès qu'il avait repris connaissance, il s'était inquiété pour ses hommes.

Contrarié, il murmura :

— Alors il s'en est encore sorti !

Quince haussa les épaules.

— Geronimo connaît ces montagnes comme sa poche. Voilà vingt ans qu'il se joue de nous.

— Ce monstre assoiffé de sang !

— Vous l'aurez la prochaine fois.

— *Nous* l'aurons.

— Non, pas *nous*.

— Comment cela ? fit Jonah, déconcerté.

— Je suis venu vous dire au revoir. Je rentre chez moi.

— Chez vous...

— Au Texas.

— Pourquoi ?

— Des affaires.

— C'est un peu soudain, non ?

La lettre dans la poche de sa chemise semblait le brûler lorsque Quince répondit :

— Pas tellement. Cela fait cinq ans qu'elles m'attendent.

Il y eut un bref silence.

— Pas moyen de vous faire changer d'avis, n'est-ce pas ? risqua Jonah. J'espérais vous compter parmi nous quand nous débarrasserions la région de ces sauvages.

Le sourire de Quince s'évanouit tandis qu'il se remémorait leur première rencontre, quelques mois plus tôt. Vêtu de son uniforme impeccable, l'officier Tremain n'avait pu réprimer un léger frisson de dégoût à la vue de son pantalon de cuir éculé et de ses cheveux trop longs. Homme intelligent et intuitif, il avait cependant bien vite révisé son jugement sur celui qu'il considérait dorénavant comme un ami.

Un ami, se dit Quince. Une denrée rarissime, dans un monde où les maris se retournaient contre leurs femmes, les frères contre leurs frères.

— Je l'espérais aussi, répondit-il avec sincérité.

Le teint terreux, Jonah était visiblement à bout de forces. Plein de remords, Quince s'approcha du lit.

— Au revoir, Jonah. Bonne chance. J'ai été heureux de vous connaître.

Quince pivota sur ses talons et quitta l'infirmerie. Il s'immobilisa un instant devant la porte qu'il venait de refermer, se rappelant le contenu de la lettre qu'il avait découverte à son retour au fort, deux jours auparavant. Vieille de plusieurs mois, elle l'avait suivi dans ses pérégrinations avant de l'atteindre enfin.

Et après l'avoir lue, il n'avait pas hésité. Abby l'appelait au secours, il lui fallait rentrer à la maison.

1

Texas

Le soleil brûlait le dos de Quince tandis qu'il guidait sa monture avec précaution le long de l'étroite piste. Il contemplait le paysage familier avec des sentiments doux-amers. Les dernières fleurs sauvages de la saison égayaient encore le sol, mais bientôt l'été dessécherait la terre.

Il se rappelait les nombreuses fois où, adolescent, il avait emprunté ce raccourci pour rentrer chez lui. Il en connaissait les avantages comme les dangers. À l'époque, il ne se souciait guère de traverser la propriété de Potter, ni des colères que piquerait ce vieux fou s'il l'apercevait. À la vérité, il ne s'en souciait pas davantage aujourd'hui.

Il lui vint à l'esprit qu'il n'avait pas tellement changé, puis il se ravisa. Si, il avait changé. Son mètre quatre-vingt-dix avait toujours beaucoup impressionné, mais au cours des cinq années passées à la frontière de l'Arizona, sa silhouette dégingandée s'était considérablement étoffée. Avec ses culottes de peau, sa barbe en broussaille et ses cheveux longs, il ne ressemblait plus guère au jeune homme soigné d'autrefois.

Mais les changements les plus importants se reflétaient dans son regard d'un vert surprenant.

On y lisait l'expérience et une détermination sans faille.

Cinq ans auparavant, il n'avait eu d'autre choix que de quitter le ranch familial. Il était alors un jeune homme frustré qui remâchait sa colère. Il y revenait adulte, prêt à affronter les problèmes et bien décidé à ne plus jamais s'en laisser chasser.

Il serra les dents.

Par personne.

Une fois de plus, il se souvint de la lettre d'Abby. Il l'avait lue à de multiples reprises, et il avait senti l'émotion, la panique qui s'en dégageaient.

Cher Quince,

Il y a longtemps que je n'ai pas reçu de tes nouvelles, mais je suis sûre que tu penses à moi autant que je pense à toi. Je sais que tu n'aurais pas quitté le ranch si tu n'y avais pas été obligé, et que tu aimerais être là en ce moment. Dans ma dernière lettre, je te disais que tout allait bien, mais ce n'est plus vrai.

Papa rentre à la maison.

Je ne sais pas quoi faire, Quince. Brent refuse toujours de me raconter ce qui s'est réellement passé ce jour-là. La dernière fois que Matt est venu, Brent et lui n'ont cessé de se disputer au sujet de papa. Pourtant, Brent a la ferme intention d'aller chercher papa à la prison et de le ramener ici.

J'ignore ce que fera Matt quand il l'apprendra.

J'ignore aussi ce que je dois faire.

J'ai besoin de toi, Quince. Je t'en prie, rentre…

Ta sœur qui t'aime,
Abby

Matt et Brent se disputaient.

Rien de bien nouveau !

Quince fronça les sourcils. Aussi loin qu'il s'en souvînt, lui aussi s'était querellé avec Brent. D'un an son aîné, ce dernier avait pris son rôle nettement trop au pied de la lettre. Conventionnel et sérieux, il n'appréciait pas l'humour de son cadet, son esprit aventureux, sa propension à prendre des risques pour atteindre ses buts. Il n'avait en outre jamais compris le lien particulier qui l'unissait à leur mère. Elizabeth Quincy Hunter...

Quince avait toujours aussi mal quand il pensait à elle. Belle, douce, aimante... Elle n'avait certes pas mérité une mort aussi violente, prématurée et absurde.

Il éprouva une bouffée de rancœur tandis qu'il songeait à son jeune frère, Matt. Sauvage, rebelle, celui-ci n'avait causé que du chagrin à leur mère. Pourtant, il avait une place à part dans son cœur, Quince en était certain. Et cela ne faisait que rendre plus insupportable encore sa conviction qu'il était plus ou moins responsable de sa mort.

La vision d'un petit elfe brun chassa soudain ces pensées sombres. Avec sa peau dorée par le soleil, ses yeux verts pétillants, Abby l'avait toujours attendri. De onze ans sa cadette, bien décidée à ne pas rester à la traîne, elle n'avait eu de cesse de le suivre dès qu'elle avait su marcher. Elle l'imitait en tout et aurait pu en remontrer à n'importe quel cow-boy. Il était fier d'elle. Orpheline de mère à huit ans, Abby se réfugiait auprès de lui pour échapper à la tourmente familiale. L'abandonner avait été l'acte le plus douloureux de sa vie.

Quant à son père...

Il fut arraché à ses ruminations par un hennissement déchirant, suivi d'autres plus poignants encore.

Éperonnant sa monture, il parvint à la portion de piste bordée d'un taillis. Il entendit quelqu'un jurer. Prudemment, il guida son cheval près de l'endroit où un ruisseau se déversait dans un petit ravin, créant une sorte de marais inattendu et traître. Au beau milieu de la lise, large de plusieurs mètres, une jument affolée se débattait dans la boue, chevauchée par une jeune femme très agitée.

Irrité par le manque de sang-froid de la cavalière, Quince ordonna :

— Faites-la tenir tranquille, bon sang ! Plus elle piétine, plus elle s'enfonce !

La cavalière tourna vers lui un petit visage rouge de colère et le fusilla du regard.

— Ne me houspillez pas ! rétorqua-t-elle, furieuse.

— Dans ce cas, servez-vous de votre tête ! répliqua Quince. Plus l'animal se débat, plus il s'enlise.

— Vous ne m'apprenez rien ! cria-t-elle, le regard noir. Vous nous sortez de là, oui ou non ?

— Je n'en sais rien, fit Quince, que son arrogance agaçait au plus haut point. Peut-être pas.

Elle jura entre ses dents, tandis que Quince mettait pied à terre afin de mieux appréhender la situation. Si elle continuait ainsi, la jument aurait bientôt les quatre jambes dans la boue.

— Il faut que vous calmiez votre cheval, déclara-t-il. Sinon, je ne pourrai jamais vous aider.

La jeune femme pâlit.

— Cessez vos discours et sortez-nous de là !

Luttant contre l'envie de les planter là, la fille comme sa monture, Quince s'empara de la corde accrochée au pommeau de sa selle.

— Attrapez cette corde quand je vous la lancerai. Je vous ramènerai d'abord.

— Non. Je contrôlerai mieux la situation si je reste là.

Quince crispa les mâchoires.
— Comme maintenant ?
La jeune femme était folle de rage.
— Écoutez... ce n'est pas le moment de vous montrer désagréable !
— Écoutez, riposta Quince, c'est comme je dis ou rien. *Comprende ?*
— *Comprendo*. À présent, tirez-nous de là, bon sang, ou vous le regretterez !
— Ah, oui ? Je ne vois pas bien ce que vous pourrez faire sous plusieurs mètres de boue.
Il lui laissa quelques secondes pour réfléchir au bien-fondé de sa remarque avant de poursuivre :
— Attrapez la corde.
— Mon cheval...
— La corde d'abord !
— Entendu.
Il lança le lasso avec une précision parfaite et eut la satisfaction de voir le nœud coulant prendre la virago aux épaules. Elle l'ajusta à sa taille, saisit la corde d'une main ferme.
— Maintenant, dit-il, laissez-vous glisser dans la boue, sur le ventre, et je vous ramène au bord.
— Ce n'est pas la peine, je peux marcher, si vous tenez la corde.
— J'ai dit...
— Bon, bon, d'accord.
Quince arrima la corde au pommeau de sa selle et, après avoir donné quelques ordres brefs à son cheval, tira lentement la jeune femme à lui. Lorsqu'elle eut atteint la berge, il l'empoigna par les bras et la remit sur pied.
— Ma jument continue à s'enliser, lâcha-t-elle aussitôt, sans un mot de remerciement.
— Je ne sais pas si j'arriverai à la sauver.
Elle se pétrifia.

— Ce n'est pas possible !
— Regardez plutôt.
Dans sa panique, l'animal s'était enfoncé jusqu'au ventre.
— Je vais faire ce que je peux, mais...
— Pas de mais ! Allez-y !
Quince réussit du premier coup à l'attraper avec son lasso. Ils s'y mirent à trois, son cheval, la jeune femme et lui pour tenter de sauver la jument.
Lorsque celle-ci, qui hennissait toujours sauvagement, fut enlisée jusqu'aux épaules, la fille lâcha la corde.
— Nous ne sortirons pas Cinnamon de là, n'est-ce pas ? fit-elle.
— Non.
D'une voix atone, elle ajouta :
— Ma carabine est restée sur la selle.
Sans un mot, Quince sortit son propre fusil de son étui. Du coin de l'œil, il vit la jeune femme ôter son chapeau et le jeter rageusement à terre avant de s'éloigner à grandes enjambées. Elle ne tressaillit même pas quand un coup de feu retentit dans le silence, délivrant la jument à jamais. Elle continua à marcher en direction du soleil, qui montait au zénith.
Calmement, Quince récupéra sa corde, l'enroula et la remit en place. Un long moment, il contempla la silhouette menue qui se dirigeait vers l'est d'un pas têtu, ses minces épaules bien droites, sa chevelure de feu étincelant sous le soleil. Elle semblait animée d'une incroyable volonté.
L'observant plus attentivement, Quince fronça les sourcils. Un instant, il avait cru déceler...
Il grimpa vivement en selle. Pestant intérieurement, il la rattrapa en quelques secondes et se tint un moment à sa hauteur avant de demander :

— Où allez-vous ?

— À la maison, répondit-elle avec une pointe d'agressivité.

— Et où est-ce ?

— Le ranch Diamond C.

— Le Diamond C ?

— Vous êtes sur les terres du Diamond C, répliqua-t-elle avec mépris.

— C'est la propriété du vieux Potter.

— Il est mort. C'est le Diamond C, à présent.

Le ranch se trouvait à environ cinq kilomètres de là.

— Je vous y emmène.

— Je peux marcher.

C'était sûrement vrai.

Et il n'avait pas à s'en mêler.

Pourtant, quelque chose l'émut dans la détermination de la petite sorcière, son port de tête… et la vulnérabilité qu'il avait perçue, un instant auparavant, dans l'imperceptible crispation de sa joue.

Sans tenir compte de son refus, ou de la boue dont elle était couverte, il la souleva de terre et la déposa sur la selle devant lui.

— J'ai dit…

— J'ai entendu.

Un silence pesant tomba tandis que Quince la calait contre lui avant de talonner sa monture.

Tout allait de mal en pis !

Raide, intensément consciente du torse musclé qui appuyait contre son dos et du bras hâlé qui la ceinturait, Glory Townsend ferma les yeux, au désespoir. Elle les rouvrit brusquement lorsque la vision de sa jument au regard fou d'angoisse lui traversa l'esprit. Son père et elle avaient adoré Cinnamon dès leur arrivée au Diamond C, quatre ans auparavant. Ils avaient été sidérés de découvrir un animal de cette valeur laissé sans soin dans l'écurie. Mais pas autant que lorsqu'ils avaient reçu la lettre les informant que M. Elijah Potter leur léguait son élevage de chevaux au Texas.

M. Elijah Potter.

Le père de Glory avait mis quelques minutes à situer ce nom. Puis ses yeux s'étaient embués. Will et Henry Potter, les fils d'Elijah, avaient servi sous ses ordres pendant la guerre. De braves soldats – presque des enfants – qui s'étaient vaillamment battus pour la Confédération. Il avait été très proche d'eux, et quand ils avaient trouvé la mort, pratiquement en même temps, il en avait été bouleversé.

Jamais, toutefois, il n'aurait imaginé que le simple fait d'écrire à leur père, une fois les hostilités terminées, pour lui dire combien il appréciait ses garçons et à quel point ils s'étaient montrés héroïques, lui vaudrait une telle récompense.

La lettre les informant de l'héritage ne leur était parvenue que plusieurs mois après le décès d'Elijah, mais elle n'aurait pu arriver à un meilleur moment. La plantation de Byron Nathaniel Townsend avait été ravagée par la guerre, sa terre annexée par des aventuriers. Jurant de rendre à sa famille tout ce qu'elle avait perdu, il avait alors mis son épouse, sa fille de six ans et leurs maigres possessions dans un chariot, et ils avaient pris la direction de l'Ouest.

Cela n'avait pas été facile. Neuf années d'échecs répétés avaient fini par entamer le courage du père de Glory. Sa mère bien-aimée, Evangeline Parks Townsend, était morte entre-temps, sans avoir perdu la foi en son époux. Elle avait transmis cette confiance à sa fille, et quand celle-ci était arrivée avec son père au ranch Diamond C, elle avait cru que le vent avait enfin tourné.

Hélas, l'histoire, là non plus, n'avait pas tenu ses promesses. Le ranch d'Elijah Potter était hypothéqué, et la saisie imminente. Les modestes économies de Townsend avaient permis d'interrompre momentanément le processus, mais depuis, ils luttaient pour survivre.

Personne n'aurait pu prévoir la chute de cheval qui avait laissé Byron impotent, deux ans auparavant.

Assumant les responsabilités de son père, Glory s'était promis d'assainir les finances du Diamond C.

Il ne devait toutefois pas en être ainsi. Depuis un an, les catastrophes se succédaient. La dernière en date – la mort de Cinnamon, ce matin même – avait anéanti de la façon la plus douloureuse les espoirs que Glory nourrissait en matière d'élevage.

La jeune femme savait pertinemment que la santé de son père se détériorait, qu'il n'aurait sans doute pas la chance de voir son rêve se réaliser... et qu'elle avait lamentablement échoué. Cela ne serait que trop évident pour le personnel lorsqu'on la verrait rentrer, couverte de boue, sur la selle d'un arrogant aventurier qui ne cachait pas son mépris pour sa stupidité.

Elle ne décolérait pas.

Elle rageait de ne pas avoir su retenir la jument quand celle-ci avait trébuché.

Elle était furieuse de constater que le sort s'acharnait sans cesse contre elle.

Elle pestait de s'être montrée aussi inapte à maîtriser la situation alors qu'elle se savait aussi expérimentée que n'importe quel homme.

Et par-dessus tout, elle en voulait à cet étranger au regard froid qui lui avait fait comprendre qu'il avait raison et elle tort.

Elle se raidit lorsque le ranch fut en vue, et sa décision fut prise. Après l'accident de son père, elle s'était donné un mal fou pour prouver aux cow-boys qu'elle était digne de leur confiance. Supporter qu'un individu prétentieux raconte en détail l'histoire de sa coûteuse erreur était au-dessus de ses forces.

— Arrêtez ! ordonna-t-elle.

Le bras se resserra sur sa taille, et le cheval continua d'avancer.

— J'ai dit : arrêtez ! répéta-t-elle.

L'étranger obtempéra enfin, et elle se tourna à demi sur la selle pour le regarder.

— Laissez-moi descendre. Je terminerai à pied.

Pas de réaction.

— Vous m'avez entendue ?

L'inconnu la scrutait de son regard acéré.

— Les accidents arrivent à tout le monde, dit-il de manière inattendue. Il n'y a pas de honte à ça.

Avait-il lu dans ses pensées ?

— Je ne vous dois aucune explication. Laissez-moi descendre.

L'homme se fit glacial.

— Non, en effet, vous ne me devez absolument rien.

— Je serais sortie de la lise, si j'avais voulu.

Il y eut un silence significatif.

— Vous êtes un peu trop sûr de vous, reprit-elle enfin.

— C'est très précisément ce que je pense de vous.

— Laissez-moi des...

Il la libéra si brusquement qu'elle glissa de la selle. Il ne fit cependant pas un geste pour la retenir, si bien qu'elle se retrouva assise sur le sol. Elle se releva en s'interdisant de frotter son coccyx endolori.

— J'aurais dû m'y attendre, venant de vous.

Un mouvement au loin attira son regard, et elle reconnut l'appaloosa du contremaître qui quittait le ranch. Il fallait absolument qu'elle se débarrasse de cet arrogant étranger, aussi mit-elle un peu d'eau dans son vin.

— D'accord, je vous dois quelque chose pour l'aide que vous m'avez apportée, concéda-t-elle. Je suppose que vous resterez quelques jours en ville ? Si vous êtes encore là ce week-end, je veillerai à ce que vous receviez une récompense.

Il y eut un silence assourdissant.

Elle savait ce qu'il attendait, mais se sentait incapable de prononcer les mots. Elle se contenta donc de se diriger vers le ranch. Son regard lui brûlait la nuque, pourtant elle ne s'arrêta pas. Et elle refusa de réagir lorsque la voix grave s'éleva derrière elle.

— C'était un plaisir, madame.

Sale type !

Elle fut si soulagée de l'entendre s'éloigner qu'elle se rendit à peine compte qu'elle avait omis de lui demander son nom.

2

Il était fatigué, il avait faim, il était grandement contrarié.

Comme il abordait la rue principale de Diablo, il mit sa monture au pas. L'image d'une frêle jeune femme aux cheveux de feu, couverte de boue, lui revint à l'esprit, et son irritation grimpa d'un cran. Il avait perdu beaucoup trop de temps à sauver une personne qui n'avait vraiment pas envie qu'on l'aide. À vouloir jouer les bons Samaritains, il atteindrait sa destination avec une journée de retard.

Même après coup, l'attitude de cette fille le hérissait. Elle ne semblait pas du tout consciente que sans lui, elle aurait péri dans ce marécage. Il avait été fou d'imaginer, ne fût-ce qu'un instant, qu'elle pouvait être vulnérable. Il connaissait pourtant ce genre de rousses incendiaires – il en avait côtoyé pas mal au fil des années –, allure féminine mais cœur de pierre. Il avait commis une erreur, et il en payait le prix. Son pantalon de peau était maculé de boue, et il était trop tard pour gagner le ranch de la Demi-Lune.

Faisant contre mauvaise fortune bon cœur, il tenta de se persuader qu'une journée de plus ou de moins ne ferait pas une grande différence après cinq années d'absence.

Tandis qu'il remontait la rue, il nota qu'elle était toujours aussi pleine d'ornières prêtes à se gorger d'eau à la moindre averse. Dans un louable effort pour la rendre praticable à pied, on avait créé des trottoirs de bois, mais ils étaient si mal entretenus qu'ils semblaient inutilisables.

Quince progressait lentement parmi le flot des passants qui allaient bientôt laisser la place aux noctambules. On avait construit un nouvel hôtel, remarqua-t-il. En apercevant le relais de poste à la peinture écaillée, il se demanda si Jake Howard le dirigeait toujours avec la même autorité. Devant la forge, il chercha spontanément le visage rougeaud de Bill Weatherby, et se rappela, en longeant le bureau du shérif, toutes les fois où il était venu y récupérer Matt qui cuvait en prison. Il se rembrunit au souvenir de sa dernière visite. C'était son père qui se trouvait derrière les barreaux...

Soulagé en reconnaissant l'enseigne rouge et blanc du barbier, il mit pied à terre. Il s'arrêta un instant sur le seuil du petit établissement, secrètement ravi qu'il soit désert.

— Quince Hunter !

Charlie Herbert, barbier, dentiste, croque-mort, directeur des bains-douches, organisateur de divers commerces plus ou moins légaux, sortit de son arrière-boutique, la main tendue.

— C'est bien toi, derrière cette barbe, mon gars ?

Petit et maigre, un peu plus dégarni que la dernière fois que Quince l'avait vu, Charlie lui serra chaleureusement la main.

— Où étais-tu passé ?

Sans attendre, il enchaîna :

— Où que ce soit, on ne peut pas dire que tu aies fière allure !

— Tu l'as dit, Charlie ! répondit Quince en souriant.

Charlie n'avait jamais mâché ses mots, mais c'était l'un des rares en ville à n'avoir pas changé d'attitude envers lui après l'emprisonnement de son père.

— J'aurais bien besoin de tes services avant de rentrer à la maison, reprit-il.

— C'est le moins qu'on puisse dire !

Charlie le mena en riant vers le fauteuil le plus proche avant d'ajouter :

— Tu n'es pas encore passé au ranch, hein ? Ça a bien changé, depuis deux mois… Ton père est rentré, tu sais.

— Je m'en suis douté.

— C'est Brent qui est allé le chercher à la prison, le jour de sa libération. Mais, à mon avis, il n'y a plus beaucoup d'affection entre eux.

— Ça ne m'étonne pas.

— En fait, on raconte qu'ils ne s'entendent pas très bien.

— Ce n'est pas nouveau.

— Ce qui m'étonne, c'est que ton père et la femme de Brent ont l'air de bien s'aimer.

— La femme de Brent ! s'exclama Quince.

Son frère était si sérieux, si travailleur, qu'il n'avait jamais pris le temps d'entretenir une relation stable avec une femme. Brent, marié !

Charlie fit claquer ses ciseaux.

— Tu ne savais pas ? Je pensais que tu étais au courant !… Enfin, ça ne marche pas trop mal entre Abby et Crystal. Tant mieux, même si certains en ville – le révérend Crawford, par exemple – craignent que Crystal n'ait une mauvaise influence sur Abby.

Quince n'eut pas besoin de l'interroger pour apprendre la suite.

— Crystal était chanteuse au *Lone Star*, poursuivit Charlie. La meilleure qu'on ait eue depuis longtemps, je dois avouer.

Quincy dissimula sa surprise. Brent, marié à une chanteuse de saloon ? On aurait décidément tout vu !

— Sa jolie voix sera utile pour bercer le bébé qu'elle porte.

Diable, quoi encore ?

— Si tu espérais voir Matt, continua le brave homme, tu seras déçu. Il n'est pas là. Apparemment, ton petit frère s'est débrouillé pour emmener son cheval de course en Angleterre juste avant le retour de ton père.

— Un cheval de course ?

— Tu ne savais pas non plus que Matt voulait se lancer dans l'élevage de chevaux de course, comme ton père ? Bien entendu, il ne supporte pas qu'on le compare à lui. Il lui en veut toujours terriblement.

Quince se raidit.

— Écoute, Quince, reprit Charlie en jetant un regard furtif autour de lui, tu ne vas pas t'y mettre, toi aussi, hein ? Je pense que ton père était bien trop saoul pour savoir ce qu'il faisait. Je parie qu'il n'a pas cessé une seconde de regretter d'avoir tué ta mère, pendant ces dix années qu'il a passées en prison.

D'avoir tué ta mère.

Les événements de la journée tragique lui revinrent en un éclair.

Brent et Hank qui retournaient à la maison chercher du fil de fer barbelé tandis que lui-même demeurait avec les employés du ranch dans la prairie ouest.

Le désagréable sentiment qui s'était emparé de lui en ne les voyant pas revenir.

La vision de sa mère, étendue sur le sol de la cuisine, une balle en pleine poitrine.

Il se rappelait la voix étranglée de Brent lorsqu'il avait raconté comment Hank et lui avaient entendu un coup de feu alors qu'ils approchaient de la maison. Comment ils avaient trouvé leur père près du corps de sa femme, le revolver à la main... Si soûl qu'il tenait à peine debout.

Il se rappelait le chaos, ensuite. L'enterrement de leur mère. Leur père, incarcéré, qui se murait dans le silence. Le procès, cauchemardesque, suivi de la découverte que le ranch était gravement endetté.

Convaincu que c'était la seule chose à faire, Brent avait pris la direction de l'exploitation, menant hommes et bêtes d'une main de fer. C'est alors que leurs relations étaient devenues difficiles.

Incapable de comprendre ce qui se passait, la petite Abby, qui suppliait ses frères de le lui expliquer, était complètement perdue.

Matt, cause de conflits incessants entre ses parents, avait quitté le ranch sitôt après l'enterrement et n'y revenait qu'occasionnellement. Ce qui ne faisait qu'accroître la rancœur de Quince, qui était persuadé que sa mère serait encore en vie si Matt était resté au ranch au lieu de courir les filles et de jouer.

Si la famille avait explosé, tous quatre demeuraient cependant unis par leur chagrin commun et le dégoût que leur père – qui n'avait pu expliquer comment ni pourquoi il avait tué leur mère – leur inspirait.

Les dissensions entre Brent et Quince au sujet du ranch avaient pris des proportions telles que, environ cinq ans après l'emprisonnement de leur père, Brent avait lancé un ultimatum à son frère. Quince avait alors compris qu'il lui fallait partir avant que

Brent ou lui ne se laissent aller à des violences qu'ils risquaient de regretter.

— Et il n'a pas non plus été très bien accueilli en ville.

Ramené au présent, Quince demanda :

— Pardon ?

— Je dis que tout le monde ici garde ses distances vis-à-vis de ton père, sauf Edmund Montgomery, qui a montré à ses concitoyens qu'il accomplissait son devoir de chrétien en lui souhaitant la bienvenue.

Son devoir de chrétien…

Devant le silence de Quince, Charlie ajouta :

— C'était quand même le meilleur ami de ton père.

Certes.

Quince n'avait jamais supporté d'entendre prononcer le nom d'Edmund Montgomery, et cela ne lui avait pas passé.

— Mais je ne sais pas comment ton père a considéré l'aide d'Edmund. Il…

Un cow-boy entra dans la boutique, mettant fin aux confidences de Charlie qui eut une grimace exaspérée.

Mais Quince en savait assez.

Abby avait raison, il était temps qu'il rentre à la maison.

À la banque de Diablo, Edmund Montgomery se leva lentement de derrière son lourd bureau d'acajou. Il prit le temps de rajuster sa veste dont la coupe et l'étoffe le désignaient sans doute possible comme le citoyen le plus aisé de la ville. À cinquante et un ans, il se savait encore bel homme. Ses cheveux blonds étaient à peine striés de gris, sa peau n'était pas burinée comme celle des ranchers, et il prenait grand soin de sa silhouette. Il se savait envié, ce qui l'enchantait. Richesse et succès guidaient son existence, mais rien ne surpassait le prestige qui en découlait.

Il retint un sourire. Tout le monde le connaissait, tout le monde se rangeait à son opinion, et son état de diacre de l'unique église de Diablo ne laissait aucun doute sur sa « haute moralité ».

Il observa ses employés. Il avait installé leurs comptoirs fermés de grilles à un endroit où il pouvait surveiller toutes les transactions sans bouger de son bureau. Et il s'en était souvent félicité. Le caissier principal, Wilfred Marks, travaillait pour lui depuis quinze ans. Une véritable petite souris, terrorisée à l'idée de ne plus être dans les bonnes grâces de son patron. L'employé modèle ! Quant à Gilbert Tolley, il n'avait été embauché que trois mois auparavant.

Edmund plissa les yeux. Il n'aimait guère ce garçon, qu'il trouvait trop amical, trop familier. Bien qu'il fût là depuis peu, certains anciens clients commençaient à lui confier leurs problèmes plutôt qu'à Edmund. Un transfert d'influence qu'il ne saurait tolérer. La banque lui appartenait. Il détenait toutes les hypothèques de la région… donc, le pouvoir de vie et de mort sur les ranchs les plus importants. Son autorité au sein de la communauté était indiscutable, et il n'était pas question qu'elle se fissure.

Il prit la brusque décision de renvoyer Tolley dès qu'il lui aurait trouvé un remplaçant.

Debout sur le seuil, tandis que ses employés faisaient les comptes de la journée, il demanda :

— Vous aurez bientôt terminé ? Je veux rentrer à

la maison de bonne heure, ce soir. Mme Montgomery n'est... *pas bien*, aujourd'hui.

Les deux hommes échangèrent un regard entendu avant que Tolley réponde :

— Nous en avons à peine pour vingt minutes, monsieur.

Edmund constata amèrement que Marks acquiesçait sagement, comme s'il s'en remettait à son jeune collègue. Il prit cependant soin de ne rien montrer de sa contrariété.

— Je reviendrai fermer dans vingt minutes. Bon travail, Gilbert, ajouta-t-il à l'intention de Tolley. Vous vous êtes distingué dans cette banque, depuis votre arrivée. Vous irez loin.

Il sourit en s'éloignant dans la rue. Oui, Tolley irait loin... après avoir franchi la porte.

Amusé par sa plaisanterie, Edmund se dirigea vers le magasin général. Sa chère épouse, Iona, attendait un paquet censé arriver par la diligence de l'après-midi.

Le patron se précipita vers lui et annonça de sa voix nasillarde :

— Vous allez être content, monsieur Montgomery, votre colis est là.

Radieux comme si c'était grâce à lui, le type à tête de fouine continua :

— Je vous l'ai mis de côté. J'ai aussi reçu deux bouteilles de ce parfum que votre dame aime bien... au cas où ça vous intéresserait.

— M'en avez-vous emballé un ?

— Non, monsieur, mais je serai content de le faire si vous le souhaitez.

Le parfum coûtait de quoi nourrir une famille entière pendant plusieurs jours. Edmund eut un sourire bienveillant.

— Je prendrai les deux. Iona l'adore.

Ses paquets à la main, Edmund quitta le magasin et tourna le regard vers le soleil qui descendait à l'horizon. Iona devait l'attendre. Elle...

— Vous êtes bien pressé ! Où vous allez comme ça ? fit une voix éraillée dans son dos.

Edmund se retourna. Il se força à sourire à l'individu basané qui émergeait de l'ombre.

— Ce n'est pas raisonnable, Kane, chuchota-t-il.

L'autre haussa les épaules.

— Je passe le temps, c'est tout. Il y a pas de mal à ça.

— Ce n'est ni le lieu ni le moment pour bavarder, répliqua Edmund d'un ton coupant. Dites-moi seulement... vous avez fait ce dont nous avions parlé ?

— Ouais... Un clou de plus sur le cercueil.

— C'est-à-dire ?

— C'est-à-dire que cette petite garce n'a plus la jument qu'elle aimait tant. À vrai dire, elle aurait été obligée de rentrer à pied chez elle si un type à cheval n'était arrivé.

— L'un de vous a-t-il été vu sur les lieux ?

— Je suis pas un amateur ! protesta Kane.

— Parfait.

Edmund adressa un sourire affable à une passante avant de reprendre d'une voix forte :

— Venez me voir un de ces jours, à la banque, monsieur Kane. Je serai heureux de vous ouvrir un compte.

Kane sourit en lui serrant la main.

— J'y manquerai pas.

Soulagé de s'être débarrassé de l'importun, Edmund retourna à la banque en pestant en silence. Pour ce satané imbécile, tout cela n'était qu'un jeu. Il allait le regretter s'il continuait ses imprudences !

Il venait d'atteindre la porte de la banque lorsqu'il remarqua la haute silhouette d'un homme qui sortait de chez le barbier. Avec un tressaillement, il se dissimula dans l'embrasure pour l'étudier plus attentivement. Il était plus grand, plus large, plus musclé, mais le port de tête, la démarche virile…

L'homme tourna fugitivement la tête, et Edmund reconnut ses yeux incroyablement clairs sous le bord du chapeau.

C'était bien lui.

Quince Hunter était de retour.

Quince ne l'avait jamais aimé, même lorsqu'il était enfant. Edmund se rappelait s'être dit que si Beth Quincy l'avait épousé au lieu de Jack Hunter, Quince aurait été son fils… mais il avait bien vite chassé cette pensée. Ses fils à lui n'auraient ressemblé ni à Quince ni aux autres garçons de Jack, parce qu'il ne l'aurait pas toléré.

Ils auraient filé droit, sinon ils s'en seraient mordu les doigts. Il aurait éliminé toute résistance en leur tenant la bride sur le cou jusqu'à ce qu'il ait tracé personnellement leur voie. Il leur aurait inculqué l'idée que le sang des Montgomery les rendait meilleurs que les paysans ignares qui peuplaient Diablo. Et à l'âge adulte, il leur aurait trouvé des épouses fortunées, pas comme cette chanteuse de cabaret qu'avait choisie Brent. Une femme dont les enfants seraient à jamais considérés comme vulgaires.

Quince et ses frères étaient bien les enfants de Jack Hunter, et Edmund les méprisait autant qu'il méprisait leur père.

Il savait que sa progéniture aurait été digne de l'empire qu'il s'ingéniait à créer – un empire qui ne compensait que partiellement le plus grand échec de sa vie.

Une émotion familière l'envahit. Il avait désiré la belle Beth Quincy dès le premier regard, et il avait décidé qu'elle serait à lui. À l'époque, il vivait à la Nouvelle-Orléans. La famille de Beth était de condition modeste comparée à la sienne, alors au début, il n'avait envisagé qu'une aventure purement physique. Une liaison qui ne l'empêcherait pas de contracter un mariage à la mesure de ses ambitions. Mais ses beaux projets étaient tombés à l'eau lorsque son ami d'enfance, Jack Hunter, était rentré après une longue absence.

Jack avait aussitôt renoué une ancienne amitié avec Beth, puis l'avait poursuivie de ses assiduités avec cet enthousiasme qui le caractérisait. Furieux que Jack contrecarre ainsi ses plans, déterminé à ne pas lui accorder une victoire de plus après toutes celles qui avaient marqué leur jeunesse, Edmund n'avait plus eu qu'une idée en tête : gagner Beth.

Renonçant à ses ambitions matrimoniales, il avait ouvertement harcelé Beth. Stupéfait quand Jack avait demandé la jeune fille en mariage, il n'avait eu d'autre choix que de l'imiter, pour ne pas la perdre à jamais.

Persuadé qu'il était le meilleur prétendant possible, il n'avait pas douté une seconde que les parents de Beth seraient ravis de sa proposition. Il était plus riche, plus beau que Jack. Sa famille était une des plus huppées de la Nouvelle-Orléans, alors que son rival était issu d'une lignée de joueurs itinérants. Son avenir s'annonçait plus brillant que celui de Jack, son cercle d'amis était plus vaste et plus respectable. Et si les vices de Jack étaient de notoriété publique, les endroits mal famés où Edmund assouvissait ses bas instincts demeuraient un secret bien gardé.

Ayant enfin pris sa décision, il fit sa demande. Il se rappelait encore le choc qu'il avait éprouvé en apprenant que la jeune fille, défiant sa famille, s'était enfuie avec Jack. Il en avait ressenti une indicible humiliation.

Parce qu'il voulait que Beth admette son erreur, le supplie de lui pardonner, il avait délibérément recherché l'amitié du jeune couple. Le sourire aux lèvres, mais bouillant intérieurement, il imaginait les mille manières qu'il utiliserait pour faire payer à la jeune femme l'humiliation qu'elle lui avait infligée.

Il se souvenait comme si c'était hier de ce jour où il avait appris que Jack avait gagné au jeu un ranch au Texas. C'était un an après leur mariage. Avant qu'il ait le temps de réagir, son ennemi avait quitté la Nouvelle-Orléans avec femme et enfant.

Refusant d'admettre son échec, convaincu que Beth reviendrait vite à la raison et déterminé à être là lorsque ce moment arriverait, il les avait suivis à Diablo. Il avait alors fondé sa banque sous prétexte qu'il devait faire ses preuves, comme son père avant lui.

La banque s'était rapidement révélée florissante, tandis que les affaires de Jack périclitaient. Beth, qui avait donné trois autres enfants à son époux, embellissait de jour en jour. Edmund se réjouissait des malheurs qui s'abattaient sur le ranch de Jack, et il lui avait accordé des prêts jusqu'à ce que l'exploitation soit lourdement hypothéquée. Plus Jack s'endettait, plus il buvait, plus il jouait.

Edmund se rembrunit. L'attente avait été plus pénible qu'il ne s'y attendait. Au cours d'une période de frustration intense, il avait commis une énorme erreur : il avait épousé Iona, une riche veuve. Il s'était aperçu trop tard que Beth occupait tout entière son esprit, qu'il se consumait de désir pour elle... et qu'il détestait sa femme.

Il eut la gorge serrée d'amertume.

Ravissante Beth.
Séduisante Beth.
Fascinante Beth.
Stupide Beth !

Il fut soudain pris d'un accès de rage. Beth serait encore en vie si elle n'avait pas épousé Hunter !

Le simple fait de penser à Jack accroissait sa colère. Les dix années que ce dernier avait passées en prison n'avaient pas atténué le chagrin d'Edmund, mais elles lui avaient donné le temps de fomenter sa vengeance. Et son plan se déroulait sans anicroche.

Il n'avait eu aucun mal à regagner l'amitié de Jack, à sa sortie de prison. Son ex-rival était un imbécile, qui croyait tout ce qu'il lui disait. Fâché avec Brent, contrarié que Matt et Quince n'aient pas été au ranch pour l'accueillir, il avait été une proie facile.

La vengeance serait bientôt accomplie. Jack perdrait son ranch et se retrouverait dans la peau d'un ivrogne sans le sou. Ses fils, ruinés eux aussi, s'éloigneraient davantage de lui, lui reprochant d'avoir dilapidé leur héritage. La famille Hunter serait détruite, et le ranch de la Demi-Lune tomberait dans sa propre escarcelle. Sa soif de vengeance enfin assouvie, il se retrouverait, victorieux, à la tête d'un empire.

Le regard brûlant de haine, Edmund regarda Quince franchir les portes battantes du *Lone Star saloon*, au bout de la rue.

Tel père, tel fils.

Il se tourna vers ses employés et aboya :

— Alors, vous avez enfin terminé ?

Marks cligna des yeux, tandis que Tolley répondait :

— Presque. Encore quelques minutes, et…

— « Presque » ne me suffit pas. Filez ! Rentrez chez vous. Je fermerai.

— Mais…

Ignorant la vague protestation de Tolley, Edmund sortit les clés de sa poche. Si ces crétins ne décampaient pas sur-le-champ, il les enfermerait à l'intérieur !

Les deux employés passèrent à la hâte devant lui, et il claqua la porte, tout à sa fureur.

3

Glory prit une profonde inspiration, carra les épaules et se dirigea vers la salle à manger, quoiqu'elle n'eût guère d'appétit.

Ses vêtements de la veille trempaient dans une bassine, à la cuisine, et l'accident lui pesait encore lourdement sur la conscience.

Épuisée par l'épreuve, elle était montée directement dans sa chambre en rentrant au ranch, et avait tenté en vain de chasser de son esprit la scène cauchemardesque.

Elle n'avait aucune envie de se retrouver avec les ouvriers agricoles à la longue table de bois – ces hommes qui avaient travaillé aussi dur qu'elle, ces dernières années, pour remettre le Diamond C sur pied.

Assis dans le fauteuil roulant de fortune fabriqué par Pete, son père présiderait le repas avec cette dignité aristocratique qu'il affichait en toute circonstance. Il était demeuré muet lorsqu'elle lui avait raconté l'accident, mais ses traits s'étaient brusquement creusés. Elle avait été bouleversée quand il avait déclaré d'une voix réconfortante, en s'efforçant de sourire :

— Tu es là, et c'est l'essentiel, ma chérie... Les accidents arrivent à tout le monde.

Ces mots, identiques à ceux de l'arrogant cow-boy, l'avaient troublée, mais elle avait préféré ne pas s'interroger sur son comportement avec cet odieux individu. Elle lui en voulait encore de ses manières autoritaires et condescendantes ; à coup sûr il devait la mépriser parce qu'elle n'était « qu'une femme ».

Néanmoins, ces mêmes paroles dans la bouche de son père l'avaient émue aux larmes. Et dès qu'elle avait regagné sa chambre, elle s'était enfin autorisée à pleurer. Elle aimait cette jument. La vision de la pauvre bête se débattant frénétiquement dans la boue resterait à jamais gravée dans sa mémoire. À cela s'ajoutait le remords qu'elle éprouvait à l'idée d'avoir déçu son père.

Les conversations cessèrent abruptement lorsqu'elle pénétra dans la pièce. Le menton haut, elle prit place à la droite de son père. Pete choisit cet instant pour faire son apparition avec un plat de biscuits tout droit sortis du four.

— Nous avons tous entendu parler de l'accident de Mlle Glory, dit-il tout de go. Elle en est aussi contrariée que nous, mais ce qui est fait est fait. Et comme elle s'en est sortie indemne, j'insiste pour que rien ne soit dit qui risquerait de lui couper l'appétit ce matin.

Sur cet avertissement, il tourna les talons et regagna la cuisine d'un pas digne. Glory faillit presque sourire.

Elle adorait d'autant plus le vieux Pete, avec son crâne chauve et son énorme moustache, qu'il se débrouillait toujours pour voler à son secours.

Jan Williams, le contremaître qui travaillait au Diamond C depuis que le père de Glory en avait hérité, brisa le silence.

— Je pense que personne ne me contredira si je dis que nous avons tous été désolés d'apprendre que vous aviez perdu votre jument, mademoiselle

Glory, mais que nous sommes sacrément contents que vous soyez saine et sauve.

Il y eut un murmure général d'approbation.

— On a seulement regretté qu'un de nous ne se soit pas trouvé dans les parages pour vous aider, renchérit Robbie Lang, le plus jeune des employés.

— Ce marais est une véritable plaie, remarqua Slim Howe, un garçon doux qui parlait peu mais semblait beaucoup réfléchir. Je ne sais pas combien d'animaux y ont disparu…

Glory pâlit.

— Regarde ce que tu as fait, elle est bouleversée, maintenant ! protesta Robbie avant de tourner son visage enfantin vers la jeune fille. L'écoutez pas, mademoiselle Glory. Vous êtes là, c'est le principal.

Glory avait la gorge nouée devant tant de gentillesse. C'étaient de braves gens, et ils sentaient son désarroi… Se forçant à sourire, elle répondit, d'un ton un peu contraint :

— Merci, mes amis. Slim a raison, de nombreux animaux y ont trouvé la mort. Nous en parlions hier soir, papa et moi, et nous avons pensé qu'il vaudrait mieux entourer cette mare d'une barrière, afin que cela ne se reproduise pas.

— Bonne idée !

— On va vous faire ça le plus tôt possible.

Ils hochaient tous la tête.

— Dès ce matin, mademoiselle Glory, ajouta Jan.

Byron Townsend prit la parole d'une voix claire en dépit de son état :

— Glory et moi apprécions votre sollicitude, mais cette barrière peut attendre quelques jours. Mieux vaut vous atteler d'abord aux tâches urgentes.

Les hommes acquiescèrent sans discuter. Oui, c'étaient vraiment de braves gens. Tous autant qu'ils étaient. Glory fut néanmoins soulagée quand le dernier employé quitta la table. Elle se risqua à regarder son père ; visiblement, ce nouveau coup du sort l'avait durement touché.

— Je suis désolée, papa, murmura-t-elle. J'ai beau chercher, je ne comprends toujours pas ce qui s'est passé. Je prenais cette piste bien souvent quand j'entraînais Cinnamon, et jamais je n'ai eu de problème. Je connaissais ce marais, je m'en croyais à bonne distance. Je n'arrive pas à savoir ce qui a poussé Cinnamon à se cabrer.

— Un serpent à sonnette, peut-être. Elle aura été mordue...

— Peut-être, en effet, fit Glory, peu convaincue.

Son père couvrit sa main de la sienne.

— Essaie de ne plus y penser, chérie. Ce n'est qu'une complication de plus. Tu n'y es pour rien.

— Je devais amener Cinnamon chez l'entraîneur à la fin de la semaine...

Byron ne répondit pas.

— J'irai leur annoncer ce matin qu'elle ne viendra pas.

— Inutile, Jan peut s'en charger.

— Non. C'est ma responsabilité.

Son père fronça les sourcils, mais il ne discuta pas sa décision.

— Demande à Shorty de t'accompagner.

L'homme était plus solide qu'un chêne, avec un cou de taureau, de larges épaules et des mains comme des battoirs.

Glory sourit.

— Ça ira, je n'ai pas besoin de nounou, papa.

— Emmène-le ! ordonna-t-il. Et viens me voir dès ton retour. J'ai des papiers à préparer auxquels nous devrons jeter un coup d'œil ensemble.

Le cœur de Glory se serra douloureusement. Elle savait ce que cela signifiait.

Quince arriva en vue du ranch de la Demi-Lune au milieu de la matinée. Il s'était levé de bonne heure et avait revêtu les vêtements qu'il avait achetés la veille. Il ne s'était pas attardé à contempler le garçon rasé de près qui se reflétait dans le miroir de sa chambre. Il avait bouclé son holster et avait quitté l'hôtel.

Il avait commis une erreur en allant au *Lone Star*. Il comptait y rester une heure, le temps de boire un verre tout un essayant d'y voir un peu plus clair en lui, mais il n'avait pas prévu d'être sans cesse dérangé par des citoyens plus avides de commenter la mort de sa mère et la sortie de prison de son père que de lui souhaiter la bienvenue. Peu désireux de bavarder, il s'était montré à peine poli. Il avait de même repoussé les avances d'une accorte serveuse prénommée Blanche, et était ressorti presque aussitôt. Il avait passé la nuit à ruminer.

Pressé d'affronter ses démons, il avait repris la route dès l'aube.

Mais il n'avait pas prévu l'émotion qui s'empara de lui à la vue de la maison.

Elle semblait bien entretenue, ainsi que les bâtiments annexes. Le cœur serré, il constata que le fauteuil à bascule où sa mère aimait se reposer au crépuscule était toujours à sa place sur le porche. En revanche, le carré de verdure dont elle prenait autrefois grand soin – son jardin d'herbes – était devenu un magma brun qui se confondait avec l'environnement.

Il y avait des chevaux dans l'enclos, quelques têtes de bétail dans le pré, des poules picoraient dans la cour, un chat détalait vers la grange. Spectacle d'un calme trompeur qui, il le savait, n'allait pas tarder à être bousculé par la haute silhouette qui se tenait sur le porche.

Quince serra les dents. Malgré la distance, il discernait l'expression renfrognée de son frère. C'était bien sa veine ! Il fallait qu'il soit là, alors qu'il aurait dû se trouver aux champs. Il avait espéré...

Une jeune fille mince, vêtue comme un cow-boy, sortit à son tour de la maison, et le cœur de Quince fit un bond. Il vit sa longue natte brune danser dans son dos tandis qu'elle s'adressait sèchement à Brent, puis elle dévala les marches en courant. Son large sourire et son signe de main joyeux furent le signal qu'il attendait pour éperonner sa monture.

Dès qu'il mit pied à terre, Abby se jeta dans ses bras. Puis elle se dégagea et elle le dévisagea avec les yeux de leur mère.

— Bienvenue à la maison, Quince, souffla-t-elle.

L'émotion poignante qui s'était emparée du frère et de la sœur fut bien vite balayée par la voix coupante de Brent.

— Qu'est-ce qui t'amène, Quince ?

— C'est moi, répliqua hardiment Abby. J'ai écrit à Quince pour lui demander de venir.

Brent ne quittait pas son frère des yeux.

— Cela ne répond pas à ma question.

Quince soutint son regard. Contrairement à lui, Brent et Matt ressemblaient à leur père, et cette ressemblance semblait s'être encore accentuée chez Brent. Comme s'était visiblement accentuée sa rancœur vis-à-vis de Quince.

— J'ai considéré qu'il était temps, répondit-il.

— Ah, oui ? Un brusque remords de conscience ?

— Brent !

Il lança un bref regard à sa sœur.

— C'est une question logique.

— Vraiment ? aboya Quince.

— Arrêtez, tous les deux ! ordonna Abby, le regard flamboyant. Quince est venu parce que je le lui ai demandé, Brent. Parce que papa rentrait à la maison, et que la place de Quince est parmi les siens.

— Dommage qu'il n'y ait pas pensé il y a cinq ans, quand il nous a abandonnés en plein drame.

— Brent...

— Ne perds pas ton temps, Abby, l'interrompit Quince. C'est une histoire entre Brent et moi, comme toujours.

— Là, tu te trompes !

Jack Hunter sortit de l'ombre, et Quince écarquilla les yeux, stupéfait. Le bel homme séduisant d'autrefois avait laissé la place à un vieux monsieur aux cheveux d'un gris terne, dont le visage aux traits aigus était marqué de rides amères et le regard vide.

— Vous semblez oublier l'un et l'autre que c'est mon nom qui figure sur le titre de propriété du ranch de la Demi-Lune, déclara-t-il fermement. C'est moi qui décide de qui doit rester ou partir.

— Bien sûr, grinça Brent. De même que tu as pris toutes les décisions importantes depuis dix ans !

— Que tout soit bien clair entre nous, rétorqua son père. Ces dix années passées en prison je les ai laissées derrière moi, et j'entends que tout le monde ici en fasse autant. Tu t'es absenté cinq ans, reprit-il à l'adresse de Quince. J'ignore pourquoi tu es parti, et cela m'est égal. Tu es de retour et, en ce qui me concerne, tu as autant le droit de vivre dans ce ranch que tes frères. Tu peux rester, à condition de ne pas oublier qu'à présent, c'est moi le chef de famille.

Il y avait du défi dans sa voix, et Quince répliqua :

— Brent et vous avez abattu vos cartes, alors je vais vous imiter. Abby m'a demandé de rentrer, expliqua-t-il d'un ton calme, mais ce n'est pas la seule raison de mon retour.

Le visage de marbre, il regarda tour à tour son père et son frère.

— Le nom de père figure sur l'acte de propriété, certes, cependant le ranch appartenait aussi à mère... et je sais qu'elle aurait voulu que j'habite ici. Il m'a fallu cinq ans pour parvenir à cette conclusion, mais maintenant, personne ne me forcera à partir si je ne le souhaite pas.

— Tu ne leur dois aucune explication, intervint Abby, tendue. Viens, rentrons.

— Une minute, Abby, je n'ai pas terminé... Je veux que vous sachiez également que je n'ai pas l'intention de dépendre de vous. Je tiens à participer à la vie du ranch. Je travaillerai aussi dur que les autres, en tant que membre de la famille dont l'opinion compte autant que la vôtre. Je voulais que ce soit bien clair.

Quince vit son père froncer les sourcils, puis, sur un imperceptible hochement de tête, il disparut de nouveau dans l'ombre. Brent, dont le silence glacial était éloquent, se dirigea à grandes enjambées vers la grange.

Après une pause, Abby murmura, sincère et solennelle :

— Je suis si contente que tu sois rentré, Quince !

Je suis contente que tu sois rentré, très cher.

Edmund se rappelait l'accueil d'Iona, la veille, tandis qu'il la regardait se diriger d'un pas mal assuré vers la table de la salle à manger. Il eut un haut-le-cœur. Elle avait toujours été petite et frêle, mais à présent, elle était franchement décharnée. Ses vagues tentatives de coquetterie ne parvenaient pas à dissimuler son teint blafard, les cernes bruns sous ses yeux, le désordre de sa chevelure clairsemée, striée de gris. Avec le recul, il n'arrivait pas à comprendre comment il avait pu commettre la folie de l'épouser, quelle qu'en fût la raison !

Il eut un sourire méprisant. Elle n'avait pas été bien difficile à conquérir ! Riche veuve, mère d'une fillette de neuf ans, elle avait été totalement séduite par sa belle prestance et ses attentions. Certes, Juliana, sa fille, avait posé un léger problème, car contrairement à sa mère, elle était insensible à son charme. Par chance, Iona était si follement amoureuse qu'elle avait accepté de bon cœur que la petite aille vivre chez ses grands-parents quand il s'était fait plus pressant.

En l'espace de quelques semaines, il avait courtisé Iona, l'avait épousée, puis emmenée à Diablo dans l'espoir que Beth Hunter prendrait enfin conscience de sa tragique erreur.

Quel imbécile il avait été ! Comment avait-il pu envisager une seconde que la superbe Beth pût être jalouse de l'insignifiante Iona.

Évidemment, la fortune que le mari d'Iona lui avait léguée avait pesé dans sa décision de l'épouser. Il la contrôlait entièrement, hormis une petite somme mise en dépôt chez le notaire pour Juliana. Néanmoins, il avait appris de la manière la plus dure qui fût que l'argent compensait bien peu le fait de vivre avec Iona.

Celle-ci vacilla en essayant de s'asseoir, et, ravalant son dégoût, Edmund se hâta de lui venir en aide.

Elle prenait son petit-déjeuner en fin de matinée, car elle passait une partie de la nuit à boire. Ils avaient décidé de faire chambre à part quand Edmund s'était plaint d'insomnie. Il savait qu'elle n'aurait pas la force de protester, et cela lui épargnait ce devoir conjugal qui le révulsait. Il se livrait en toute impunité à ses fantasmes sexuels assez loin de Diablo, là où personne ne le connaissait.

Il agita doucement la petite cloche d'argent posée sur la table joliment dressée. Hilda se précipita, une assiette à la main. Elle manifesta sa désapprobation devant l'état de sa maîtresse en secouant la tête, l'air navré, avant de gratifier Edmund d'un regard de sympathie.

Celui-ci sourit intérieurement. Avant longtemps, tout Diablo apprendrait que sa femme était ivre dès le matin, et on le louerait pour la charité chrétienne dont il faisait preuve en supportant stoïquement le vice de son épouse.

Pourtant, rien n'aurait pu être plus éloigné de la vérité.

Je suis si contente que tu sois rentré, très cher.

Oui, Iona avait été contente de le voir, la veille, surtout quand elle avait découvert qu'il portait un colis.

Son médicament.

Il se rappela comme ses mains tremblaient lorsqu'elle s'était emparée du paquet, sa hâte à regagner sa chambre sous un prétexte futile. L'oreille collée à la porte, il l'avait entendue déchirer frénétiquement le papier d'emballage. Lorsque, au bout de quelques interminables minutes, le silence s'était fait, il était entré dans la pièce. Elle gisait sur le lit dans une position bizarre, la bouteille de laudanum ouverte sur la table de nuit. Elle allait dormir durant des heures et le laisser tranquille ! Avec un peu de chance, il ne la reverrait pas avant le lendemain midi, quand il rentrerait pour jouer les parfaits époux. Ce qu'il faisait à présent.

— Edmund, très cher…

Iona repoussa d'une main tremblante une mèche rebelle avant de continuer, pathétique :

— Je te remercie d'être allé chercher mon médicament. J'ai vraiment bien dormi, cette nuit.

— J'en suis ravi, ma chère, répondit-il aimablement.

— Si je peux me reposer ainsi toute la semaine, je suis sûre que je serai assez rétablie pour rendre visite à des amis… si vous voulez bien m'emmener.

— Certainement, Iona. Qui aimerais-tu voir ?

— J'aurais aimé bavarder un peu avec Abby Hunter.

— Je crains que ce ne soit pas une très bonne idée. La situation au ranch est plutôt tendue depuis le retour de Jack.

Après une pause destinée à ménager ses effets, il reprit un ton plus bas :

— Il a recommencé à boire. Il est humiliant pour la famille qu'on le voie dans cet état, et je n'aimerais pas que tu assistes à un tel spectacle.

Un pauvre sourire effleura les lèvres d'Iona, puis elle posa sa serviette et se leva avec peine.

— Je… je ne me sens pas très bien, Edmund. Je crois que je vais aller m'allonger quelques instants.

Il se leva à son tour, l'air inquiet.

— Et ton petit-déjeuner ? Tu ne le termines pas ?

— Je n'ai pas faim. Dis à Hilda qu'elle peut débarrasser.

— Bien sûr.

À peine eut-elle disparu dans le couloir que Edmund agita la clochette.

— Mme Montgomery était… lasse, expliqua-t-il à la gouvernante. Elle est allée se reposer.

— Je suis désolée, monsieur.

— Il faut que je parte, mais si vous pouviez jeter un œil sur elle un peu plus tard, je vous en serais reconnaissant.

— Avec plaisir, monsieur.

— Je tiens beaucoup à elle, vous comprenez.

— Oui, naturellement, monsieur Montgomery.

Edmund saisit son chapeau et se dirigea vers la porte en retenant un sourire. Quelle sotte, cette Hilda!

— Papa a recommencé à boire, n'est-ce pas?

Ils étaient à l'écurie, et Quince humait avec plaisir l'odeur familière des chevaux. Le silence tomba, entrecoupé de hennissements impatients et de raclements de sabots.

Un peu plus tôt, Abby l'avait emmené dans la maison et l'avait fièrement présenté à la gouvernante, Frances Reilly, une robuste femme d'un certain âge aux yeux d'un bleu fané. Elle l'avait installé dans son ancienne chambre, puis l'avait entraîné dans la grange, où il avait fait la connaissance de Navidad. Abby lui avait dit le plus grand bien du Mexicain qui possédait un véritable don pour s'occuper des chevaux, et sa chaleureuse poignée de main n'avait fait que confirmer cette opinion.

Sa sœur se tourna vers lui, les sourcils froncés, tandis qu'il attendait la réponse à sa question, et Quince fut une fois de plus frappé par sa ressemblance avec leur mère. Il savait d'instinct que sa cadette n'était pas consciente de sa grande beauté et que, de toute façon, elle ne s'en souciait pas.

La disparition de Beth avait fait basculer leurs vies.

Après leur rencontre du matin, Brent avait enfourché son cheval et quitté le ranch, visiblement furieux. Leur père ne s'était pas montré depuis, et Matt n'était même pas là. Dieu merci, entre Abby et lui rien n'avait changé, songea Quince.

— Abby... ? insista-t-il.

— Papa ne boit pas tout le temps, fit-elle dans un soupir. Seulement quand il est malheureux, ou quand tout va mal au ranch.

— Que veux-tu dire ?

— À Diablo, tout le monde garde ses distances avec lui, et il leur en veut d'autant plus qu'il les croyait ses amis.

— Et ?

— Ça ne marche pas très bien entre Brent et lui. Papa a quelques projets en tête.

— Par exemple ?

— Eh bien, il a décidé d'acheter des chevaux, mais Brent, qui a enfin réussi à résorber les dettes, a déclaré que nous n'en avions pas les moyens.

— Des chevaux...

— Oui. Et du terrain. Là encore, Brent a prétendu que nous n'en avions ni l'utilité ni les moyens.

— Où papa a-t-il trouvé cet argent, alors qu'il sort de prison ?

Abby se rembrunit.

— Edmund lui en a prêté, avec une hypothèque sur le ranch.

— Il a essayé de le rembourser en jouant, comme toujours, compléta Quince presque machinalement. Et il est tombé plus bas chaque fois.

Abby acquiesça.

— Brent est furieux parce que les dettes s'accumulent de nouveau et que papa refuse de l'écouter. Il pense qu'Edmund est le seul qui ait encore confiance en lui.

Quince aurait dû s'en douter. Edmund avait toujours été *l'ami* de son père.

Il posa la question suivante à contrecœur.

— Et Matt ? A-t-il l'intention de rentrer ?

Abby haussa les épaules, les yeux fixés sur le sol.

— Papa a l'air d'en douter.

Matt… Qui les avait quittés après le décès de leur mère, et ne revenait au ranch qu'épisodiquement afin d'apporter sa contribution financière aux affaires. Matt, dont la négligence avait, selon Quince, en partie coûté la vie à Beth… Jamais, cependant il n'aurait imaginé qu'il pût abandonner définitivement sa famille.

— Tu n'as pas eu de ses nouvelles depuis qu'il est parti pour l'Angleterre ?

— Non.

Les yeux d'Abby brillaient de façon suspecte, et Quince sentit la rage l'envahir. Elle avait suffisamment souffert d'un drame qui lui était étranger. À présent qu'il était revenu, il allait s'efforcer de tout arranger, ne fût-ce que pour elle.

Il posa le bras sur les épaules de sa petite sœur.

— Vas-tu enfin te décider à me dire pourquoi tu m'as emmené dans l'écurie ?

Abby esquissa un sourire.

— J'ai beaucoup travaillé sur le ranch, tu sais. Les employés affirment que je suis l'une des meilleures pour dresser les chevaux… Bien sûr, ajouta-t-elle avec une pointe de rancœur, Brent estime que je suis trop vieille pour ça, que je devrais porter des robes, des bottines, et me conduire comme une dame. J'ai eu beau lui expliquer que j'étais plus à l'aise sur une selle qu'au milieu des dentelles, il n'en démord pas.

Baissant les yeux pour cacher ses larmes, elle poursuivit :

— Il assure que si je continue ainsi, je ne me marierai jamais. Je lui ai rétorqué que je ne voulais pas de mari, si ça signifiait me pomponner et minauder comme le font les filles en ville. Ou m'enfermer dans une cuisine pour le restant de mes jours, alors que je n'aime que le grand air !

— Et qu'a répondu Brent ?

— Que je ferais aussi bien de m'habituer aux pantalons parce que mon vœu avait toutes les chances d'être exaucé.

Satané Brent !

Quince décocha un clin d'œil à sa sœur.

— Brent et moi ne sommes pas souvent du même avis, et apparemment, ça ne s'est pas arrangé !

Abby parut un peu réconfortée, et il reprit :

— Alors, que voulais-tu me montrer ?

Pivotant sur ses talons, elle lui fit signe de la suivre. Quelques instants plus tard, elle s'immobilisa devant une stalle, au fond de l'écurie. En dépit de son air triomphal, Quince ne s'attendait pas à découvrir une aussi belle bête. Le cheval aubère à la robe de velours et au regard intelligent qui se tenait devant eux était exceptionnel.

— Quand je pense au poulain que c'était quand Brent te l'a offert, commenta-t-il. Moon Racer est devenu un splendide étalon que n'importe quel homme – ou femme – serait fier de posséder.

— Il est magnifique, je sais ! fit Abby, émue. Mais il me donne parfois du fil à retordre. C'est de lui que nous tirons la moitié des revenus du ranch, et je crois qu'il le sait. Cela dit, il peut faire encore mieux. Bientôt, on va l'accoupler avec l'une des plus prometteuses juments du Texas. Nous avons attendu longtemps que Cinnamon soit prête, et nous avons tous hâte de voir le poulain qui naîtra de cette saillie.

Cinnamon…

Quince fronça les sourcils. Il ouvrait la bouche pour parler quand un martèlement de sabots dans la cour l'interrompit. Étonnée, Abby sortit pour accueillir les nouveaux venus.

— Que se passe-t-il ? lança-t-elle. Nous ne vous attendions pas avant la fin de la semaine.

Il y eut un bref silence, puis une voix de femme répondit :

— J'ai à vous parler, Abby.

Quince se pétrifia. Il connaissait cette voix.

C'était plus dur qu'elle ne l'aurait cru.

Glory ne parvint pas à répondre au chaleureux sourire d'Abby Hunter. Cette dernière avait quelques années de moins qu'elle, mais c'était une véritable éleveuse de chevaux, et l'idée de l'union entre Moon Racer et Cinnamon les avait autant enthousiasmées l'une que l'autre. Glory nourrissait l'espoir qu'une lignée de cette qualité résoudrait les problèmes du Diamond C. Quant à Abby, elle était simplement fière que Moon Racer joue un rôle dans cet événement.

— Je ne vous amènerai pas Cinnamon à la fin de la semaine, Abby, annonça Glory, la gorge nouée.

Le sourire d'Abby se figea.

— Pourquoi ? Que s'est-il passé ?

— Elle est morte.

Sous le choc, Abby écarquilla les yeux – ces yeux verts qui en rappelèrent soudain d'autres à Glory.

— Mais… elle était en parfaite santé, la dernière fois que je l'ai vue. Si pleine de vie…

— C'était un accident.

— Un accident ?

— Je l'avais sortie pour l'entraîner, et il a fallu l'abattre pour mettre fin à son agonie…

Abby compatissait de tout son cœur.

— Je suis navrée, Glory. Quel déchirement ça a dû être d'être contraint de tuer un si bel animal…

Glory ne répondit pas.

Shorty s'agitait, mal à l'aise.

— Frances a fait une tarte aux pommes, dit spontanément Abby au brave homme. Si vous en voulez un morceau…

— Merci, mademoiselle Abby.

Soulagé, le cow-boy se dirigea vers la maison.

— Je doute que Shorty soit enchanté de me servir de chaperon, observa Glory, mais mon père a insisté pour qu'il m'accompagne, et il lui obéit toujours… Je sais que vous êtes aussi déçue que moi, ajouta-t-elle.

Elle s'interrompit en remarquant la haute silhouette d'un homme qui sortait de la grange. Curieusement, elle lui trouva quelque chose de familier. Sa stature. Sa démarche. Son air assuré, la façon dont il portait son holster bas sur les hanches, le chapeau qui lui cachait presque les yeux…

Il s'approcha davantage. Il était habillé différemment, rasé de frais, pourtant ces yeux verts, si pénétrants…

Non, impossible !

Suivant le regard de Glory, Abby tourna la tête, et gratifia l'inconnu d'un sourire. Deux paires d'yeux identiques étaient à présent fixées sur Glory.

— Je vous présente mon frère, Quince. Il était en voyage, et il n'est rentré qu'aujourd'hui… Voici Glory Townsend, Quince. Son père et elle sont propriétaires du Diamond C, le ranch du vieux Potter.

Muette de stupeur, Glory pinça les lèvres lorsque, portant la main à son chapeau, il lança :

— Ravi de vous revoir, madame.

L'animal !

— Vous vous connaissez ? s'étonna Abby.

— Nous nous sommes rencontrés hier alors que je rentrais à la maison, répondit Quince de cette voix grave que Glory se rappelait clairement. Nous n'avons guère bavardé, mais Mlle Townsend m'a dit que nous nous reverrions sûrement avant la fin de la semaine.

— La jument de Glory, celle qui devait être menée à Moon Racer, a eu un accident. Il a fallu l'abattre.

Glory se préparait bravement à entendre Quince raconter avec condescendance la lamentable catastrophe, aussi fut-elle surprise lorsqu'il se contenta de déclarer :

— C'est vraiment désolant.

Oh, mais elle n'était pas dupe de sa feinte commisération ! Et elle n'avait aucune envie d'entrer dans son jeu.

— Je dois y aller, Abby, dit-elle. Mon père m'attend. Au revoir, monsieur Hunter, ajouta-t-elle froidement.

— Appelez-moi Quince, madame, comme tout le monde, répliqua-t-il.

Glory se sentit rougir, mais elle s'abstint de lui rétorquer qu'il devait avoir bien d'autres noms ou surnoms. Elle grimpa en selle, appela Shorty au passage, et quitta la cour au trot sans un regard en arrière.

4

Ses deux premiers jours au ranch ne s'étaient pas bien passés.

Soucieux, Quince sella son cheval puis l'enfourcha. Le visage furieux de Glory Townsend lui traversa l'esprit, comme souvent depuis leur dernière rencontre, mais il le chassa. Cette petite personne mal embouchée ne méritait pas qu'il pense à elle, il avait des affaires plus importantes à régler.

Il parcourut du regard les cow-boys qui grimpaient à cheval autour de lui. Le soleil était à peine levé, mais ils avaient déjà pris leur petit-déjeuner et se préparaient à vaquer à leurs occupations. Buck, Red, Curly, Hank… il avait travaillé avec eux tous avant de quitter le ranch, et ils l'avaient accueilli avec un enthousiasme qui ne diminuait en rien leur loyauté envers Brent. Ils n'avaient guère commenté le retour de Jack Hunter, et Quince leur en avait été reconnaissant. Il préférait apprendre les détails sur le ranch par les siens.

Hélas, cela s'était révélé impossible. Abby s'efforçait de répondre à ses questions, mais elle ne connaissait pas grand-chose aux finances de l'exploitation. Jack refusait toute conversation privée, et il passait bien trop de temps à Diablo.

Quant à Brent… Quince avait été surpris qu'il eût choisi de vivre dans une cabane près du ruisseau avec sa jeune femme, Crystal. Il aurait pourtant parié que rien ne lui ferait quitter la demeure familiale après le retour de leur père. Mais, apparemment, Brent tenait à ce que sa vie privée demeure à l'écart de la spirale descendante dans laquelle était engagé le ranch. Quince n'avait donc pas encore rencontré sa belle-sœur ; il était cependant sûr que, malgré l'absence de coopération de son frère, il finirait par faire sa connaissance.

Il s'assombrit. Il aurait dû se douter que Brent ne serait pas disposé à aborder avec lui les affaires du ranch. Il affichait la même attitude autocratique que cinq ans auparavant, mais cette fois, Quince était déterminé à ne pas laisser la situation s'envenimer. Son souhait de voir la Demi-Lune retrouver sa santé financière n'était pas guidé par le désir de tout diriger, ni par une perverse loyauté envers son père qui semblait décidé à persister dans ses erreurs. Il était revenu pour une seule raison : s'assurer que le rêve que sa mère nourrissait – que le ranch reste toujours un foyer pour sa famille – se réaliserait.

Quince se tourna vers Buck.

— Vous allez retrouver Brent dans les prairies ouest, ce matin ?

Buck acquiesça.

— Je ne viens pas avec vous, fit Quince. Je dois me rendre en ville.

Sans attendre, il fit tourner bride à sa monture en direction de la route.

Glory luttait pour contenir son irritation. Le petit-déjeuner était terminé, les hommes étaient partis travailler, et elle était déjà en selle quand elle s'aperçut que Shorty attendait derrière elle.

Les dents serrées, elle bondit de son cheval et regagna à grandes enjambées le porche d'où son père surveillait les allées et venues matinales.

— Ça suffit, papa. Je ne veux pas que Shorty me suive partout comme un toutou. Je ne suis plus une enfant, et je refuse d'être traitée comme telle.

— Je sais, ma chérie, fit Byron Townsend, amusé par la fougue de sa fille. Mais tu es une jeune femme dans une contrée sauvage.

— Je chevauche seule dans cette « contrée sauvage » comme tu dis depuis l'âge de quatorze ans ! s'indigna Glory qui respira un bon coup avant de reprendre plus calmement : Je sais, papa, que l'accident avec Cinnamon aurait pu se terminer plus mal encore, mais cela n'a pas été le cas.

— Si ce vagabond n'était pas arrivé à temps...

Trimardeur.

Glory avait été si furieuse contre Quince, qui l'avait délibérément trompée, qu'elle n'avait pu se résoudre à en parler avec son père.

Un peu mal à l'aise, cependant, elle déclara :

— Mais il était là. Et même toute seule, j'aurais réussi à m'en sortir sans problème.

Son père s'abstint de répondre.

— J'aurais pu, papa ! insista-t-elle.

— Tu ne comprends donc pas, chérie ? Je ne veux pas prendre le risque qu'un tel accident se reproduise. Pas quand Shorty est disponible pour t'accompagner.

— J'ai des choses importantes à faire aujourd'hui, et je ne veux pas que Shorty soit dans mes jambes en permanence, à bougonner. Il a mieux à faire au ranch...

— Je peux me passer de Shorty... mais je ne peux pas me passer de toi, Glory.

— Oh, papa ! Je ne peux pas continuer ainsi. Les

hommes ne me respecteront plus ! J'ai travaillé dur pour gagner leur estime, je ne veux pas la perdre sous prétexte de dangers inexistants.

— Glory...

— Papa, je te supplie de me croire quand je t'affirme que je suis capable de prendre soin de moi.

— Là n'est pas le problème, Glory.

— Si ! Ce qui s'est passé avec Cinnamon était invraisemblable. Je connais cette région aussi bien que n'importe lequel de nos employés. J'ai une carabine sur ma selle, en cas d'urgence, et je te rappelle que c'est toi qui m'as appris à m'en servir. Alors, soit tu me fais confiance, soit tu refuses... Mais dis-toi bien que dans un cas comme dans l'autre, les hommes calqueront leur attitude sur la tienne.

Byron Townsend s'empourpra, et Glory eut un pincement au cœur. Si cette scène n'avait été indispensable elle s'en serait volontiers dispensée.

Byron se tourna vers le grand cow-boy qui patientait sur son cheval, à quelques mètres de là.

— Il est inutile d'accompagner Mlle Glory, désormais, Shorty ! annonça-t-il d'une voix forte. Tu peux retourner à ton travail.

— Merci, papa, murmura la jeune fille d'une voix rauque d'émotion.

Elle embrassa son père et fila vers sa monture.

— Ça ne voulait rien dire, Lobo !

La voix anxieuse de Blanche s'éleva dans la salle tranquille du *Lone Star*, tandis qu'elle essayait de se dégager de l'étreinte douloureuse de Lobo.

— Tu sais que le patron me reproche de passer trop de temps avec toi quand tu es là. J'ai cru que ce type, ce Quince, était un étranger lorsqu'il est entré ici. Je voulais seulement faire mon boulot, mais il était pas du tout aimable.

— Ah, ouais ? C'est pas ce que j'ai entendu dire ! Les gars m'ont raconté que tu le collais comme de la glu, que tu le lâchais pas, et que ça avait sacrément l'air de te plaire.

Blanche jeta un coup d'œil aux quelques hommes assis à une table qui la fixaient d'un air narquois.

Non, c'était Lobo qu'ils regardaient en se moquant. Ils en avaient assez de l'entendre se vanter qu'il gagnait un paquet d'argent. Ils avaient envie de lui rabattre son caquet, et s'il fallait impliquer Blanche pour cela, eh bien, tant pis. Ils ignoraient toutefois que cet argent, c'était *elle* qui le gagnait, mais qu'elle devait tout lui remettre et se contenter des quelques pièces qu'elle réussissait à gratter ici ou là.

Blanche se méfiait de Lobo. Un an auparavant, après la mort de son père qui lui avait laissé pour tout héritage un vieux cheval, quelques outils rouillés d'orpailleur et un vieux revolver, elle était arrivée au *Lone Star* effrayée, affamée. Jeune et jolie, elle aurait tout accepté pour survivre. Elle avait pris un poste de « serveuse ». Elle était si naïve qu'elle s'était laissé séduire par la chevelure blonde et le sourire jovial de Lobo. Elle s'était dit qu'il saurait la protéger…

Elle n'aurait pu se tromper davantage ! Lobo avait cessé de sourire, et depuis, elle payait son erreur très, très cher.

Refusant de céder, elle n'osait toutefois lui lancer la vérité au visage, à savoir que ce qu'avaient dit ses copains était vrai. Elle avait remarqué Quince Hunter dès qu'il avait posé le pied dans le saloon, deux soirs plus tôt, mais c'était seulement lorsqu'elle avait entendu son nom de famille qu'elle s'était réellement intéressée à lui. Elle connaissait la réputation des Hunter, qui faisaient face quels que soient les problèmes. Elle avait travaillé avec Crystal au *Lone Star* avant que Brent Hunter ne la tire de là en l'épousant. Or, à ce que l'on racontait, Quince Hunter ressemblait à son frère aîné.

Elle l'avait alors étudié plus attentivement. Elle l'avait vu éconduire les importuns de quelques paroles bien senties, ou d'un simple regard, et elle s'était dit que si quelqu'un pouvait l'aider à échapper aux griffes de Lobo, c'était cet homme.

Mais cela n'avait pas marché. Elle avait fait de son mieux pour le séduire avec des promesses informulées, qu'elle aurait volontiers tenues, mais Quince Hunter semblait ailleurs et n'avait prêté aucune attention à ses avances.

— Alors, qu'est-ce que t'as à répondre ?

Le barman, qui en avait vu d'autres, ne risquait pas de lui venir en aide. Ni les clients, qui considéraient qu'elle n'aurait jamais dû s'acoquiner avec un individu de ce genre. Et moins encore les autres filles, qui étaient tout aussi terrorisées qu'elle par Lobo.

— On t'a trompé, Lobo, fit-elle doucement. Je faisais juste mon boulot. Quince Hunter ne m'intéresse absolument pas.

— Menteuse !

Il lui tordait cruellement le bras.

— On va monter, siffla-t-il. Et je te jure que tu finiras par me cracher la vérité.

— Cette fois, tu pousses le bouchon trop loin, Lobo !

C'était la voix de Ken O'Malley, le barman.

— Je pense que tu ferais mieux de sortir et de revenir quand tu seras calmé, ajouta-t-il.

— J'irai nulle part ! répliqua Lobo sans lâcher Blanche.

Celle-ci fut aussi surprise que Lobo lorsque O'Malley sortit son fusil de derrière le bar.

— Je ne te le répéterai pas, menaça-t-il. File, et ne reviens pas avant d'avoir changé d'attitude.

Un silence de mort s'abattit sur le bar. Blanche retint son souffle, jusqu'à ce que Lobo la lâche enfin et se dirige vers la porte sans un mot.

Quand il eut disparu, elle se tourna vers O'Malley avec reconnaissance, mais il lâcha avec colère :

— C'est ta faute, tout ça. Si je ne manquais pas de serveuses, je te chasserais sur-le-champ. Mais je te préviens : soit tu t'arranges pour que Lobo ne fasse plus d'histoires, soit tu te cherches du travail ailleurs.

Il s'adressa ensuite aux « amis » de Lobo.

— Sortez, vous autres ! Je ne veux plus vous voir si c'est pour semer la pagaille.

Les trois individus le considérèrent, bouche bée, alors il agita son arme en hurlant :

— Dehors !

Muette de stupéfaction, Blanche les regarda filer sans demander leur reste.

Glory, qui venait d'arriver en ville, se dirigea résolument vers la banque.

Assis à son bureau, Edmund Montgomery la vit entrer, comme il voyait tout ce qui se passait dans l'établissement. Glory se demandait combien de clients se rendaient compte que les hypothèques qu'Edmund possédait sur la plupart des ranchs lui permettaient de contrôler à la fois les exploitations et la vie des ranchers. Un contrôle qui prenait une importance croissante.

Consciente de cette situation, Glory s'avança vers le bureau, et Edmund se leva poliment.

— Entrez, Glory. C'est toujours un plaisir de vous voir.

Elle supposait que ça l'était, en effet… pour lui.

Elle s'assit, et Edmund ferma la porte avant de s'asseoir à son tour. Il remarqua aussitôt son expression hostile.

Glory ne l'aimait pas. Elle ne l'avait jamais aimé. Elle détestait la façon qu'il avait de la lorgner quand il croyait qu'elle regardait ailleurs. Il couvait d'ailleurs Abby Hunter du même regard… Abby qui était si profondément attachée à Iona, l'épouse « bien-aimée » d'Edmund.

— Quel bon vent vous amène ? s'enquit-il.

Glory eut le sentiment qu'il le savait déjà. Diablo était une petite ville, les nouvelles se répandaient vite. Tout le monde était sûrement au courant de l'accident de Cinnamon. Néanmoins, elle fit comme si de rien n'était.

— Nous venons d'essuyer un grave revers, à Diamond C, Edmund. Notre meilleure jument a été tuée accidentellement il y a deux jours.

— Oh, j'en suis vraiment navré ! s'écria-t-il, compatissant.

— Papa et moi comptions beaucoup sur Cinnamon. Nous devions la faire couvrir par Moon Racer.

— L'étalon d'Abby ? Un splendide animal !

— Nous avons tout annulé, bien sûr, mais père et moi sommes plongés dans les chiffres. Le poulain de Cinnamon était capital, dans nos plans à long terme. Aucune de nos autres juments ne peut se comparer à elle, et si nous voulons que le Diamond C reste un ranch viable, il faut que nous achetions très vite une poulinière du même calibre.

Edmund acquiesça, pensif.

— Cela me semble judicieux. Il n'y a plus de grands déplacements de troupeaux vers le Nord, et les ranchers n'ont donc plus à fournir de chevaux pour les accompagner. Vous allez devoir trouver une autre source de revenus.

— Nous n'avons pas de problèmes d'argent immédiats, mentit Glory avec aplomb, consciente qu'il était crucial de ne pas révéler l'état catastrophique des finances du Diamond C. Mais papa tient à remplacer Cinnamon.

— Dans ce cas, que puis-je pour vous, ma chère enfant ?

Un nouvel éclair d'hostilité passa dans le regard de la jeune fille.

— Nous aimerions obtenir un prêt afin d'acheter une jument de qualité.

— Où pensez-vous la trouver ?

— Papa a des contacts, il est certain de dénicher l'animal qu'il recherche.

— À condition d'avoir de quoi le payer.

Glory luttait pour conserver son sang-froid. Edmund appréhendait très précisément la situation. Il savait pourquoi elle était là, mais il faisait durer la conversation – le classique jeu du chat et de la souris. Il s'amusait beaucoup trop pour y mettre un terme rapidement.

Obligée d'entrer dans son jeu, Glory sourit.

— En effet. Nous souhaitons prendre des contacts le plus tôt possible afin de profiter des saillies de Moon Racer.

— Je suis désolé, ma chère, mais je ne puis vous accorder un autre prêt en ce moment.

Un froid glacial envahit Glory.

— Le Diamond C en a un besoin urgent.

— Je regrette.

— Papa compte dessus, insista-t-elle.

Dégoulinant de sympathie, Edmund expliqua :

— Vous avez un prêt qui arrive très bientôt à échéance. Vous en avez demandé d'autres par le passé, et je vous les ai accordés à contrecœur.

— Nous en avons toujours payé les intérêts.

— Pardonnez-moi, ma chère, mais je suis bien placé pour connaître la situation financière du Diamond C. Vous avez tout juste réglé votre dernière échéance.

— Tout juste ou pas, vous avez eu votre argent.

— Certes. Néanmoins, comme je le disais, la conjoncture dans cette région est en train de changer. Les troupeaux migrants…

— Nous vous rembourserons en temps et en heure, Edmund.

— Je l'espère, comme je le souhaite à tous les autres ranchers. Mais il se trouve que je ne peux pas accorder un nouveau prêt au Diamond C tant que je n'en suis pas certain.

— Nous avons besoin de cette jument maintenant, sinon tous nos plans seront gravement revus à la baisse. Lorsque papa aura trouvé cette jument et qu'elle sera en état de procréer…

— Désolé, ma chère. Je vous souhaite tout le bien possible, mais les affaires sont les affaires.

Incapable de supporter davantage cette feinte commisération, Glory se leva abruptement.

— Alors, mettons un terme à cet entretien, déclara-t-elle. Et merci pour vos… « bons vœux ».

Elle ouvrit la porte à la volée et quitta la banque en trombe. Elle ne vit pas l'homme qui y pénétrait au même instant et ils entrèrent en collision avec une telle force qu'elle faillit tomber. De grands bras la rattrapèrent à temps, et elle leva les yeux, prête à s'excuser. Les mots ne franchirent pas ses lèvres quand elle croisa le regard vert.

Oh, non, pas lui...

— Ça va ? demanda vivement Quince, et l'inquiétude qu'elle discerna dans sa voix ne fit qu'ajouter à sa colère

— Bien sûr que ça va !

Gênée, elle se dégagea.

— Si vous êtes en ville pour la « compensation » dont vous parliez l'autre jour, ce n'est pas nécessaire, lâcha-t-il en souriant.

Ce commentaire jeta de l'huile sur le feu.

— En vérité, répliqua-t-elle, je suis contente que nous nous rencontrions. J'avais quelque chose à vous dire, mais c'était impossible devant Abby. Et ne croyez pas que le fait que vous soyez un Hunter m'impressionne, ajouta-t-elle en baissant la voix.

Quince se raidit.

— Ce qui signifie ?

— Que je n'ai pas apprécié votre petite comédie de l'autre jour.

Le regard de Quince se fit de glace.

— Quelle comédie ?

— Vous faire passer pour un vagabond.

— Vous l'avez pensé toute seule.

— Vous m'avez délibérément induite en erreur.

— C'est vous qui avez tiré des conclusions erronées.

— Vous n'avez pas essayé de me détromper.

— Je n'en voyais pas l'intérêt.

— Non. Vous attendiez l'occasion de me mettre dans l'embarras.

— Jamais cette idée ne m'est venue à l'esprit.

— Vous saviez que je serais gênée, et cela vous réjouissait.

— Vous vous trompez complètement !

— Pas du tout!

— Si, madame. Je n'ai pas de temps à perdre avec de tels enfantillages.

Elle devint presque aussi flamboyante que sa chevelure.

— Malheureusement, je sais à quoi m'en tenir! déclara-t-elle avec colère. Mais puisque vous le prenez ainsi, il est inutile de prolonger cette conversation. Je ne vous ferai pas perdre davantage votre temps.

Elle le contourna, la tête haute, et sortit dans la rue en marmonnant :

— Canaille!

Furieux, Quince pénétra dans la banque, et se retint pour ne pas en claquer la porte tandis qu'il grommelait :

— Mégère!

Edmund baissa les yeux sur le dossier marqué *Diamond C* qu'il avait relu le matin même. Il en avait le contenu bien en tête lorsque Glory Townsend avait pénétré dans son bureau, quelques minutes plus tôt, et il avait été sincèrement ravi de la voir. Trop gâtée par son infirme de père, elle se permettait de le regarder de haut comme personne en ville n'osait le faire, et cela le rendait fou de rage. Avec ses hanches minces, sa démarche assurée, cette crinière rousse qu'elle secouait à plaisir, c'était une véritable beauté. Il avait passé des heures à imaginer les plaisirs que son corps élancé pouvait offrir, mais elle avait trop mauvais caractère. Elle ne valait pas l'effort qu'il devrait fournir pour la mater.

Abby, en revanche, c'était autre chose.

La douce, l'innocente Abby. Avec sa jeunesse, son cœur pur, les merveilles dissimulées sous ses vêtements trop grands... Abby qui ressemblait chaque jour un peu plus à sa mère, la ravissante Beth. Comment pourrait-il l'initier aux plaisirs de la chair ? Quels jeux pervers lui apprendrait-il ? Elle serait bonne élève, il en était certain, le jour où il...

Il fut tiré de sa rêverie lascive par des pas énergiques. Il réagit trop tard pour empêcher Quince Hunter d'entrer dans son bureau. Il grimaça un sourire, contrarié d'être ainsi surpris, et se leva.

— Ah, Quince ! J'avais entendu parler de ton retour. C'est mon jour de chance : la visite de deux vieux amis à quelques minutes d'intervalle.

— Peut-être, répondit Quince sans sourire. Je suis arrivé à la maison il y a quelques jours avec l'intention d'y rester, en effet, mais je ne suis pas venu parler de mes projets ni entretenir une conversation mondaine.

Il ferma la porte derrière lui et enchaîna :

— Je suis là parce que j'ai besoin de renseignements précis, or vous êtes l'homme de la situation.

— Oh, vraiment ?

Edmund détestait Quince, mais il essayait de faire bonne figure.

— En quoi puis-je t'aider ? demanda-t-il aimablement.

— Je veux connaître l'étendue du passif du ranch de la Demi-Lune.

Edmund secoua la tête.

— Je suis désolé, c'est une information confidentielle, que je ne peux divulguer sans l'autorisation de ton père.

Il se permit un sourire paternel avant de poursuivre :

— Franchement, Quince, ne devrais-tu pas plutôt lui poser directement la question ?

Le visage du jeune homme se durcit.

— Vu la façon dont il se comporte depuis sa sortie de prison, vous croyez vraiment que c'est envisageable ?

— Je suis désolé, répéta Edmund.

— Alors, dites-moi autre chose, répliqua Quince, la voix soudain dangereusement douce. Pourquoi continuez-vous à avancer de l'argent à mon père alors que vous savez pertinemment qu'il va le perdre au jeu ?

— Au jeu ? Jack m'a affirmé qu'il investissait dans le ranch, ce qui me paraissait tout à fait raisonnable.

— Raisonnable ? Quand tout le monde en ville sait qu'il passe le plus clair de son temps un verre dans une main et un paquet de cartes dans l'autre ?

Froissé, Edmund rétorqua :

— Je suis l'ami de ton père, Quince. Pas son tuteur.

— Si vous étiez réellement son ami, vous ne lui fourniriez pas les moyens d'augmenter la dette du ranch.

— Quoi que tu en penses, ton père a des projets, et il compte sur moi pour l'aider à les réaliser.

— Mon père nourrit des rêves totalement irréalistes, parce qu'ils n'incluent pas un moyen de rembourser ses emprunts dans un proche avenir.

— Oh... Évidemment, cela poserait problème à la banque, admit Edmund en haussant les épaules. Je dois songer à la stabilité de mon établissement. Tant de citoyens en dépendent !

— J'en conclus donc que vous ne prêterez plus d'argent à mon père s'il ne vous précise pas comment il a l'intention de le rembourser ?

— Je n'ai pas dit ça, Quince. Jack est mon ami, je le répète.

— Comprenons-nous bien, Edmund, fit Quince, la mâchoire crispée. Je vous dis que mon père dépense à tort et à travers, qu'il boit à l'excès, et qu'il joue afin de couvrir ses folies. Si vous lui prêtez encore de l'argent, vous menez le ranch à sa perte.

— C'est le nom de ton père qui figure sur l'acte de propriété, Quince. Pas le tien.

— Alors je suppose que nous nous comprenons, finalement, riposta sèchement Quince.

Sur ce, il quitta le bureau, laissant Edmund bouillonnant de colère. Décidément, songea ce dernier, il n'avait jamais aimé Quince Hunter... Mais bientôt, quand sonnerait l'heure du dénouement, il le mettrait à genoux.

Il en avait plus qu'assez !

Contrarié, furieux, Quince prit la direction du *Lone Star*. La journée avait vraiment fort mal débuté... À commencer par son altercation avec Glory Townsend..

La vision du petit diable roux lui traversa l'esprit, ce qui ne fit qu'accroître son irritation. Cette rencontre avait confirmé sa première impression. Cette fille était vraiment une mégère, une virago, et têtue comme une mule, en plus !

Et pourtant... L'espace d'un instant, lorsqu'il l'avait tenue contre lui, elle lui avait paru si frêle, si vulnérable. Il se souvenait encore, non sans trouble, de l'incroyable finesse de sa peau, de son parfum délicat, de la chaleur de son corps. Il se rappelait même s'être demandé fugitivement quel goût auraient ses lèvres, comment elle réagirait lorsque...

Bon sang, qu'est-ce qu'il lui prenait ? Il perdait l'esprit ou quoi ?

Il s'obligea à revenir au présent. Son entretien avec Edmund avait été désastreux, et il était d'autant plus exaspéré qu'il devait reconnaître que, si hypocrite soit-il, Edmund avait raison. S'il souhaitait obtenir des informations sur la santé financière du ranch, c'était à son père qu'il lui fallait s'adresser. Et ce ne serait pas facile, il le savait.

Son père avait quitté la maison tout de suite après le petit-déjeuner. Lorsqu'il l'avait interrogé sur ses activités, Quince avait reçu en réponse un regard glacial, comme chaque fois qu'il essayait d'engager la conversation.

Il eut un goût amer dans la bouche. Dire qu'enfant il admirait son père et rêvait de lui ressembler... Quand leurs relations s'étaient-elles détériorées ? Il n'aurait su le dire, mais il se souvenait cependant qu'à l'implication grandissante d'Edmund dans leur vie avait correspondu la dégradation de leur père.

Sa tristesse augmenta tandis qu'il se remémorait le regard navré de sa mère lorsque leur père rentrait ivre. Ils se disputaient, mais elle finissait toujours par lui trouver des excuses, déclarer que le « manque de chance » affectait son jugement. Jamais, pourtant, elle n'aurait imaginé que cela causerait sa mort !

Quince approchait du *Lone Star*.

Au moins, il avait tiré la leçon des erreurs de sa mère. Jamais il n'excuserait la conduite de son père. Il ne se contenterait pas non plus de travailler en feignant d'ignorer que, pendant ce temps, leur père dilapidait l'argent qui permettait au ranch de survivre.

Cette idée en tête, il franchit les portes du saloon et balaya la salle du regard. Quelques cow-boys étaient installés au bar, on jouait aux cartes à une table, des clients bavardaient avec les serveuses, un couple se dirigeait vers l'escalier menant aux chambres.

Quince fronça les sourcils. Il n'avait pas envisagé que Jack pût dépenser son argent avec l'une des entraîneuses. Une femme qu'il paierait pour obtenir le réconfort dont il avait besoin.

Il s'accouda au bar, commanda un verre et attendit. Si jamais son père descendait cet escalier...

— Comment ça va, beau gosse ?

Agacé, Quince jeta un bref regard à la jeune personne qui se frottait contre lui. Il n'avait ni le temps ni l'envie de batifoler.

Il s'apprêtait à le lui signifier lorsqu'elle reprit doucement :

— Vous ne vous souvenez pas de moi ?

Son sourire un peu hésitant empêcha Quince de la rabrouer comme il en avait eu l'intention.

— Vous êtes venu, l'autre soir. Je vous ai parlé, mais vous aviez la tête ailleurs, et vous êtes parti avant qu'on ait pu faire connaissance... Je m'appelle Blanche. Et vous, c'est Quince, hein ?

En effet, il se la rappelait. Elle aurait dû s'appeler « Constance », car elle ne l'avait pas lâché d'une semelle. Il avait remarqué la lueur de désespoir dans son regard – la même qu'en cet instant – alors qu'elle tentait vaillamment de sourire.

— Vous m'offrez un verre ?

Il secoua la tête.

— Écoutez, fit-il gentiment, je n'ai pas le temps. Vous feriez mieux de chercher une compagnie plus agréable.

L'angoisse qu'il perçut dans sa voix lorsqu'elle insista le prit par surprise.

— Payez-moi un verre... s'il vous plaît.

Quince l'observa plus attentivement. Sa blondeur semblait naturelle, ses yeux lourdement fardés étaient d'un brun chaud, et malgré le maquillage outrancier et la robe de satin vert qui mettait ses formes en valeur, elle ne paraissait guère plus âgée qu'Abby.

Il fit signe au barman de la servir.

— Je ne voudrais pas vous blesser, Blanche, reprit-il doucement, mais vous perdez votre temps.

— Non.

Blanche but son verre d'un trait.

— Le barman est furieux contre moi. Je risque d'avoir des ennuis si je ne fais pas rentrer un peu d'argent aujourd'hui. Laissez-moi seulement vous parler un moment.

— Blanche...

— Je vous en prie.

Incapable de résister à sa prière, Quince acquiesça. Son regard fut attiré par un couple qui sortait d'une des chambres en riant.

— D'accord, parlons, lâcha-t-il brusquement. Dites-moi qui se trouve dans les chambres, à l'étage.

— Les chambres ?

— Il me semble qu'il y a beaucoup de monde, vu l'heure.

Perplexe, Blanche haussa les épaules.

— Madge est là-haut avec un de ses clients réguliers. Willow descend l'escalier. Violet n'est plus là, O'Malley l'a renvoyée, et Bonnie occupe une des autres chambres.

— Avec qui est-elle ?

Blanche plissa les yeux.

— Pourquoi ? Vous cherchez quelqu'un ?

— Oui... Vous connaissez Jack Hunter ? Je crois qu'il passe pas mal de temps ici.

— Votre père.

Quince haussa les sourcils, et elle expliqua :

— Tout le monde, en ville, connaît les Hunter. Crystal travaillait ici avant d'épouser Brent, votre père est un habitué depuis sa sortie de prison, et vous êtes Quince Hunter, le fils qui est parti voilà cinq ans pour lutter contre les Indiens.

Quince secoua machinalement la tête.

— J'avais oublié que Diablo est une petite ville.

— Je sais aussi pourquoi votre père a été emprisonné..

Il se raidit.

— Je suis désolée. Tout le monde raconte que votre mère était une femme merveilleuse. Vous avez eu de la chance de la connaître. Moi, je n'ai jamais connu la mienne, mais j'aurais bien aimé...

En effet, Beth avait été une bénédiction. Quince n'avait jamais envisagé la situation sous cet angle.

— Votre père n'est pas là-haut, poursuivit Blanche. Je ne l'ai pas vu, aujourd'hui. Il arrive en général plus tard, quand on commence à jouer gros dans l'arrière-salle.

— Merci, fit Quince, soulagé.

— J'aimerais que tout soit aussi facile.

Comme Quince se taisait, Blanche continua :

— Je veux dire, que tous les problèmes soient aussi faciles à régler.

Il esquissa un sourire.

— Vous êtes trop jeune pour avoir de graves problèmes.

Les yeux de la jeune femme s'emplirent de larmes qu'elle ravala avec un rire rauque.

— Je ne suis pas si jeune... Je ne le suis plus, si vous préférez.

L'une des filles vint la bousculer et lui murmura à l'oreille :

— Attention... Il est là.

Le temps qu'elle réagisse, un cow-boy aux cheveux longs la poussait contre une table en lançant à ses acolytes :

— Vous aviez raison, les gars.

— Je... je n'ai rien fait, Lobo, balbutia Blanche, affolée. Je parlais seulement à ce type.

Quince agrippa le bras du cow-boy alors qu'il allait frapper Blanche.

— La dame dit vrai. Nous bavardions.

— Lâche-moi ! gronda Lobo.

Quince le fixa un instant sans broncher avant d'obtempérer.

— Si tu lèves de nouveau la main sur cette jeune personne, tu le regretteras !

Une lueur s'alluma dans le regard du cow-boy. Vif comme l'éclair, Quince sortit son revolver. L'autre n'avait pas porté la main à son côté qu'il reçut un violent coup de crosse et s'effondra.

— Si j'étais vous, je le sortirais d'ici, suggéra Quince en s'adressant aux trois types qui n'en avaient pas perdu une miette. Et faites-lui comprendre que s'il recommence, il aura affaire à moi.

Dans un silence de plomb, Quince se tourna vers le bar.

— Servez-nous un autre verre, à Blanche et à moi.

La jeune femme regarda en tremblant de tous ses membres les compagnons de Lobo traîner ce dernier dehors. Le saloon reprit vie, et Quince demanda calmement à Blanche :

— Vous disiez ?

Glory sortit de l'épicerie en serrant les dents. Pete lui avait confié une liste de courses longue comme le bras, et, comble de malchance, certaines des marchandises étant stockées dans l'arrière-boutique, elle avait dû attendre qu'il n'y ait plus de clients au comptoir pour que Burt puisse aller les lui chercher. Tandis qu'elle patientait, elle avait eu droit au récit des « exploits » de Quince Hunter qui s'était, paraît-il, battu pour une serveuse du *Lone Star*.

Elle jeta un coup d'œil machinal à l'établissement, au bout de la rue. Il n'avait pas fallu longtemps à Quince pour rentrer dans le moule de la famille Hunter. Brent avait épousé une ancienne chanteuse du *Lone Star*. On racontait que Jack passait plus de temps au saloon que dans son ranch, et Matt avait été, autrefois, l'un des meilleurs clients de l'endroit.

Elle rangea ses paquets dans ses sacoches et reprit le chemin du Diamond C. Une onde de chaleur la traversa tandis qu'elle se rappelait inopinément la force de Quince lorsqu'il l'avait soulevée pour la déposer sur sa selle, ce fameux jour où ils s'étaient rencontrés. Elle croyait sentir ses bras puissants lui encercler la taille. Ces mêmes bras étreignaient-ils la fille du bar, à présent ? Posait-il sur elle ce regard si clair, si pénétrant qui la troublait tant ?

Mais qu'est-ce que cela pouvait bien lui faire ?

— Mademoiselle Glory ! Attendez !

Burt lui courait après en agitant un paquet.

— Vous avez oublié les sucres d'orge à la menthe pour Pete !

Elle fit demi-tour, prit sans un mot le sachet que lui tendait Burt et, encore en pleine confusion, repartit au galop, obligeant les piétons à grimper en hâte sur les trottoirs.

5

La journée avait été claire et chaude. Dans le crépuscule bruissant, Edmund engagea sa monture sur le chemin caché par un taillis. Cela faisait déjà plusieurs jours qu'il avait reçu la visite de Glory Townsend, puis de Quince Hunter, mais il ne décolérait pas.

Glory... Si jolie, avec sa chevelure de feu, ses grands yeux noirs, son corps menu et son teint de rose.

Et si sacrément hautaine!

Leur brève conversation lui revenait sans cesse à l'esprit, attisant sa rage. Oh, il n'avait pas été dupe! Il connaissait la situation financière du ranch mieux que quiconque. Le prêt arrivait à échéance dans quatre mois, et alors la propriété lui appartiendrait.

Il ricana. Sans Cinnamon, le ranch n'avait plus aucun avenir. Cela dit, c'était surtout le présent qu'il voulait contrôler, ne fût-ce que pour infliger à Glory la leçon qu'elle méritait. Et ce ne serait pas difficile. Sans famille autre qu'un père infirme, elle ne tarderait pas à comprendre qu'elle dépendait entièrement de lui.

Pour Quince Hunter et son clan, en revanche, ce serait un peu plus long... mais le jeu en valait la chandelle.

Edmund progressait lentement, cherchant la cabane des yeux. Il l'aperçut enfin et, sachant qu'on l'avait vu approcher, il émit un sifflement court, et trois longs. Aussitôt, la silhouette de Kane s'encadra sur le seuil, le fusil au creux du coude.

À voir son regard avide, le sinistre individu salivait déjà.

Comptant mentalement l'argent qu'il avait dans la poche, Edmund songea que les services de Kane lui coûtaient de plus en plus cher. Cependant, en dépit de son arrogance, ce type était un vrai professionnel, et cet argent n'était pas dépensé en vain. Du moins jusqu'à présent.

Edmund mit pied à terre devant la cabane et sortit de sa poche une liasse de billets qu'il remit à Kane. Puis il pénétra à l'intérieur.

— Bonjour, Jack.

Jack n'aurait avoué pour rien au monde combien il appréciait les paroles de bienvenue de Crystal, tandis qu'il entrait dans la cabane près de la rivière où elle vivait avec Brent. Il sourit en contemplant le ventre arrondi de la jeune femme.

Il avait été surpris et ravi d'apprendre qu'elle attendait un enfant de son fils.

— Je passais par là, et j'ai eu envie de m'arrêter, dit-il.

— Brent est déjà parti dans les pâturages ouest, fit Crystal, qui l'invita à s'asseoir et posa une tasse de café devant lui.

— Je sais. Mais je pense qu'ils pourront se passer de moi, aujourd'hui.

— Brent n'est pas très content de la tournure que prennent les événements, déclara-t-elle avec franchise.

Jack fronça les sourcils.
— Rien de ce que je fais ne plaît à mes fils.
— Ce n'est pas vrai.
— Mais si ! En tout cas, merci de ne pas avoir dit à Brent et aux autres que je venais ici le matin.
Crystal repoussa une mèche blonde.
— Je dois avouer que j'y ai songé, mais Brent est tellement contrarié par votre comportement qu'il risquerait de vous interdire notre maison, et je trouve que ce serait injuste.
— Il ne comprend pas.
— Peut-être parce que vous ne lui avez pas expliqué quels étaient vos projets comme vous l'avez fait avec moi.
— Il est différent de vous. C'est un obstiné. Il n'écouterait pas.
— Et Quince ? hasarda-t-elle. Je l'ai croisé brièvement l'autre jour, au ranch. Il me paraît être un garçon sensé. Or vous ne lui avez pas donné l'occasion d'essayer de comprendre.
— Ce serait une pure perte de temps, rétorqua Jack d'un ton las. Quand Brent et Quince me regardent, je sais qu'ils pensent à leur mère.
— Jack…
— Je l'aimais, vous savez, fit-il, les larmes aux yeux. Tout ce que j'ai eu de bon dans la vie, je le lui dois… Et ne me demandez pas ce qui s'est passé ce jour-là. J'étais tellement ivre…
— Je suis navrée, Jack.
Il but une gorgée de café et haussa les épaules.
— L'eau a coulé sous les ponts. Pendant que je purgeais ma peine, j'ai eu le temps de réfléchir. J'ai eu quelques idées qui permettraient de faire de la Demi-Lune le ranch prospère dont Beth et moi avions toujours rêvé.
— Je sais, vous me l'avez raconté.

Il eut un bref sourire.

— C'est bien ça l'ennui, je pense. Vous êtes la seule qui m'écoute quand je parle. Avec Edmund.

Crystal secoua la tête.

— Je ne suis pas certaine qu'Edmund soit le bon ami qu'il prétend être.

— C'est Brent qui parle par votre bouche.

— Si Edmund était vraiment votre ami...

— Je ne suis pas venu pour entendre un sermon.

— N'avez-vous jamais songé que vous n'accordiez pas la moindre chance à vos fils, Jack ? s'entêta néanmoins Crystal.

Elle sourit, de ce même sourire qu'elle avait eu la première fois que Jack était entré au *Lone Star*, après sa sortie de prison. Elle seule l'avait regardé sans le condamner. D'une certaine manière, il était surpris que son fils ait épousé une fille aussi sympathique.

— Jack ?

— J'ai des projets, Crystal. De grands projets, qui vont changer la vie du ranch !

Le sourire de la jeune femme s'évanouit.

— Brent dit que vous faites supporter au ranch des dettes qui dépassent sa capacité.

— C'est temporaire. Je me débrouille bien aux cartes. C'était mon moyen d'existence, à une époque. Pour l'instant, ça ne va pas très fort, mais la chance va tourner, j'en suis sûr.

— Brent dit aussi que vous avez recommencé à boire.

— Brent dit des tas de choses.

— Jack...

— Ne vous tracassez pas pour ça.

— Vous devriez parler à Brent de vos projets.

— Je le ferai. Bientôt, je leur parlerai à tous.

— Mais...

— J'ai déjà conclu le marché, Crystal. J'attends

seulement la réponse. Il est trop tard pour revenir en arrière. Je voulais juste que vous le sachiez. À cause du bébé.

Il se leva soudain.

— Il faut que je parte. J'ai un rendez-vous en ville.

— Au *Lone Star* ?

Pour la première fois, un éclair de colère flamba dans le regard de Jack.

— Je vous l'ai dit, tout va s'arranger.

Il sortit sans se retourner, aussi ne vit-il pas l'expression préoccupée de sa belle-fille.

— J'ignore ce qui a pu se passer, papa.

Annoncer une mauvaise nouvelle à son père était bien la dernière chose que souhaitât Glory. Elle l'avait vu pâlir à mesure qu'elle lui racontait l'atroce découverte de la matinée.

Le bourdonnement des abeilles et le cri des pies jacasses étaient les seuls bruits qui troublaient le silence quand les hommes et elle avaient découvert l'horrible scène.

Six juments poulinières gisaient sans vie autour d'un point d'eau que le Diamond C utilisait depuis des années, en toute sécurité.

Retenant une brusque nausée, Glory avait demandé à Jan :

— L'eau a dû être souillée pour qu'une chose pareille arrive, mais comment ?

— Je n'en sais rien, mademoiselle Glory. Une infiltration souterraine, peut-être.

Une infiltration souterraine…

Tandis qu'on emmenait les animaux déjà raides pour les enterrer et que l'on dressait des barrières autour du point d'eau, elle n'avait cessé de tourner et de retourner cette hypothèse dans sa tête.

Au coucher du soleil, la petite troupe harassée était rentrée au ranch, mais pour Glory, le pire restait à venir. Elle avait senti son cœur se serrer lorsque le sourire de son père, qui se tenait sur le porche, s'était figé à la vue de leurs mines sombres.

— Je n'y comprends rien, papa, continua-t-elle doucement. Jamais nous n'avons eu de problèmes de ce genre.

— Quelles juments ont péri ?

— Celles de trois ans, que nous espérions faire bientôt pouliner.

Byron s'efforçait de contrôler sa respiration qui semblait de plus en plus irrégulière.

— C'en est fait de nos projets d'élevage pour l'année prochaine. Je crains même que ce soit définitivement terminé pour le Diamond C.

— Non ! protesta Glory. Le Diamond C ne manque pas de ressources !

Le souffle de Byron était haché, et la jeune fille sentit une vague de panique l'envahir, elle poursuivit néanmoins, plus calmement encore :

— Nous sommes fatigués, nous avons faim. Les choses nous paraîtront moins graves quand nous aurons mangé et que nous aurons pris le temps de réfléchir. Rentrons.

— Le souper n'est pas encore prêt, contra son père. Alors profites-en pour aller te rafraîchir dans ta chambre. Jan me ramènera à l'intérieur.

— Mais papa, je…

— S'il te plaît, ma chérie. Nous reparlerons de tout cela plus tard.

Sans attendre sa réponse, Byron s'adressa à Jan qui se tenait derrière la jeune fille.

— J'aimerais que vous me rameniez dans mon bureau pendant que les hommes se lavent, Jan. J'ai à vous parler.

Déstabilisée par cette fin de non-recevoir, Glory les suivit à distance. Elle se dirigeait vers sa chambre lorsqu'elle entendit son père dire au contremaître :

— Fermez derrière vous.

Sans hésiter, elle s'approcha de la porte close sur la pointe des pieds et colla l'oreille au battant. La voix de son père lui parvint.

— Une infiltration souterraine ? Quelles fariboles ! Dites-moi ce que vous en pensez réellement, Jan.

— Je ne sais pas, monsieur, fit le contremaître. Je sais seulement qu'un trou d'eau contaminé à ce point, c'est invraisemblable. Selon moi, c'est plus que de la malchance.

— Vous avez inspecté les environs ?

— Non, monsieur, il y avait trop à faire. Des tâches urgentes.

— Inutile de vous dire que je commence à m'inquiéter sérieusement. Soyez tous sur vos gardes.

— Oui, monsieur.

— Je ne veux pas que vous parliez de cela à Mlle Glory. Je peux me tromper, et je ne tiens pas à ce qu'elle s'inquiète vainement. J'aimerais toutefois que vous gardiez un œil sur elle.

— Bien, monsieur.

— Je compte sur vous.

Glory se rua vers sa chambre. Elle en ferma la porte à l'instant où Jan sortit du bureau.

Une fois seule, elle se fit la promesse solennelle que, quoi qu'il arrive, elle redresserait la situation. Elle irait voir Edmund dès le lendemain.

Cette seule idée la révulsait, mais elle n'avait pas d'autre choix. Elle le persuaderait d'accorder un nouveau prêt au Diamond C afin qu'ils puissent renouveler leur cheptel de poulinières, et elle trouverait le moyen de le rembourser en temps et en heure.

Tandis que le soleil couchant lançait ses derniers feux, Quince, incrédule, fixait Brent. Il venait de rentrer du pâturage est, où il avait travaillé toute la journée avec Red et Curly. Ils avaient aperçu de loin Brent qui faisait les cent pas devant la maison, et Quince avait accéléré l'allure. Il avait rarement vu son frère sur le point de perdre son sang-froid.

Ce dernier bouillait littéralement de colère.

— Tu sais où est papa ? aboya-t-il dès que Quince eut mis pied à terre.

— Non, je le croyais avec Buck et toi.

Brent grimaça un sourire.

— Toujours pareil ! Il prend du bon temps en ville pendant que les autres s'épuisent au travail !

— Ce n'est pas certain.

— Certes. Il n'empêche que je sais à quoi il a passé une partie de son temps, répliqua Brent en sortant une feuille froissée de sa poche. Je suis rentré de bonne heure et je me suis plongé dans les papiers du ranch. J'ai ouvert une lettre que Jesse Wilkins a déposée ce matin… Et tu sais de quoi il s'agissait ?

Quince ne se donna pas la peine de répondre.

— C'est une lettre confirmant la vente de vingt-cinq juments au ranch de la Demi-Lune. Chacune coûte un prix que nous ne pourrions débourser pour une seule d'entre elles !

Quince secoua la tête, abasourdi.

— C'est sûrement une erreur. Papa ne commettrait jamais une pareille folie.

— Ce n'est pas une erreur. Elles ont été achetées dans le Nord, et elles attendent pratiquement qu'on vienne les chercher.

— Où aurait-il trouvé l'argent ?

— À ton avis ?

Quince lâcha un juron.

— Tu peux le dire ! commenta Brent. Il a fallu dix longues années pour réparer les bêtises de papa, et seulement quelques mois pour qu'il recommence et que le ranch se retrouve dans le même état catastrophique.

— À combien se monte la dette ?

— Je ne sais pas exactement. Il refuse de me laisser accéder aux livres de comptes. Il les enferme à clé, à présent. Et si je n'étais pas rentré avant lui aujourd'hui, je n'aurais jamais su combien coûtaient ces juments.

— Et le prêt ? En quels termes est-il rédigé ?

— En quels termes ? Tu crois que papa s'intéresse aux termes ? Il est persuadé qu'il gagnera assez au jeu pour rembourser Edmund et faire de la Demi-Lune le ranch le plus important du Texas.

— Tu vas peut-être un peu vite en besogne. Les conditions du contrat…

— J'ai vu le contrat. Papa devait être ivre quand il l'a signé, puisqu'il l'a laissé sur le bureau.

— Alors ?

— Il doit rembourser dans six mois.

— *Six mois ?* Il n'a aucune chance de rentrer dans ses fonds en si peu de temps !

Quince avait l'impression qu'un étau lui comprimait la poitrine.

— Et si nous ne remboursons pas en temps voulu… risqua-t-il.

— Je n'ai pas besoin de te préciser ce qui se passera.

— Edmund ne ferait jamais ça ! Il ne saisirait pas le ranch.

— Tu le connais aussi bien que moi, Quince. Tu es sûr qu'il n'en serait pas capable ?

Quince ne répondit pas, et Brent soupira.

— Si j'avais obtenu ce contrat avec l'armée pour les mustangs...
— Quel contrat ?
— C'était il y a plusieurs mois, avant que papa revienne à la maison. L'armée a besoin de chevaux qui supportent les rigueurs du climat et du terrain. Les mustangs ne sont pas très beaux, mais ils sont robustes.
— Où en avaient-ils besoin ?
— À Fort Griffin.
— Fort Griffin...
L'expression de Quince était éloquente.
— Je sais, le fort est en piteux état.
— Pourquoi n'as-tu pas obtenu ce contrat ?
— J'aurais dû me douter qu'il y avait anguille sous roche quand l'officier responsable a demandé à me rencontrer au fort alors que j'allais chercher papa.
— Que s'est-il passé ?
— Le lieutenant Barnes exigeait un dessous-de-table avant de signer le contrat. Bien entendu, je n'avais pas cette somme.
— T'es-tu plaint à ses supérieurs ?
— Ses supérieurs ? Tu plaisantes, ils m'auraient ri au nez. Ce fort est une honte !
— Ce contrat court-il toujours ?
— Oui, pour autant que je sache. De nombreux ranchers seraient prêts à payer la commission que demandait Barnes... Si tu espères obtenir le contrat sans en passer par là, ajouta Brent, tu perds ton temps. Tu risques de faire le voyage pour rien.
— Tu as une meilleure idée ?
— Oui. J'attends papa et je vais le persuader de renoncer à acheter ces juments.
Cette fois, ce fut Quince qui parut sceptique. Sans un mot, il se dirigea vers la maison.

— Où vas-tu ? demanda son frère.

— Préparer mon sac. Je pars pour Fort Griffin dès demain matin.

— Tu es parti cinq ans, mais rien n'a changé, hein ? lança Brent. Tu crois toujours que tu peux t'en sortir mieux que moi !

— Certainement pas. Cela dit, tu as raison sur un point, Brent : apparemment, rien n'a changé.

Perchée au bord de son lit, Iona Montgomery, avait du mal à garder l'équilibre. Elle songeait que sa vie était devenue bien difficile, ces derniers temps. La preuve : elle s'était réveillée le matin même la tête en plomb, et elle avait découvert qu'elle s'était couchée tout habillée.

Elle luttait pour s'éclaircir les idées. Elle se rappelait avoir enfilé ses vêtements, la veille, malgré sa léthargie, et être allée à la salle à manger avec Edmund quand il était rentré, en fin d'après-midi. Ensuite, c'était le trou noir. Elle s'était réveillée quelques minutes plus tôt, quand le Dr Gibbs avait frappé à sa porte.

La voix irritée du médecin finit par atteindre son cerveau embrumé. Il était en colère, bien qu'elle ignorât pourquoi.

— Vous avez entendu ce que je disais, Iona ?

— Désolée. Non.

— J'ai dit que vous buviez infiniment trop.

— Juste un peu de sherry, docteur.

— Et vous abusez du laudanum, n'est-ce pas ?

— Du laudanum ?

— Ne faites pas l'innocente !

— Ça m'aide à dormir quand j'ai des angoisses, expliqua-t-elle.

— Si vous avez des angoisses, c'est parce que vous avez forcé sur le laudanum, justement. Je vous l'avais prescrit pour une durée limitée. C'est dangereux, surtout associé à l'alcool. C'est pour cette raison que je n'ai pas renouvelé votre ordonnance.

— Je vous l'ai dit, je ne bois qu'un peu de sherry pour me calmer les nerfs.

— Du sherry pour vous calmer les nerfs. Du laudanum pour vous aider à dormir. Vous vous rendez compte à quel point c'est dangereux, Iona ?

— C'est provisoire, jusqu'à ce que j'aille mieux.

— Iona…

— Quel est le problème, docteur ?

Edmund venait d'apparaître sur le seuil. Gênée par son apparence négligée, Iona tenta maladroitement d'arranger ses cheveux.

— J'essaie de faire comprendre à ma patiente qu'elle met sa vie en danger.

Edmund entra, et Iona sourit. Il était si beau ! Si attentionné ! Elle s'était considérée comme la plus heureuse des femmes lorsqu'il avait commencé à la courtiser, et elle s'était juré de se montrer digne de lui.

Mais elle avait échoué.

Jamais elle ne se pardonnerait de n'avoir su répondre à ses attentes.

Il lui prit la main pour l'aider à se mettre debout et lui adressa un regard tendre.

— Le médecin est visiblement inquiet, ma chère.

— Ce n'est rien, Edmund, assura-t-elle d'une voix douce. Rien de gravc. Je suis désolée de vous ennuyer, docteur. Je me sens bien, mais soyez certain que je me rappellerai vos conseils.

— Vous devez comprendre, Iona… commença le Dr Gibbs, peu convaincu.

— Vous avez entendu mon épouse, coupa

Edmund d'un ton sans réplique. Elle va bien... Puis-je vous raccompagner ?

Les deux hommes sortis, Iona se laissa retomber sur le lit. Elle était simplement fatiguée, mais elle ne parvenait pas à en persuader le médecin. Elle dormait mal sans son médicament, et quand elle avait mal dormi, elle était dans un état plus lamentable encore.

Elle soupira. Au fond, c'était un brave homme, il ne voulait que son bien.

Elle se pencha pour ouvrir la petite porte de la table de chevet, où se trouvait la carafe de cristal. Une goutte de sherry l'aiderait à trouver la force de s'habiller pour déjeuner avec son mari. Elle chérissait ces rares instants d'intimité. Edmund et elle partageaient si peu de chose, depuis un certain temps...

Elle remplit son verre d'une main tremblante. Un peu de sherry, et elle serait une autre femme.

Ignorant la larme qui roulait sur sa joue, elle se força à chasser une pensée qui la taraudait sans relâche malgré le laudanum : elle ne serait jamais à la hauteur de l'homme qu'elle aimait.

Le Dr Gibbs suivit Edmund dans l'entrée. Là, il murmura :

— Je vous avertis, Edmund...

— Vous m'avertissez de quoi ?

— Vous ne semblez pas vous rendre compte du danger qu'elle court.

— De quel danger s'agit-il ?

— En un mot, le mélange laudanum et alcool peut provoquer la mort. Hélas, Iona ne semble pas en avoir conscience.

— Ma femme sait ce qu'elle fait.

— Je ne crois pas, rétorqua le médecin. Je lui avais prescrit ce remède temporairement.

— Nous avons déjà eu cette conversation, je crois.

— Pourtant, vous continuez à lui procurer du laudanum sans tenir compte de mon avis.

— Elle serait malheureuse si on l'en privait.

— Mais vivante.

— C'est elle qui me le demande.

— Vous ne lui rendez pas service en cédant.

— C'est mon épouse. Je me contente de lui fournir ce dont elle a besoin, comme je l'ai juré devant Dieu.

— Je ne pense pas que sa fille, Juliana, serait d'accord.

— Juliana n'est pas là, et ma femme est sous ma responsabilité.

Essuyant son front soudain luisant de sueur, le Dr Gibbs carra les épaules.

— Je vous avertis que votre comportement pourrait être assimilé à un crime, Edmund. Si Iona en pâtissait davantage, je me verrais dans l'obligation de rapporter cette conversation au shérif.

— Un crime ! répéta le banquier, amusé. Apparemment, il va falloir que je me montre plus clair que lors de notre dernier entretien. En gros, si j'étais vous, je ne parlerais pas au shérif. Autrement, certains événements fâcheux de votre passé pourraient remonter à la surface.

Le médecin se pétrifia, tandis qu'Edmund continuait :

— Voyez-vous, j'ai des relations un peu partout, docteur. Il m'a suffi de télégraphier dans l'Est, pour qu'on enquête sur un certain médecin arrivé à Diablo il y a deux ans. J'étais étonné qu'un professionnel de votre valeur s'enterre dans une petite ville et se contente de soigner des cow-boys alors que ses diplômes lui permettaient d'espérer bien davantage. En réponse, j'ai reçu la photo d'un médecin qui était poursuivi pour avoir provoqué la mort de plusieurs patientes à la suite d'avortements.

Edmund s'interrompit un instant afin de juger de l'effet que son petit discours produisait sur son interlocuteur. Puis il reprit, satisfait :

— Naturellement, je me suis dit aussitôt que votre ressemblance avec cet homme n'était sans doute que pure coïncidence. En outre, comme Diablo avait besoin d'un médecin et que personne ici ne vous avait jamais fait aucun reproche, je n'ai pas vu l'utilité d'approfondir la question. Toutefois, si la situation se dégradait...

Il eut un sourire bienveillant.

— Je pense que vous me comprenez, conclut-il.

Le Dr Gibbs acquiesça d'un hochement de tête guindé et se dirigea vers la porte. Il ne se retourna pas lorsque Edmund lança :

— J'espère que cette conversation ne vous incitera pas à quitter notre communauté, docteur. Car si par malheur cela se produisait, votre photo serait immédiatement remise au shérif, qui se ferait un devoir de la diffuser dans tout l'Ouest.

Le médecin lui lança un bref coup d'œil pardessus son épaule.

— Diablo a vraiment besoin de vous, vous savez, ajouta Edmund sans se départir de son sourire bon enfant.

Glory laissa échapper un soupir de soulagement en apercevant Diablo à l'horizon. Le soleil montait lentement dans le ciel clair. Elle avait poussé sa monture plus que de raison tant elle avait hâte d'en finir et de rentrer au ranch avec de bonnes nouvelles pour son père. Elle avait menti à Jan en prétendant qu'elle allait travailler sur un autre pâturage toute la journée. Elle était donc partie avec une équipe, mais elle l'avait quittée dès que possible en déclarant qu'elle allait rejoindre Jan.

Elle se consolait de sa duplicité en se disant qu'elle avait agi ainsi pour éviter de faire naître de faux espoirs, au cas où Edmund ne se laisserait pas convaincre.

Elle s'inquiétait terriblement pour la santé de son père.

Encore sous le choc, ils avaient soupé en silence, la veille. Les hommes avaient affiché une mine aussi anxieuse qu'elle lorsque, au milieu du repas, Byron avait posé sa fourchette d'une main tremblante et s'était retiré dans sa chambre après avoir murmuré quelques mots d'excuse.

Elle l'avait suivi, mais il lui avait affirmé avec un sourire qu'il allait bien, qu'il était un peu las, c'est tout. Elle ne s'y était cependant pas trompée. La santé de son père déclinait rapidement. Lors de sa dernière visite, le Dr Gibbs lui avait prescrit des remontants, mais il avait aussi expliqué à Glory, en aparté, qu'il ne pouvait rien de plus pour lui.

Elle sentit l'émotion l'étreindre. Son père arrivait au bout du chemin, mais du diable si elle le laissait partir avec l'idée que le ranch allait disparaître lui aussi !

Alors qu'elle remontait la rue principale, Glory remarqua un attroupement devant le bureau du shérif. Une affiche était clouée à un poteau, et tout le monde semblait s'en amuser. Le shérif Dawson porta la main à son chapeau.

— Mademoiselle Glory ! Content de vous voir. Ces gars sont en train de lire une annonce qui a été posée par un soldat de Fort Griffin, ce matin. Ils la trouvent drôlement intéressante.

Fort Griffin... Tout le monde connaissait sa mauvaise réputation.

Voyant son expression, le shérif se mit à rire.

— C'est bien ce qu'ils pensent ! Ça fait des mois que l'officier qui commande le fort cherche à acheter des mustangs, mais on dirait qu'il n'arrive pas à trouver quelqu'un qui accepte de lui en fournir.

Glory tira sur les rênes et sauta à bas de sa monture.

Dawson haussa ses sourcils en broussaille.

— Me dites pas que ça vous intéresse, mademoiselle Glory ! Bon Dieu...

Il rougit avant de reprendre plus doucement :

— Pardonnez mon franc-parler, mais il y a pas un homme auquel on puisse se fier, là-bas. Surtout s'ils discutent avec...

Il s'empourpra davantage.

Il avait failli dire : « avec une femme. »

Glory ne lui en tint pas rigueur et s'obligea à sourire.

— Simple curiosité, répondit-elle. Moi aussi, j'ai envie de m'amuser !

Soulagé, le shérif Dawson se tourna vers les hommes massés autour de l'annonce.

— Poussez-vous, les gars. C'est pas bien élevé de garder la plaisanterie pour vous.

Glory s'approcha. Elle lut l'annonce une fois. Deux fois.

Elle remercia le shérif d'un signe de tête, remonta à cheval... et rebroussa chemin.

6

Fort Griffin était à la hauteur de sa misérable réputation, et pire encore.

Quince menait sa monture au pas tout en regardant autour de lui. Le soleil matinal tombait sur des rangées de baraquements, pas loin d'une centaine, dans un état de délabrement avancé. Les structures annexes ne valaient guère mieux, les rues et les trottoirs regorgeaient de crottin de cheval, les terrains de manœuvre étaient tout aussi négligés. Les bâtiments civils étaient mal entretenus, et il semblait régner la plus grande indiscipline parmi les soldats. L'air vicié ajoutait encore à la désolation ambiante.

Certes, Fort Griffin n'avait jamais été un modèle de propreté, mais il s'était montré autrefois bien utile contre les raids comanches, et comme base pour les campagnes de Red River. Quince savait aussi que le fort avait temporairement rivalisé avec Fort Knox, une fois les invasions terminées, en tant que ville de marché. Naturellement, avec le déclin des activités militaires étaient arrivées de longues périodes d'inactivité. Conséquence : la corruption s'était répandue dans les rangs des militaires et avait produit la phénoménale extension de The Flat.

The Flat, ville adjacente au fort, où régnaient tous les vices, avait tout aussi mauvaise réputation.

Bien qu'il eût chevauché de longs jours, Quince n'avait qu'une idée en tête. Il mit le cap sur l'un des bâtiments qui pouvait passer pour officiel, descendit de cheval et gravit les marches de bois.

— Je suis venu voir le commandant du fort, déclara-t-il au planton de service.

Ce dernier le dévisagea.

— Qu'est-ce que vous lui voulez ?

— C'est mon affaire.

— Si vous refusez de me dire...

— Ça va, soldat, je vais le recevoir.

En reconnaissant la voix familière, un large sourire s'épanouit sur le visage de Quince.

— Ça, alors !

Il serra chaleureusement la main que lui tendait le commandant Tremain.

— Qu'est-ce que vous fabriquez dans ce coupe-gorge, Jonah ? s'exclama-t-il en le suivant dans son bureau. La dernière fois que je vous ai vu, vous étiez couché, une balle apache dans la jambe.

— Et moi, répliqua le commandant en souriant, la dernière fois que je vous ai vu, vous repartiez au Texas honorer un rendez-vous vieux de cinq ans. J'ignorais alors que j'allais vous suivre de près.

Quince l'examina avec attention. Il était encore pâle, mais son regard était toujours aussi vif et sa claudication à peine visible.

— Alors, que faites-vous ici ? répéta Quince.

— Les ordres. Victorio fait de nouveau des siennes, et il s'est révélé que les officiers de ce fort étaient incapables de réagir à la menace qu'il représente. Bref, la réputation de cet endroit a atteint les oreilles du gouvernement, et on m'a envoyé redresser la situation.

— Redresser la situation ? Rude tâche, d'après ce que j'ai pu voir.

— Le fort était en plus mauvais état encore quand je suis arrivé. Aucune discipline, aucune organisation. Le personnel ne faisait absolument rien s'il n'avait pas la possibilité de se remplir les poches au passage.

— On s'attend à ce que vous rétablissiez l'ordre ?

— Pas tout à fait. Le haut commandement est conscient que, vu nos faibles moyens, c'est beaucoup demander. Ma mission est de veiller à l'indispensable.

— Et votre blessure ?

— Une égratignure. Elle est pratiquement guérie, répondit Jonah avant de poursuivre sur son sujet. Mon expérience avec Geronimo fait de moi l'officier le plus apte à lutter contre les Indiens. Mes supérieurs s'attendent que je trouve le matériel nécessaire pour parvenir à nos fins.

Quince doutait que la blessure de son ami fût une simple égratignure, mais il s'abstint de le lui dire.

— De quel matériel avez-vous besoin ?

— Des vivres, de l'équipement, des armes. J'ai déjà pas mal avancé dans ce sens, mais ce qui nous manque le plus, ce sont des montures convenables. Impossible de pourchasser Victorio avec les rosses que montent la plupart de nos soldats. Nous avons lancé un appel d'offres dans la région, mais la réputation du fort est telle que les ranchers hésitent à traiter avec nous. J'ai donc envoyé des messagers dans des villes plus éloignées. Pour l'instant, je n'ai pas reçu de réponse.

— Vous cherchez des chevaux de selle vigoureux, habitués à ce territoire, genre mustangs ?

— Exactement ! L'une des leçons que j'ai apprises en traquant Geronimo, c'est que dans des conditions difficiles, les mustangs laissent les chevaux de race loin derrière.

— C'est indéniable.

— Dès que j'aurai réussi à me procurer ces montures...

Jonah s'interrompit brusquement, une étincelle dans le regard, puis il reprit plus lentement :

— Je ne vous ai pas demandé ce qui vous amenait à Fort Griffin, Quince.

— Combien de mustangs vous faut-il ? rétorqua ce dernier.

Blanche sortit du *Lone Star* par la porte de derrière afin de se rendre aux toilettes, dans la cour. La journée avait été pénible. Des cow-boys s'étaient arrêtés à Diablo pour prendre un peu de bon temps avant de rentrer chez eux si bien qu'elle n'avait pas eu un instant de répit. Et la nuit promettait d'être longue.

Elle soupira. À dix-sept ans, elle avait l'impression d'en avoir quatre-vingts. Elle était épuisée. Elle avait la chair de poule en songeant à toutes ces mains qui l'avaient touchée, et à la pensée que la soirée ne faisait que commencer.

Pour la centième fois, elle songea à Quince Hunter. Elle ne se rappelait pas avoir été traitée avec autant de gentillesse. Elle ne s'était jamais sentie aussi rassurée que lorsqu'elle avait croisé son regard. Il l'avait écoutée quand elle parlait, comme s'il s'intéressait vraiment à elle et non à ce qu'elle avait à offrir.

Durant les quelques moments qu'ils avaient passés ensemble, elle lui en avait plus révélé sur elle-même qu'à quiconque, et il lui avait toujours répondu avec bonté. Un instant, après son départ, elle s'était dit qu'elle n'était peut-être pas aussi insignifiante que cela, finalement.

Hélas, ce sentiment n'avait pas duré !

Tout en sachant qu'elle perdait son temps, elle ne pouvait s'empêcher de tourner un regard plein d'espoir vers la porte du saloon chaque fois qu'elle l'entendait battre. Les jours passaient, Quince ne revenait pas, et elle se surprenait à rêver qu'il l'aimait. Qu'elle n'était pas une simple passade, comme pour les autres. Qu'il n'existait aucune autre femme pour lui. Que...

Elle sursauta quand un bras s'enroula brutalement autour de son cou.

— Je savais que tu sortirais tôt ou tard, fit la voix rauque de Lobo à son oreille. C'était juste une question de patience.

En proie à une indicible panique, Blanche haletait. O'Malley avait interdit l'entrée du saloon à Lobo depuis l'accrochage avec Quince, mais elle savait parfaitement que ce sale type n'en avait pas terminé avec elle.

Il resserra son étreinte d'un cran, et elle se sentit glisser dans un trou noir.

— Tu paieras pour ce que tu m'as fait, lui siffla-t-il à l'oreille. Mais je ne vais pas te tuer, oh, que non ! Tu m'es plus utile vivante que morte.

Il se calma quand il la sentit devenir toute molle contre lui.

— Tu m'écoutes ?

Il attendit qu'elle émerge du brouillard pour continuer :

— C'est la paye, ce soir, et je t'attendrai dans la ruelle à la fin de ton service. Je te laisserai les pourboires que tu caches entre tes seins. Ouais, je suis au courant des petits suppléments que certains types te filent. T'as intérêt à être gentille avec eux, parce que c'est tout ce que t'auras.

Il serra de nouveau, et Blanche se débattit.

— Essaye pas de me dénoncer au shérif, parce que je te garantis que tu le regretteras. Et si tu as dans l'idée de t'enfuir, dis-toi bien que je te retrouverai. Quant à ce Quince Hunter, il m'aurait pas assommé si j'avais pas autant bu... l'oublie pas ! S'il y a une prochaine fois, ça se passera pas comme ça !... T'as compris, Blanche chérie, ajouta-t-il, sa bouche humide plaquée contre son oreille.

Il l'étranglait presque et Blanche ne put que hocher faiblement la tête.

— Dis-moi que tu m'obéiras, ma belle.

Terrifiée, elle acquiesça de nouveau.

Lobo la lâcha si brusquement qu'elle tomba à genoux.

— Rappelle-toi, je t'attendrai dans la ruelle après ton service. Si tu te montres pas, j'irai te chercher, et tu passeras un sale quart d'heure.

Blanche luttait encore pour retrouver son souffle quand il disparut à l'angle du bâtiment.

Un long frisson la secoua tandis qu'elle prenait conscience qu'il tiendrait parole.

Lasse comme jamais elle ne l'avait été, Glory pénétra dans Fort Griffin en fin d'après-midi. Elle était partie en compagnie de Jan, de Robbie et de Shorty. Tous quatre avaient chevauché dur, mais le plus difficile avait été de convaincre son père que cette expédition était indispensable.

Ce contrat avec l'armée était l'unique moyen de rassembler l'argent nécessaire à l'achat de nouvelles poulinières. Elle en avait discuté des heures avec Byron, qui ne songeait qu'à la sécurité de sa fille, lui expliquant qu'elle était la seule capable de négocier ce contrat.

Son père avait fini par céder, à la condition que Jan, Shorty et Robbie lui servent d'escorte. Elle avait accepté parce qu'elle savait que cela le rassurerait, mais elle n'avait pas vraiment apprécié cette surveillance permanente.

Soulagée d'avoir enfin atteint sa destination, elle se dirigea vers le bâtiment de bois mal entretenu qu'on lui avait indiqué comme étant le bureau du commandant.

Elle eut la surprise de se retrouver face à un jeune officier à la tenue impeccable qui se leva poliment et lui offrit un siège.

Quelques minutes plus tard, elle apprenait, bouleversée, que le contrat était déjà signé.

Visiblement sincère, le commandant ajouta :

— Je suis désolé, madame. Je sais combien le voyage jusqu'ici a dû être pénible, et je regrette que vous l'ayez fait pour rien, mais j'ai adjugé le contrat ce matin.

— Ce matin… Vous êtes sûr ? Je veux dire, vous êtes sûr que les bêtes seront livrées à temps ?

Il n'était pas question qu'elle renonce sans lutter, aussi insista-t-elle :

— Mes hommes sont d'excellents éleveurs. Nous pouvons vous livrer les mustangs dressés pour la selle à la date que vous souhaiterez.

— Je n'ai aucun doute sur l'engagement qui a été pris.

— Vous ne pouvez en être certain si vous ne connaissez pas votre fournisseur. Il y a tant d'aléas ! Avec le Diamond C, vous pourrez dormir tranquille, ajouta-t-elle, au bord du désespoir.

— Je connais fort bien l'homme avec lequel j'ai signé. C'est quelqu'un de fiable, qui respecte sa parole.

— Commandant…

— Je suis navré, madame.

L'officier se leva, elle l'imita, et il eut un sourire de sympathie.

— Je sais que ce voyage vous a fatiguée, et j'aimerais pouvoir vous offrir un endroit où vous reposez au fort, mais, comme vous avez pu le constater, les conditions ne sont guère propices. Vous feriez mieux d'essayer le nouvel hôtel de The Flat. En dépit de la mauvaise réputation de la ville, c'est un établissement relativement calme, où vos hommes et vous pourrez également vous restaurer. Je suis sûr que la situation vous paraîtra moins dramatique, ensuite.

S'efforçant de demeurer digne, Glory parvint à sourire.

— Merci de votre courtoisie, commandant. Je vais laisser mon adresse à votre secrétaire. J'espère que vous nous enverrez un télégramme si, pour une raison quelconque, le contrat venait à être rompu. Nous serions alors enchantés de l'honorer.

— Je ne l'oublierai pas, madame.

La gorge nouée, mais le sourire aux lèvres et la tête bien droite, elle quitta le bureau.

Elle n'était plus si fière quand elle rejoignit ses hommes.

Quince était accoudé au bar du *Silver Dollar,* un verre à la main. La salle enfumée était remplie de cow-boys itinérants, de ranchers, de joueurs professionnels en costume noir, de soldats, d'entraîneuses et autres personnages défiant toute description.

Dans un coin de la pièce, un pianiste martelait des airs impossibles à reconnaître, ajoutant au brouhaha des conversations, des rires gras et des danseurs de gigue. Après un rapide tour de la ville,

Quince s'était rendu compte que les autres saloons étaient tout aussi fréquentés.

Jonah avait du pain sur la planche !

Quince esquissa un sourire. Il avait été sacrément content de revoir son camarade. Ils avaient passé une bonne partie de l'après-midi à discuter, sans doute plus longtemps que ne pouvait se le permettre Jonah, car ni l'un ni l'autre n'avaient envie de se séparer. Une fois le contrat signé, ils s'étaient raconté leurs vies, comme deux vieux amis heureux de se retrouver. Quince était rassuré, avec Jonah, la corruption ne ferait pas long feu. Quant au problème de Victorio, il était sans doute le mieux à même de le régler.

Il avait quitté le fort en début d'après-midi et avait retenu une chambre dans l'hôtel recommandé par Jonah afin de s'offrir une bonne nuit de sommeil avant de reprendre la route le lendemain. Après avoir dîné, attiré par le joyeux tapage qui régnait dans la rue, il était sorti.

Repoussant les avances d'une entraîneuse, il termina son verre et fit signe au barman de le lui remplir de nouveau. Pourquoi ne s'autorisait-il donc pas un moment de détente avec ces filles pas farouches, se demanda-t-il soudain. Mais il connaissait déjà la réponse : parce que, ces derniers temps, son esprit était tout entier tourné vers une certaine rousse au regard brûlant et la langue plus acérée que la lame d'un couteau.

Dès qu'il pensait à elle, inévitablement, il se remémorait sa peau fine, son corps élancé contre le sien, la vulnérabilité bouleversante au fond de ses yeux sombres...

Il eut un creux à l'estomac en se rappelant comment elle avait rougi lorsqu'il l'avait aidée à reprendre son équilibre. Rougirait-elle ainsi s'il...

Exaspéré, il avala son verre d'une traite et tapa sur le bar pour qu'on le lui remplisse. Déterminé à oublier Glory, il parcourut la salle du regard à la recherche de la fille en robe bleue qu'il venait d'éconduire. Il la repéra et allait l'appeler quand trois hommes poussèrent les portes battantes.

Il plissa les yeux. Deux d'entre eux lui étaient inconnus, mais la formidable stature du troisième était de celles, qu'on n'oubliait pas.

Glory l'avait appelé par son surnom : Shorty.

Glory observait d'un œil critique la petite chambre qu'on lui avait attribuée. La coiffeuse entaillée et la table de toilette bancale étaient à peu près correctes, mais les ressorts du lit grinçaient, et les draps n'avaient visiblement pas été changés. Les deux lampes à huile filaient, tachant davantage le plafond douteux et empuantissant l'atmosphère.

Elle retint un petit rire ironique. Pour un peu, elle aurait cru que le sympathique officier s'était moqué d'elle en lui affirmant que c'était là le meilleur hôtel de la ville.

Toutefois, le commandant ne s'était pas trompé sur le restaurant.

Jan, Robbie et Shorty avaient été terriblement déçus en apprenant qu'ils avaient été coiffés au poteau à quelques heures près. Ils semblaient si abattus que Glory avait insisté pour qu'ils se distraient un peu. Elle avait écouté, agacée, les recommandations de Jan, puis elle leur avait expliqué qu'elle avait juste envie d'être un peu seule. Ils lui avaient alors promis d'oublier les problèmes du ranch pendant quelques heures.

Le brouhaha qui montait de la rue l'attira à la fenêtre. Elle n'avait jamais vu un tel brassage humain, une telle soif d'amusement. Dans l'embrasure d'une porte, elle vit un cow-boy serrer fougueusement dans ses bras une femme qui s'accrochait à lui comme si sa vie en dépendait. Quelques secondes plus tard, ils s'engouffrèrent à l'intérieur.

Alors qu'une émotion qu'elle n'aurait su nommer l'envahissait, les pensées de Glory dérivèrent une fois de plus vers Quince. Quince qui l'avait sauvée du marécage. Quince dont la force la troublait en même temps qu'elle l'irritait, car, d'une certaine manière, elle soulignait sa propre faiblesse.

Quince encore, dans le regard duquel elle avait lu qu'il avait perçu l'angoisse qui l'habitait.

Dès qu'il était question de cet homme, elle réagissait avec colère. Et pourtant, lorsqu'elle avait appris qu'il avait retrouvé au saloon une fille à laquelle il tenait suffisamment pour se battre afin de la protéger, elle avait éprouvé une étrange douleur.

Un peu perdue, Glory se détourna de la fenêtre. Elle n'avait pas menti en affirmant qu'elle voulait rester seule. Elle souffrait. Elle avait besoin d'un peu de temps et de calme pour remettre de l'ordre dans ses pensées si confuses.

On frappa à la porte et elle retint un gémissement exaspéré à l'idée que ses trois compagnons étaient déjà de retour. Ils étaient certes pleins de bonnes intentions, mais leurs regards compatissants étaient plus qu'elle n'en pouvait supporter pour l'instant.

Bien décidée à les renvoyer au plus proche saloon, elle ouvrit… et demeura bouche bée en découvrant Quince Hunter.

— Que faites-vous là ? parvint-elle à articuler d'une voix étranglée.

Il la dévisagea sans répondre.

Prise d'une soudaine intuition, Glory recula d'un bond.

— Oh, non !... Ça ne peut pas être vous...

— J'ai rencontré Shorty et les deux autres au *Silver Dollar*, ils m'ont raconté que vous étiez venue dans l'espoir de signer le contrat avec l'armée.

— Mais c'est vous qui l'avez obtenu, n'est-ce pas ? fit-elle avec un rire amer. Vous avez appris qu'il m'intéressait, et vous vous êtes arrangé pour arriver avant moi...

— Bien sûr que non !

— Vraiment ?

— Pourquoi aurais-je fait ça ?

— Oseriez-vous prétendre que votre présence ici est une pure coïncidence ?

Quince pénétra dans la chambre, et elle recula instinctivement. Il ferma la porte.

— Je ne vous ai pas invité à entrer ! s'indigna-t-elle. Sortez !

— Il faut que nous parlions.

— Nous n'avons rien à nous dire. Vous avez le contrat, pas moi. Point.

— Bon Dieu, Glory...

— Je vous prie de ne pas jurer devant moi.

Il l'empoigna par les bras.

— Soyez raisonnable, bon sang ! Je sais que vous avez été déçue de ne pas obtenir ce contrat, c'est pourquoi je suis venu vous parler.

— À quoi bon ?

Elle s'efforçait d'ignorer l'inquiétude qui marquait les traits énergiques de Quince, l'acuité de son regard qui cherchait le sien.

— Croyez-moi, fit-il, je ne savais absolument pas que vous vouliez ce contrat.

— Et si vous l'aviez su, cela aurait-il fait une différence ? riposta-t-elle, refusant de céder.

— Non, mais…

— Alors je ne vois pas de quoi nous pourrions parler.

— Vous voudriez que je vous dise que je suis désolé d'avoir signé ce contrat et pas vous ? Eh bien, ce n'est pas le cas. Le ranch de la Demi-Lune est criblé de dettes. Il a besoin de cet argent pour garder la tête hors de l'eau.

— Donc, nous n'avons rien à nous dire, répéta-t-elle, butée, en détournant la tête.

— Regardez-moi, Glory, ordonna-t-il. Regardez-moi, nom d'un chien !

— Ne criez pas ! siffla-t-elle. Maintenant, lâchez-moi.

— Non.

— J'ai dit…

— J'ai entendu.

— Vous voulez que je vous avoue que le Diamond C a autant besoin de ce marché que la Demi-Lune, que l'avenir du ranch en dépend, de même que la santé de mon père ? Qu'attendez-vous de moi ? Que je vous supplie à genoux de me remettre ce contrat afin que vous puissiez vous moquer de moi ?

— Je ne me suis jamais moqué de vous.

— Et je ne vous en donnerai jamais l'occasion.

— Je sais.

— Alors pourquoi ne partez-vous pas ?

Glory ne fut consciente de la larme qui roulait sur sa joue qu'à l'instant où Quince la cueillit du bout du doigt.

— Ne pleurez pas, je vous en prie, murmura-t-il.

— Je ne pleure pas !

— Seigneur, Glory…

Il l'attira doucement contre lui.

La terre cessa de tourner lorsqu'elle sentit son corps musclé contre le sien, ses mains puissantes qui lui caressaient le dos, lorsqu'elle entendit les paroles de réconfort qu'il chuchotait contre ses cheveux. Elle baignait dans sa chaleur, toute protestation oubliée. Il s'écarta légèrement. Les yeux rivés sur son visage, il articula d'une voix rauque :

— Je suis venu vous parler... juste vous parler.

Elle contemplait, fascinée, le regard vert qui plongeait dans le sien, et tressaillit à peine lorsque Quince effleura ses lèvres. Elle ne brisa pas le contact, et, avec une sorte de grognement, il couvrit sa bouche de la sienne.

Une douce léthargie l'enveloppa tandis qu'il approfondissait leur baiser. Spontanément, elle entrouvrit les lèvres, et un gémissement lui échappa lorsqu'il y insinua la langue. Elle noua les bras à son cou, tandis qu'il l'étreignait plus fort. Leurs cœurs battaient follement, à l'unisson.

Brusquement, il se détacha d'elle, la tint à bout de bras, le souffle court.

— Je ne suis pas venu pour...

Il crispa la mâchoire, essaya de nouveau.

— Je voulais seulement...

Incapable de poursuivre, il la plaqua de nouveau contre lui et l'embrassa avec une passion à laquelle elle répondit avec une fougue égale. Émerveillée, elle rendait baiser pour baiser, caresse pour caresse. Une chanson tendre montait en elle, elle s'abandonnait, elle...

Un coup retentit à la porte, brisant la magie de l'instant.

— Mademoiselle Glory, vous êtes réveillée ? Vous êtes là ?

Glory sursauta. Retombant brutalement sur terre, elle s'empourpra.

— Oui, je suis là, Jan.

— Tout va bien ? Les gars et moi, on voulait juste vérifier, avant d'aller dormir.

— Oui, ça va.

— Alors, à demain, mademoiselle Glory. Vous inquiétez pas, tout s'arrangera.

— Je sais.

— Bonne nuit, m'dame.

— Bonne nuit.

Elle attendit que leurs pas décroissent dans le couloir, puis que leur porte se ferme pour se tourner vers Quince.

— Partez, s'il vous plaît, lâcha-t-elle froidement.

— Glory, ne soyez pas embarrassée…

— Non ?

Elle secoua la tête.

— Je ne comprends pas comment ce qui vient de se passer a pu avoir lieu, reprit-elle, mais c'était une erreur. Je n'ai aucune excuse à invoquer, c'est entièrement ma faute. Soyez cependant certain que cela ne se reproduira pas. Non, cela ne se reproduira pas, répéta-t-elle, la gorge nouée.

— Glory…

— Je vous ai prié de partir.

— Mais…

— Sortez !

Il se raidit.

— Si c'est ce que vous souhaitez…

Immobile, Glory le regarda sortir. Puis elle ferma lentement les yeux.

7

La cour du ranch était silencieuse et déserte dans le soleil couchant. Brent s'apprêtait à monter en selle quand il se ravisa et se tourna vers Quince.

— Ainsi tu as décroché ce contrat avec l'armée. Qu'est-ce que tu attends de moi, à présent ?

Quince n'était pas d'humeur à supporter l'agressivité de son frère.

Il avait quitté The Flat quelques jours plus tôt et était arrivé au ranch en milieu de matinée. Il n'avait donc pas eu le loisir de parler à Brent, qui était déjà parti dans les pâturages.

Au cours du voyage de retour, il avait tenté de chasser le souvenir de sa rencontre avec Glory. Sans succès.

En y repensant, c'était l'unique larme sur la joue de la jeune fille qui avait eu raison de lui. L'espace de quelques minutes, alors qu'il la tenait dans ses bras sans qu'elle proteste, il s'était dit que leur relation pourrait peut-être évoluer. Il se rappelait l'ivresse qui l'avait envahi quand elle s'était pressée contre lui, lui rendant ses baisers avec une passion bouleversante.

Hélas, cela n'avait pas duré ! Il avait suffi d'un coup frappé à la porte pour que l'humiliation, la colère, la peine, toutes les émotions qui flambaient entre eux soient de retour.

Brent attendait toujours sa réponse, et Quince répliqua tout aussi vertement :

— Ce que j'attends de toi ? Pas grand-chose, j'imagine, à part ta coopération.

— Nous sommes très occupés, au ranch, comme tu l'as sans doute remarqué.

— Écoute, Brent, j'en ai assez de discuter. Le commandant Tremain a besoin de ces chevaux pour sa campagne contre Victorio. Il ne peut pas se permettre de perdre du temps, ou ce sont des hommes qu'il perdra.

— Je ne peux pas t'aider.

— Comment ça, tu ne peux pas ?

— Papa s'en va demain matin prendre livraison de ses juments. Et je l'accompagne, parce que s'il y a un moyen de se sortir de cette histoire, je veillerai à ce que ce soit fait.

— Dans combien de temps penses-tu revenir ?

— Aucune idée, répondit Brent avec une moue dégoûtée. C'est Edmund qui a tout organisé, et nous voilà obligés de traverser le Texas pour aller chercher ces fichus animaux.

— Et vous emmenez tous les cow-boys ?

— Papa y tient. Il prétend que ces juments ont trop de valeur pour que nous prenions le risque d'en égarer ne serait-ce qu'une. Il ne laisse que Red et Navidad pour veiller sur les femmes.

— Les femmes ?

— Crystal, Abby et Frances.

— Abby ne vient pas avec vous ?

— Non.

— Pourquoi ?

— C'est une femme.

— C'est aussi l'une des meilleures éleveuses de la Demi-Lune, et elle en est fière.

— Papa ne veut pas qu'elle travaille comme les employés.

— Il est un peu tard pour prendre une telle décision, non.

— Peut-être, mais je suis de son avis sur ce point.

— Abby mérite…

— Elle ne vient pas, un point c'est tout.

Quince considéra son frère d'un œil froid.

— Tu ne changeras jamais.

— Je me fiche de ton contrat avec l'armée, répliqua Brent en soutenant son regard. C'est toi qui l'as signé, à toi de te débrouiller. Nos hommes ont trop de travail pour te seconder. Quant à Abby, elle restera à la maison avec les femmes, là où est sa place.

Sur ces paroles définitives, Brent grimpa en selle et talonna sa monture.

— J'irai chercher ces mustangs avec toi, Quince, déclara Abby d'un ton déterminé.

Les yeux brillants, elle se tenait avec raideur devant son frère qui ne pouvait être insensible à sa détresse.

— Brent me tarabuste depuis longtemps pour que je me conduise « comme une dame », et c'est encore pire depuis le retour de papa. Aussi loin que je me souvienne, j'ai toujours travaillé avec les hommes, au ranch, et je n'ai pas l'intention de changer simplement parce que papa et Brent ont décrété que c'était plus convenable.

— Je sais, Abby.

— Personne ne me forcera à devenir ce que je n'ai pas envie d'être.

— Je sais cela aussi.

— Donc, je viens avec toi.

Une bouffée de tendresse submergea Quince. Si sa sœur ressemblait chaque jour davantage à leur mère, elle possédait aussi cette force, cette énergie que Beth dissimulait sous une douceur toute féminine. Si Brent avait eu un tant soit peu d'intuition, il l'aurait aidée à trouver sa propre voie plutôt que de s'escrimer à la transformer.

— Quince ?

— Je te l'aurais proposé volontiers, Abby, mais nous n'avons aucune chance d'y parvenir seuls.

— Tu ne peux pas attendre le retour de Brent ?

— Il m'a fait clairement savoir que ce contrat ne le concernait pas, et donc qu'il n'était pas question que j'emmène les employés du ranch. De toute façon, j'ai très peu de temps devant moi. Le commandant Tremain a un besoin urgent de ces chevaux. Les troupeaux de mustangs sont de plus en plus rares, et il nous faudra sûrement remonter loin vers le Nord pour en dénicher. Et si je n'en trouve pas avant l'attaque contre Victorio, Tremain sera contraint d'utiliser les montures dont il dispose. Non seulement nous aurons perdu le contrat, mais en plus, la campagne risque de virer au désastre.

— Et si j'essayais de persuader papa de nous laisser quelques hommes, qu'en penses-tu ?

— Tu perdrais ton temps.

— Que comptes-tu faire ?

— Ne t'inquiète pas. J'irai en ville demain matin et je trouverai bien quelques cow-boys prêts à m'accompagner.

— Je suis vraiment navrée, Quince, dit doucement Abby.

Il lui entoura les épaules du bras.

— Je t'ai dit de ne pas te tracasser, petite sœur. Allez, viens. J'espère que le dîner est prêt, parce que je meurs de faim !

En dépit de ses paroles rassurantes, il savait qu'il lui serait bien difficile de suivre son propre conseil.

— Ne t'en fais pas, chérie, tout finira par s'arranger.

Assise en face de son père, dans le bureau, Glory n'était pas dupe. Elle était rentrée de Fort Griffin quelques heures auparavant avec la mauvaise nouvelle. Elle avait beau être lasse et découragée, la pâleur et les traits tirés de son père ne lui avaient pas échappé. Son état empirait de façon alarmante.

— Cela me contrarie, papa, mais je ne renonce pas pour autant, déclara-t-elle vaillamment. J'irai à Diablo dès demain pour demander à Edmund de nous consentir un nouveau prêt.

— Il n'en est pas question !

La brutalité de sa réaction surprit la jeune fille.

— Pourquoi ?

— Il a décidé de ne nous accorder aucun autre prêt tant que nous n'aurons pas remboursé le précédent, et il ne changera pas d'avis.

— Je sais, mais…

— Il n'y a pas de mais, chérie, se radoucit Byron. Jusqu'à présent nous nous en sommes sortis, nous nous débrouillerons encore cette fois. Va te reposer, maintenant, tu l'as bien mérité. Nous en reparlerons demain.

Se rendant à la raison, Glory se leva et vint déposer un baiser sur la joue son père.

— Bonne nuit, papa.

— Bonne nuit, chérie.

Glory pénétrait dans sa chambre quand elle entendit frapper doucement à la porte du bureau. Elle vit Jan y entrer et refermer la porte derrière lui. À l'évidence, son père l'avait convoqué.

Elle faillit aller espionner leur conversation, puis se ravisa. Elle avait évoqué la présence de Quince à Fort Griffin de manière allusive, et Byron souhaitait sans doute savoir en détail ce qui s'était réellement passé. Ce qui l'arrangeait bien, car, personnellement, elle n'avait pas envie d'en parler. Elle en aurait même été incapable.

Lorsqu'ils avaient quitté l'hôtel, ses hommes et elle, Quince était déjà parti, et elle en avait été grandement soulagée. Elle avait réussi à se convaincre qu'il avait autant envie qu'elle de tirer un trait sur la soirée de la veille, et elle avait décidé d'effacer ce malheureux épisode de sa mémoire.

Oui, il fallait absolument qu'elle oublie ce qui s'était passé entre eux…

Il était près de midi quand Quince atteignit Diablo. Son père, Brent et les hommes avaient quitté le ranch après le petit-déjeuner. Jack était visiblement en colère. Sans doute s'était-il de nouveau querellé avec Brent qui trouvait son attitude irresponsable et ne s'en cachait pas. Les cow-boys quant à eux semblaient mal l'aise, tiraillés qu'ils étaient entre le père et le fils auxquels ils vouaient une égale loyauté.

Abby affichait une expression blessée lorsque la petite troupe s'était éloignée, et, une fois encore, Quince s'était promis de lui faire oublier sa peine.

Mais pour l'heure, il avait un problème plus urgent à résoudre.

Alors qu'il remontait la rue principale au milieu des charrettes arrêtées, des inévitables prospecteurs, des noceurs à la mine blême, et des quelques cow-boys itinérants qui meublaient leur oisiveté en traînant devant les boutiques, il avisa un groupe d'hommes massé autour d'une annonce clouée à l'extérieur du bureau du shérif.

Il mit pied à terre afin d'aller y voir de plus près et découvrit qu'il s'agissait de l'avis affiché par un soldat de Jonah avant son voyage à Fort Griffin.

Il prêta l'oreille aux commentaires ironiques.

— C'est une blague ou quoi ? Y a pas en ville un type assez fou pour signer avec les militaires de Fort Griffin !

— Pour sûr, ils sont capables de tout, ceux-là !

— Jake Forrester pourrait vous en parler. Il a essayé de faire du boulot honnête pour un des officiers. Il a jamais été payé !

— Et quand il s'est plaint, le commandant l'a flanqué à la porte.

— C'est l'enfer, là-bas !

— Ouel culot de mettre une affiche ici ! Je suis étonné que personne ne l'ait encore déchirée.

Quince jeta un coup d'œil aux types qui l'cntouraient. La réputation de Fort Griffin n'allait pas lui simplifier la tâche, apparemment.

Il se dirigeait vers le saloon, quand il s'immobilisa soudain. La plaisanterie avait assez duré ! songea-t-il, et il fit demi-tour.

— Il s'en va ! Il redescend la rue ! lança Madge à Blanche.

Elle se tenait près de la porte battante du *Lone Star*, et Blanche la rejoignit en hâte. Ses fins sourcils arqués de façon comique dans son visage outrageusement maquillé, Madge secoua la tête.

— C'était là qu'il venait, j'en suis sûre !

Blanche suivit du regard Quince qui s'éloignait à grandes enjambées.

— Il reviendra peut-être, risqua Madge pour la réconforter. Il a dû oublier quelque chose…

Mais il enfourcha sa monture, et Blanche murmura :

— Il quitte la ville.

— Mais non ! Il vient juste d'arriver.

Madge fronça les sourcils en constatant que son amie disait vrai.

— Je suis désolée, chérie. Je comprends pas ce qui s'est passé. Je l'ai repéré dès qu'il est arrivé. C'est pas le genre qui passe inaperçu ! Je t'ai appelée aussitôt. Il était pas là depuis plus de quelques minutes, je te le jure.

— Ce n'est pas grave, Madge.

Elle cligna des paupières pour chasser les larmes qu'elle sentait perler. Aucune des filles n'ignorait ses sentiments pour Quince. Elles la voyaient se tourner vers la porte dès qu'un client entrait, et elles étaient navrées pour elle. En revanche, elles ne savaient pas, pour Lobo. Blanche ne leur avait rien dit. Par peur… et parce qu'elle avait honte.

— Il doit avoir mieux à faire que de traîner au *Lone Star*, observa-t-elle en haussant les épaules.

— Il reviendra.

— Mais oui…

Le sourire crispé et le cœur brisé, Blanche retourna au bar.

Le Diamond C n'avait guère changé depuis l'époque du vieux Potter, nota Quince tandis qu'il approchait du ranch. Son incursion en ville lui avait fait perdre un temps précieux.

Les yeux plissés, il détailla la maison. Elle comprenait au moins six pièces – le vieux Potter avait sans doute espéré y loger une grande famille – et était bien entretenue, à présent. On avait ajouté un porche, les bâtiments annexes étaient en bon état. Il remarqua des juments dans un pré, et vit au premier coup d'œil qu'elles n'avaient rien de commun avec la superbe bête qui s'était enlisée.

Alors qu'il avait presque atteint la maison, un petit homme chauve avec une grosse moustache sortit sur le porche, puis disparut de nouveau à l'intérieur. Quelques minutes plus tard, il était de retour, poussant le fauteuil roulant d'un vieux monsieur au visage émacié.

Quince descendit de sa monture, puis rejoignit l'homme sur le porche.

— Vous êtes sûrement M. Townsend, fit-il en lui tendant la main. Je suis Quince Hunter, monsieur.

Le vieil homme avait une poigne étonnamment ferme.

— S'il s'agit d'une visite de courtoisie, ce n'est pas le bon moment, monsieur Hunter. Je suis seul à la maison. Tout le monde est au travail, y compris ma fille. Mais ce n'est pas une visite de courtoisie, n'est-ce pas ?

— Non, en effet.

Quince devinait chez cet homme une vivacité d'esprit que sa santé déficiente n'avait en rien altérée. Il lut aussi dans son regard une impatience qui le poussa à ajouter sans préambule :

— Je suis venu vous proposer un marché, monsieur.

Townsend l'étudia longuement sans mot dire, puis il se tourna vers l'homme qui se tenait à ses côtés.

— Voici Pete, notre cuisinier.

Quince le salua d'un signe de tête, et Townsend reprit :

— M. Hunter et moi avons à parler, Pete. Vous seriez aimable de me pousser jusqu'au bureau et de nous apporter du café.

Pete sorti, Townsend indiqua un fauteuil à Quince tout en continuant à le jauger du regard. Glory avait évoqué Quince Hunter succinctement… *trop succinctement.* Il avait questionné Jan sur leur visite à Fort Griffin, mais celui-ci n'avait pas grand-chose à en dire.

À première vue, le jeune homme lui paraissait sérieux. Grand, robuste, il avait le physique d'un homme qui ne rechigne pas au travail. Son allure virile devait plaire aux femmes, qui pouvaient même le trouver beau, à sa manière, mais selon Byron, son principal atout, c'était son regard vert si pénétrant. Cet homme possédait une autorité naturelle, un air déterminé qui le distinguait du cow-boy moyen… Et cela n'avait rien à voir avec son physique ni avec ses manières à la fois courtoises et directes. Il donnait l'impression d'un individu honnête qui dit ce qu'il pense.

Pourtant, Glory avait éludé les questions de son père à son sujet.

— Vous parliez d'un marché, monsieur Hunter ? commença-t-il prudemment.

— M. Hunter est le nom de mon père, répondit Quince sans sourire. Je m'appelle Quince.

— Entendu, Quince, mais ma question tient toujours. De quoi vouliez-vous m'entretenir ?

— Votre fille est allée à Fort Griffin dans l'espoir d'obtenir un contrat de l'armée. Vous savez sans doute que le commandant Tremain me l'avait octroyé quelques heures auparavant. Je l'ai rencontrée ensuite, et elle m'a confié que le Diamond C aurait eu grand besoin de signer ce contrat.

Étonné que Glory eût parlé de la situation financière du ranch à un quasi inconnu, Byron répondit :

— C'est exact, mais en quoi cela vous concerne-t-il ?

— Je ne vous cacherai pas, monsieur Townsend, que notre famille rencontre quelques difficultés ces derniers temps, répondit Quince sans détour. Tout le monde sait que mon père a fait de la prison, et que depuis sa sortie, son penchant pour le jeu, la boisson et autres distractions dispendieuses met l'équilibre financier du ranch en péril.

— Diablo est une petite communauté, se contenta d'observer Byron.

— J'irai droit au but : j'ai le contrat pour fournir des chevaux à l'armée, mais les cow-boys de la Demi-Lune sont occupés ailleurs, si bien que je ne peux pas compter sur leur aide.

Ignorant le tressaillement de surprise de son interlocuteur, il continua :

— Voici donc ma proposition. J'ai le contrat, vous avez les hommes. Ensemble, nous pouvons nous en sortir.

— Et qu'offrez-vous en échange de notre participation ?

— Un partage égal des profits entre la Demi-Lune et le Diamond C.

— Vous mettrez un seul cow-boy en plus de nos sept, et vous voudriez un partage à cinquante-cinquante ?

— Deux cow-boys. Ma sœur sera du voyage. Mais il est inutile de discuter ce point. Ou vous acceptez un partage égal, ou je vais chercher des itinérants dans les rues de Diablo, en priant pour tomber sur les bons.

Glory aidait les hommes à rentrer les chevaux dans le corral derrière la maison. La journée avait été longue et fatigante. Il ne s'agissait pourtant que de vérifier l'état de santé des bêtes au pâturage, mais ces dernières s'étaient montrées nerveuses, craintives. Des traces de loup découvertes un peu plus tard expliquaient ce comportement inhabituel, néanmoins, le travail en avait été grandement retardé. Glory elle-même s'était montrée distraite, ce qui n'avait rien arrangé !

Comme elle contournait la maison en songeant au dîner qui l'attendait avant de retrouver la quiétude de sa chambre, elle sursauta. Son père était sur le porche, entouré de Pete et de...

Non ! Pas lui !

— Je n'irai pas !

— Eh bien, les hommes iront sans toi.

Glory fixait avec incrédulité son père dont le visage exprimait une détermination têtue. Elle le connaissait suffisamment pour savoir qu'aucun argument ne le ferait revenir sur sa décision.

— T'es-tu demandé pourquoi Quince agissait ainsi, papa ? Pourquoi il était prêt à renoncer à la moitié de l'argent quand il pourrait tout avoir ?

— Il me l'a expliqué.

— Ah, oui ? Et qu'a-t-il raconté ?

— Qu'il avait besoin des cow-boys du Diamond C pour honorer son contrat.

— Pourquoi n'utilise-t-il pas les siens ?

— Il semblerait qu'il y ait des problèmes au sein de sa famille, et qu'il ne puisse disposer des hommes de la Demi-Lune.

— Si sa propre famille ne lui fait pas confiance...

— Je ne pense pas que ce soit le cas.

— Mais tu n'as aucun moyen d'en être sûr.

— Que risquons-nous ? Nous avons besoin d'argent, Quince a besoin de nous. Si je me fie à mon expérience, Glory, rien ne lie les gens plus étroitement qu'un besoin identique.

Son père touchait une corde sensible, et Glory releva le menton.

— Vous ne le connaissez pas vraiment. Il n'est peut-être pas ce qu'il paraît être.

— Qu'essaies-tu de me dire ?

— Rien, se défendit-elle en reculant machinalement d'un pas. C'est juste que... je trouve la situation un peu fausse.

— Fausse ou pas, j'ai décidé d'accepter.

En proie à une brusque flambée de colère, Byron poursuivit :

— J'en ai assez d'être sous la coupe d'Edmund Montgomery ! Assez de le voir tirer les ficelles et de nous regarder danser à sa guise comme des pantins. Je ne veux pas quitter ce monde en sachant qu'il aura toujours prise sur toi, et s'il existe ne serait-ce qu'une chance de mettre un terme à cet état de fait, je la saisis sans hésiter !

— Papa !

— Je suis désolé, Glory, mais c'est ainsi. Je ne t'obligerai certainement pas à faire ce que tu refuses de faire. Jan sera parfait, mais, n'oublie pas que le jour viendra où tu prendras ma place.

— Tais-toi, papa...

— D'accord, je me tais. N'empêche qu'il faut que tout le monde y mette du sien si nous voulons réussir. J'irais en personne si j'étais valide.

Glory ne put supporter la lueur de détresse dans le regard de son père.

— C'est bon, j'irai.

Byron chercha à déchiffrer son expression.

— Tu es sûre ? Rien ne t'y oblige.

— Certes. Mais tu as raison, je dois y aller.

Byron se détendit.

— Si tout se passe bien, nous aurons de quoi remplacer les juments, et peut-être même de rembourser nos dettes. Au cas où l'armée serait satisfaite, ce pourrait être une nouvelle source de revenus pour le Diamond C.

Glory acquiesça, afin de ne pas ternir l'espoir qu'elle lisait sur le visage de son père.

— Jan a ordonné aux hommes de préparer leurs affaires. Quince veut partir après-demain.

— Je serai prête.

— Nous avons là l'occasion de rééquilibrer nos finances, Glory. C'est important.

— Je sais.

— Je suis désolé de te charger de ce fardeau supplémentaire, ma chérie... C'est injuste, j'en suis conscient.

— Oh, papa...

— Tu sais combien je t'aime, n'est-ce pas ? ajouta-t-il de manière inattendue.

Ravalant ses larmes, elle murmura :

— Bien sûr.

L'émotion menaçant de la submerger, elle se força à sourire.

— J'ai une faim de loup. Je vais voir ce que Pete a mijoté pour le dîner. Tu m'accompagnes ?

— Dans quelques minutes.

Edmund sortit sa montre, fronça les sourcils et la secoua, doutant de l'heure, puis il regarda par la fenêtre de son bureau. Le soleil était presque au zénith.

Il était de fort mauvaise humeur. La veille, sentant la sève monter en lui, il avait rendu visite à sa catin favorite, une femme qui habitait loin de la ville et se prêtait à toutes ses perversités moyennant rémunération. Mais elle ne s'était guère montrée coopérative, et la scène avait tourné au drame. Incapable de supporter les cris qui avaient suivi, il s'était servi de ses poings pour la calmer. Et il avait dû payer très cher, ensuite, le prix de son silence.

Après un réveil maussade, il était arrivé à la banque pour apprendre que Quince Hunter avait signé le contrat avec Fort Griffin. Stupéfait, il avait découvert dans la foulée qu'il partait avec les hommes du Diamond C.

Il grinça des dents. Cela signifiait que les dettes de Jack seraient remboursées, et que les problèmes financiers du Diamond C seraient réglés.

Au diable, cet homme ! Son plan marchait comme sur des roulettes, avant le retour de Quince. Il tenait pratiquement le Diamond C dans le creux de sa main, et contrôlait la Demi-Lune. Le contrat avec l'armée risquait de ruiner ses projets, et il n'était pas question qu'il permette une telle chose.

Il ouvrit son tiroir pour en sortir les dossiers concernant les deux ranchs, et pesta en se rappelant qu'il les avait laissés chez lui. Il se leva d'un bond, arracha son chapeau à la patère et sortit.

Quelques minutes plus tard, il fonçait vers la salle à manger… et s'arrêta net en s'apercevant qu'ils n'étaient pas là où il les avait laissés.

Une colère noire s'empara de lui.

— Hilda ! appela-t-il.

S'efforçant de dissimuler sa rage, il s'adressa à la gouvernante :

— Je crois avoir laissé des dossiers ici, hier soir. Les avez-vous rangés ?

— Non, monsieur.
— Alors, où sont-ils ? aboya-t-il.
Hilda tressaillit.
— Je l'ignore, monsieur.
— Je sais où je les ai laissés. Ils n'y sont plus. Pouvez-vous me dire ce qu'ils sont devenus ?
— Edmund... ?
Il se figea en entendant la voix de sa femme dans le couloir. Au point où il en était, il savait que l'ivresse d'Iona lui ferait perdre le peu de sang-froid qu'il lui restait. Conscient du regard d'Hilda, il reprit une voix qu'il espérait normale :
— Excusez-moi, Hilda. Ces dossiers sont importants, et j'ai peur qu'ils n'aient été rangés au mauvais endroit. Vous comprenez, j'espère ?
— Bien sûr, monsieur Montgomery, répondit Hilda en reculant. Si vous voulez que je cherche...
— Ce ne sera pas nécessaire, coupa-t-il avec un sourire crispé. Vous pouvez vous retirer.
La gouvernante disparut, mais Iona était toujours dans le couloir.
— Qu'y a-t-il, Iona ? lança Edmund, à bout de patience.
— Je... j'ai entendu ta voix, souffla sa femme en apparaissant sur le seuil. Tu semblais contrarié, j'ai pensé que je pourrais peut-être t'aider...
— Retourne te coucher.
— Mais tu cherchais quelque chose...
— J'ai dit : au lit !
— Edmund...
Elle fit un pas hésitant vers lui.
— Tu cherchais les dossiers que tu as laissés sur la table de la salle à manger, hier soir ?
Edmund se pétrifia.
— Je craignais qu'ils ne s'égarent, alors je les ai pris. Je voulais les déposer sur ton bureau, mais je

me suis sentie faible et je suis allée directement dans ma chambre.

Dissimulant à peine son mépris, Edmund articula :

— Où sont-ils ? Toujours chez toi ?

— Oui. Je vais les chercher.

La bousculant pratiquement, il passa devant elle, et gagna sa chambre. Il plissa le nez en entrant, écœuré par les odeurs de parfum capiteux et d'alcool qui flottaient dans la pièce. Il repéra tout de suite les dossiers en équilibre précaire sur un coin de la table de chevet. Il s'en empara et tourna vivement les talons, heurtant Iona qui l'avait suivi.

Son petit visage contracté par l'anxiété, elle balbutia :

— Tu… tu es fâché contre moi, Edmund ?

— Pousse-toi.

— Edmund…

— Pousse-toi, bon sang !

Il l'écarta brutalement de son chemin. Il avait presque atteint la porte d'entrée lorsqu'il l'entendit l'appeler, puis il y eut un bruit de chute.

Iona gisait sur le parquet, luttant pour se relever. Surmontant son aversion, il revint vers elle.

Elle murmura des excuses tandis qu'il tentait de la remettre debout. Elle semblait souffrir, et l'un de ses genoux se déroba. Il n'avait pas le choix. Il souleva dans ses bras le corps osseux qui le révulsait et appela la gouvernante.

— Hilda ! Allez chercher le Dr Gibbs. Mme Montgomery est tombée.

Le ranch de la Demi-Lune était encore silencieux quand le soleil fit son apparition dans un ciel clair.

Habillé pour le voyage, ses sacoches de selle remplies, le matériel chargé sur les chevaux de remplacement nécessaires pour la chasse au mustang, Quince jeta un coup d'œil à sa sœur. Celle-ci avalait son petit-déjeuner de bel appétit, et il ne put s'empêcher de sourire. Elle se réjouissait tellement de cette expédition au pays des mustangs. Il regretta que ses propres sentiments ne soient pas aussi simples que ceux de sa sœur en cet instant.

Il s'était rendu au Diamond C deux jours plus tôt, ayant renoncé à engager des vagabonds dont les talents comme l'honnêteté lui semblaient plus que douteux. Il était beaucoup plus logique de conclure un marché avec le Diamond C. Pour rien au monde il ne se serait avoué que c'était là l'occasion de voir Glory... Mais il ne pouvait nier les battements redoublés de son cœur lorsqu'elle était apparue en compagnie de Byron et de Pete. Il lui avait cependant suffi d'un regard pour comprendre que tout effort pour faire évoluer leur relation serait voué à l'échec.

Il avait quitté le Diamond C tout de suite après avoir signé leur engagement réciproque, et il ne regrettait rien. Il avait lu l'inquiétude dans le regard de Townsend à son arrivée, peu à peu remplacée par l'espoir. Il appréciait le vieil homme, qui avait parfaitement compris l'intérêt qu'ils avaient à s'associer.

Comme Abby posait sa fourchette, Quince avala une dernière gorgée de café, puis ils se levèrent de table sans un mot. Abby, qui rayonnait littéralement lorsqu'ils se rendirent à l'écurie, s'assombrit d'un coup en reconnaissant Joey Weatherby, le fils du forgeron, dans le cavalier qui approchait au trot.

Arrivé près d'elle, il la salua et débita d'une traite :

— J'ai un message pour vous, mademoiselle

Abby. M. Montgomery m'a demandé de vous prévenir que Mme Iona était tombée et qu'elle s'était blessée. Elle est incapable de marcher, et Hilda, qui a sa famille à sa charge, ne peut pas s'occuper d'elle en permanence. M. Montgomery demande si vous accepteriez de venir habiter chez eux le temps qu'elle se rétablisse.

Des émotions diverses se succédèrent sur le visage d'Abby. Les lèvres tremblant imperceptiblement, elle prit une profonde inspiration avant de se tourner vers son frère. Il sut ce qu'elle allait dire avant qu'elle ouvre la bouche.

— Iona a besoin de moi, Quince. Elle a fait beaucoup pour moi après la mort de maman, et jamais elle ne m'a demandé quoi que ce soit en retour.

Elle ravala un sanglot.

— Je ne peux pas lui faire faux bond...

Conscient de l'importance de son sacrifice, il détacha le cheval attaché à celui d'Abby pour l'accrocher au sien.

Elle grimpa en selle, et reprit dans un murmure :

— J'aurais voulu... Je suis navrée, Quince.

— Ne t'inquiète pas, Abby. Transmets mes vœux de guérison à Iona. Tu auras assez de travail quand nous rentrerons avec les mustangs !

Désolé, il suivit sa sœur du regard jusqu'à ce qu'elle disparaisse à la vue, puis il enfourcha son cheval et se mit en route.

Les hommes du Diamond C l'attendaient, regroupés autour de Townsend sur le porche. Leurs montures étaient dans l'enclos, prêtes pour le voyage. Quince expliqua les raisons de l'absence d'Abby tout en mettant pied à terre, et remarqua le bref froncement de sourcils de Townsend lorsqu'il mentionna Edmund. Le père de Glory se garda toutefois d'émettre le moindre commentaire.

— Vous avez déjà rencontré Shorty, Jan et Robbie. Voici Miles, Riggs et Slim.

Cela faisait six.

Quince s'apprêtait à demander où se trouvait le septième homme lorsque Glory apparut sur le seuil en tenue de cavalière.

Il se figea.

— Ma fille est de la partie, bien entendu.

Curieusement, Quince n'avait absolument pas envisagé cette éventualité.

— Elle prend ma place, ajouta Byron.

— Non.

— Pourquoi ?

— C'est une expédition difficile et dangereuse.

— Ma fille est habituée à affronter les difficultés, rétorqua Townsend. Franchement, votre réaction me surprend, dans la mesure où votre propre sœur était censée prendre part au voyage.

— Abby possède toutes les qualités d'un homme.

— Moi aussi ! intervint Glory.

Comme Quince ne répondait pas, elle déclara d'un ton sans réplique :

— Que vous soyez d'accord ou non, je viens.

Pestant intérieurement, conscient que le vieil homme ne le soutiendrait pas, Quince fit signe aux hommes d'aller chercher leurs montures.

Il toucha brièvement son chapeau à l'intention de Townsend avant de prendre la tête de la colonne, quelques minutes plus tard.

Edmund n'aimait pas ça… Mais alors pas du tout ! Il était d'humeur massacrante tandis qu'il se frayait un chemin vers la cabane. À cause de l'accident d'Iona, il n'avait pu prendre contact avec Kane à la date prévue.

La seule note positive était l'arrivée d'Abby, le matin même... Il avait envoyé Joey en nourrissant le secret espoir que cette promiscuité avec la jeune fille lui offrirait l'occasion de lui faire quelques discrètes avances... Hélas, cela lui paraissait à présent hautement improbable !

À peine arrivée, elle s'était enfermée dans la chambre d'Iona, si bien qu'il ne l'avait quasiment pas vue. À vrai dire, il avait l'impression qu'elle l'évitait. Si c'était le cas, elle lui paierait cher cet affront !

Apercevant la cabane, il siffla selon le code établi. La porte s'ouvrit sur la silhouette caractéristique de Kane, le fusil à la main.

Edmund n'avait pas de temps à perdre en mondanités, aussi entra-t-il directement, sans un mot. Kane se réjouissait visiblement de sa nervosité, ce qui ajouta à son irritation.

— Vous avez pas l'air dans votre assiette, ironisa-t-il. Il y a un truc qui vous reste sur l'estomac ? Alors vous avez frappé à la bonne porte. Ce bon docteur Kane vous guérira, si la récompense est assez élevée.

— Le prix n'est pas un problème, vous le savez. C'est le temps qui m'inquiète.

— De quoi s'agit-il ?

— Quince Hunter et les hommes du Diamond C sont partis à la chasse au mustang ce matin.

— Et alors ?

— Je veux qu'ils échouent.

— Et alors ?

— Ce n'est pas une opération à réaliser en solitaire, rétorqua Edmund d'un ton sec.

— Ça m'a jamais arrêté.

— Je ne peux pas vous dire exactement où ils vont. Il faudra que vous les pistiez.

— Je suis capable de suivre n'importe qui, si le jeu en vaut la chandelle.

Edmund sortit de sa poche un rouleau de billets qui lui valut un sourire carnassier de la part de Kane.

— Voilà qui devrait vous motiver, fit-il d'un air dégoûté. Je doublerai cette somme quand vous aurez terminé le travail.

Kane lui arracha la liasse des mains, compta rapidement les billets, puis déclara simplement :

— Préparez votre argent.

8

Il y en avait une cinquantaine, peut-être plus.

Quince observait les mustangs à la jumelle. Des mâles de deux ans se tenaient à l'extérieur du groupe, à distance respectable de l'étalon dominant qui veillait sur ses juments. En regardant plus attentivement, il constata qu'il y avait deux hardes différentes... Deux harems et deux étalons qui montaient la garde. C'était rare, mais il arrivait que deux bandes choisissent le même endroit pour abreuver les femelles, et demeurent séparées en attendant leur tour.

Quince sourit. La situation lui convenait à merveille.

Entendant du bruit, il tourna la tête. Glory s'était approchée afin d'observer la scène, tout en veillant à demeurer suffisamment loin de lui. Depuis deux jours, elle faisait preuve d'une froide réserve à son égard et ne lui adressait la parole que lorsque c'était indispensable. Une attitude en totale opposition avec l'aimable familiarité qu'elle témoignait aux hommes du Diamond C, qui semblaient la considérer comme l'une des leurs.

Ce qui n'était pas le cas de Quince. Les dangers que leur réservaient les jours à venir et l'obstination que montrait Glory à travailler auprès des autres l'empêchaient d'avoir l'esprit en paix.

La harde se remit en route, et Quince fit signe aux cow-boys d'être prudents. Les étalons ne les avaient pas repérés, et il savait qu'ils ne s'éloigneraient guère de leur point d'eau et qu'ils y reviendraient s'ils se sentaient en sécurité. Il était temps de rentrer au campement pour se reposer avant les quatre ou cinq jours de travail intense qui les attendaient.

Il tendit ses jumelles à Slim en lui recommandant de continuer à surveiller les animaux, et fit signe aux autres de le suivre. Glory s'arrêta au passage près du cow-boy taciturne, et lui murmura quelques mots à l'oreille, lui arrachant un sourire inattendu.

Agacé par cette marque de familiarité, mais refusant d'y voir une quelconque forme de jalousie, Quince s'éloigna sans un regard en arrière.

— Qu'est-ce qui t'arrive ? T'as jamais été aussi nul pour suivre une piste !

Kane fusilla du regard le cavalier qui chevauchait à ses côtés. Lefty eut un sourire amusé qui dévoila des dents jaunâtres. Leurs trois compagnons attendaient visiblement une réponse, et Kane aboya :

— Tu crois que tu peux faire mieux ?

— C'est pas mon boulot.

— Exact. Ton boulot, c'est de la fermer et de m'obéir.

Lefty eut un reniflement de dérision qui déclencha quelques ricanements de la part des autres. La colère de Kane augmenta d'un cran.

Il avait eu recours aux services de Bart, Sloane, Whistler et Lefty pour d'autres contrats qu'il ne pouvait mener à bien tout seul. Ils faisaient ce qu'on leur disait sans poser de questions, mais il ne se serait pas risqué à leur tourner le dos, car il n'avait aucune confiance en eux.

Il revint donc à son étude minutieuse du terrain. Sans la somme qu'Edmund lui avait fait miroiter, il l'aurait envoyé promener, purement et simplement. Malgré les assurances qu'il avait données à Montgomery, il n'aimait pas commencer un travail en retard. Or il avait deux jours de retard, le temps qu'il lui avait fallu pour localiser ses acolytes et pour repérer la trace de Hunter.

Il fronça les sourcils. La piste semblait enfin un peu plus nette. Dès qu'ils auraient atteint une région moins fréquentée, les signes deviendraient plus distincts, et ils rattraperaient le temps perdu.

— Tu crois qu'on va finir par les trouver ? lança Lefty d'un air narquois. Sinon, est-ce qu'on sera quand même payés, les gars et moi ?

Au comble de l'exaspération, Kane répliqua d'un ton où perçait une note menaçante :

— T'inquiète pas pour ça. On les trouvera, et le boulot sera fait, comme d'habitude. Mais en cas de problème, je vous garantis que je saurai m'occuper de vous à ma manière.

Satisfait par le silence gêné qui suivit, Kane s'absorba de nouveau dans sa traque.

Les hommes du Diamond C avaient mangé et s'installaient pour la nuit. Impatients de se mettre au travail, ils vérifiaient leurs équipements en bavardant. Après avoir désigné la sentinelle qui remplacerait Slim, Quince les imita.

Glory, quant à elle, préparait son sac de couchage, de l'autre côté du feu.

Sans réfléchir, il la rejoignit.

— Il faut que nous parlions.

Les cow-boys se turent tandis que Glory se redressait en répliquant.

— Très bien. Je vous écoute.

— En privé.

Elle acquiesça, le regard froid, et lui emboîta le pas. Dès qu'il fut certain qu'ils ne pourraient être ni vus ni entendus des autres, il pivota et attaqua sans préambule :

— Il y a certains points que nous devons régler sans attendre. Cette situation vous convient peut-être, mais ce n'est pas mon cas. S'il ne tenait qu'à moi, vous ne seriez pas là.

Glory s'empourpra légèrement.

— Vraiment ?

— Vraiment. Les jours à venir seront capitaux. Ou nous prendrons le contrôle des chevaux, ou nous les perdrons complètement. Or laissez-moi vous dire que je n'ai pas l'intention de renoncer à les capturer.

— Moi non plus.

Ignorant sa réponse, Quince enchaîna :

— Nous allons mener nos montures au galop sur une centaine de kilomètres par jour. Nous les laisserons se reposer tous les vingt kilomètres environ, mais pas plus d'un quart d'heure. Quand les mustangs commenceront à fatiguer, il nous faudra avoir l'esprit assez clair pour anticiper leurs réactions au moment où nous essaierons de leur faire rebrousser chemin.

— Que voulez-vous dire au juste ?

— Que rien ne devra nous distraire.

— Et… ?

— *Vous* êtes une distraction.

Quince vit la colère flamber dans les yeux sombres.

— Non, je suis un cow-boy comme les autres.

— Que vous le vouliez ou non, vous êtes une distraction ! aboya-t-il, furieux.

— Seulement pour vous !

— Peut-être.

— Dans ce cas, c'est votre problème.

— Possible, mais c'est moi le chef, ici. Je suis responsable de la sécurité de tous et j'ai un contrat à remplir.

— Je monte aussi bien que vous.

— C'est ce que vous avez tenté de me montrer lorsque vous étiez enlisée.

— Sale type !

Elle tremblait légèrement lorsqu'elle ajouta dans un murmure furieux :

— Vous voulez à tout prix me rappeler cet accident, n'est-ce pas ?

— En effet. Et à juste titre. La poursuite sera difficile, rapide, je ne veux pas avoir à m'inquiéter pour vous.

Vous n'avez absolument pas à vous inquiéter pour moi !

— Bizarrement, je n'en suis pas convaincu.

— Qu'attendez-vous de moi ? riposta Glory. Que je vous dise que j'ai peur ? C'est faux, je n'ai pas peur. Que j'admette que je serai incapable de suivre le rythme ? J'en suis capable !... Mais peut-être souhaitez-vous que je vous supplie de me laisser participer à la poursuite ? Eh bien, n'y comptez pas !

— Je ne vous demande pas...

— Vous n'avez pas intérêt !

— J'essaie de vous expliquer – *expliquer* – comment se déroulera la journée de demain. Et les suivantes.

— Vous n'avez rien à m'expliquer.

Il fit un pas vers elle en tentant d'ignorer son parfum.

— Je vais vous expliquer, persista-t-il, comment cela va se passer. Sinon j'ordonne à l'un des hommes de rester en arrière avec vous.

— Pas un ne vous obéirait.

— Ces cow-boys sont des professionnels.

— En effet.

— Et ils savent qu'il ne peut y avoir qu'un chef dans une expédition.

Glory redressa le menton.

— Qu'est-ce qui vous fait croire que c'est vous qu'ils choisiraient ?

Quince ne put s'empêcher d'être émerveillé par la passion qu'elle mettait dans ses réponses. Son tempérament ne pouvait être mis en doute… mais ce n'était pas son tempérament qui l'inquiétait.

— Ils me choisiraient parce que je suis le plus apte à remplir ce rôle.

Glory ne répondit pas aussitôt, et il poursuivit d'un air pincé :

— J'ai de l'expérience, je sais maîtriser des chevaux sauvages, et je sais à quoi m'attendre de leur part. Je connais bien ce territoire et je suis capable de prévoir n'importe quel mouvement de la harde. Je sais quand la pousser en avant, quand relâcher la pression, et je sais à quel moment il faut reculer pour assurer la sécurité des hommes. Oseriez-vous honnêtement prétendre en être capable ?

Glory se contenta de battre des paupières.

— Voudriez-vous risquer la vie de vos hommes pour satisfaire votre orgueil ? continua-t-il, impitoyable.

— Pour satisfaire mon orgueil ! répéta-t-elle.

— Pour prouver que vous avez raison ?

— Là n'est pas la question.
— Vraiment ?
Dans le silence qui suivit, Quince vit la jeune fille se détendre imperceptiblement.
— D'accord, lâcha-t-elle enfin. Vous prendrez les commandes lorsque nous commencerons la poursuite.
— « Prendre les commandes » signifie que nous agirons à ma manière.
Elle acquiesça.
— Que vous obéirez à mes ordres.
Nouveau hochement de tête.
— À présent, écoutez-moi bien, insista-t-il en la regardant au fond des yeux. Je veux que vous soyez en permanence dans mon champ de vision.
Silence.
— Que vous chevauchiez sans cesse à mes côtés.
Pas de réponse.
— Que vous ne vous éloigniez sous aucun prétexte.
Elle se raidit légèrement.
— Vous vous reposerez quand je me reposerai, vous changerez de cheval quand je changerai de cheval, vous...
— C'est bon !
— Si vous vous écartez de moi ne serait-ce qu'une minute... s'obstina-t-il néanmoins.
— Je vous ai déjà dit que j'étais d'accord !
Il lui agrippa les bras et articula d'une voix sourde :
— Je ne plaisante pas, Glory. Si jamais vous...
— Lâchez-moi.
— Glory...
— Vous avez entendu ce que j'ai dit ?
— La question est : avez-vous entendu ce que *moi*, j'ai dit ?

— J'ai entendu. Maintenant, lâchez-moi.

Quince obtempéra.

— Vous avez terminé ? demanda-t-elle.

Ce fut au tour de Quince d'acquiescer en silence. Une brusque tristesse s'empara de lui lorsque Glory tourna les talons et s'éloigna sans un mot.

Il avait gagné la bataille – victoire totale –, pourtant, il se sentait glacé de l'intérieur.

Abby se tenait à la fenêtre de la chambre d'Iona et contemplait les ombres mouvantes de la nuit.

À son arrivée, deux jours auparavant, elle avait trouvé une Iona qui s'efforçait de sourire vaillamment malgré sa jambe vilainement enflée.

Il lui avait fallu quelques minutes pour se rendre compte qu'à l'odeur douceâtre du parfum d'Iona qui flottait dans la pièce se mêlait celle du sherry, son fidèle compagnon, ainsi que celle du médicament que, prétendait-elle, le Dr Gibbs lui avait prescrit, et qui sentait fortement le clou de girofle.

Abby soupira, puis se tourna vers le lit où dormait la malheureuse. C'était si pénible de la voir ainsi ! Elle se rappelait ces jours de détresse, où Iona était la seule bouée de sauvetage dans un océan de chagrin. Et voilà qu'aujourd'hui, c'était elle qui sombrait.

On frappa, et Abby tressaillit. Elle gagna la porte sans bruit.

— Elle dort ? s'enquit doucement Edmund dès qu'elle ouvrit le battant.

— Oui.

Abby redoutait ce moment où il se montrait alors qu'il savait son épouse endormie. Elle resserra les pans du peignoir qu'elle avait emprunté à Iona.

— Elle semble aller un peu mieux, mais elle souffre encore.

— Tu es un amour, murmura-t-il en lui caressant la joue. Tu sais combien Iona et moi apprécions ton aide, n'est-ce pas ?

Abby recula instinctivement en essayant de dissimuler son dégoût.

— Je suis heureuse de me rendre utile. Iona s'est montrée si bonne avec moi !

— Puisqu'elle dort, pourquoi ne viendrais-tu pas bavarder un moment avec moi ? risqua Edmund hardiment. Je me sens si seul depuis que l'état d'Iona s'est aggravé… nous nous consolerions mutuellement.

Abby en avait la chair de poule. Elle secoua la tête.

— Non, lâcha-t-elle, avant d'ajouter avec un sourire tardif : Je vous remercie, mais il est tard, et je suis lasse. Le lit que m'a préparé Hilda dans cette chambre est tout à fait confortable, et je préfère être là au cas où Iona aurait besoin de moi.

Le regard glacial d'Edmund lui arracha un frisson.

— Très bien. Si c'est ce que tu souhaites… bonne nuit.

— Bonne nuit.

Avec un soupir de soulagement, Abby referma la porte avant de se tourner vers le lit.

Chère Iona.

Pauvre Iona.

Elle revint à la fenêtre et, tandis qu'elle contemplait le clair de lune, elle songea à Quince et regretta une fois de plus de ne pas être avec lui.

Le feu de camp luisait d'un faible éclat, des ronflements sonores se mêlaient aux bruits familiers de la nuit, et Quince s'agitait dans son sac de couchage, incapable de trouver le sommeil.

Glory, elle, semblait dormir du sommeil du juste. Il distinguait sa chevelure à la lueur des flammes. Il avait voulu mettre les choses au point avec elle, mais l'entretien avait de nouveau tourné à l'affrontement, ce qui avait achevé de l'inquiéter quant à sa sécurité future. Et il n'évoquait même pas le bond que faisait son cœur chaque fois qu'il posait les yeux sur elle.

La jeune fille laissa échapper un soupir et se retourna, exposant fugitivement la courbe de sa joue, ses lèvres entrouvertes.

Et l'interminable nuit d'insomnie se poursuivit.

Bien que l'aube pointât à peine, les cow-boys étaient déjà en selle depuis une heure.

Comme prévu, les mustangs étaient revenus au point d'eau, et ils broutaient paisiblement.

Quince s'était approché contre le vent, ce qui lui permettrait de placer ses hommes à des points stratégiques au moment de passer à l'action.

Silencieuse, Glory ne l'avait pas quitté d'une semelle depuis qu'ils avaient enfourché leurs montures. Afin d'éviter tout éclat inutile, il s'était abstenu de faire le moindre commentaire.

Il se tourna vers sa petite troupe.

— Rappelez-vous, chuchota-t-il. Essayez de garder vos positions. Nous accorderons un quart d'heure de repos aux mustangs tous les dix ou quinze kilomètres, le temps qu'ils prennent le vent. Puis nous les pousserons de nouveau. Attendez le signal pour repartir. Nous agirons sur d'assez longues distances, afin qu'ils ne se rendent pas compte que nous les encerclons. Quand nous serons de retour à proximité du campement, vous pourrez commencer, un à un, à aller changer de cheval et remplacer la sentinelle. Si vous avez un problème, arrangez-vous pour le faire savoir. Si une partie de la harde essaie de fuir, accélérez le mouvement. Chaque fois que nous nous arrêterons pour la nuit, nous nous approcherons un peu plus près des mustangs, afin qu'ils s'habituent graduellement à notre présence. Ne forcez pas les choses. Cela viendra.

Il scruta les visages de ses hommes et y lut une totale adhésion à ses ordres, en même temps que la tension et l'excitation qui précèdent l'action.

— Parfait. Prenez vos positions. Je donnerai le signal du départ.

Les hommes s'éloignèrent dans différentes directions. Sentant que Glory s'agitait près de lui, Quince tourna la tête, et surprit son expression de rancune avant qu'elle détourne vivement les yeux.

Il était conscient que rien de ce qu'il pourrait dire n'allégerait sa frustration… Et que rien de ce qu'elle pourrait répondre n'apaiserait la légitime inquiétude qu'il ressentait à son sujet.

Il attendit que les cow-boys aient gagné leurs places, puis il leva lentement le bras. Son cœur fit un bond dans sa poitrine lorsqu'il le baissa en poussant le cri de guerre qui bouleversa la scène paisible.

— Qu'est-ce qui se passe, mon chou ?

Anne Pals observait Blanche, debout près de la table du petit-déjeuner. La jeune fille s'y était attardée parce qu'elle mourait de faim. Elle était rentrée trop tard, la veille, pour dîner à la pension de famille, et elle n'avait pas de quoi s'offrir un repas ailleurs.

— Blanche ?

Celle-ci sourit. La veuve aux cheveux gris était fort gentille. Elle accueillait volontiers les filles de bar sous son toit, sans se soucier de ce qu'en pensaient les âmes bien-pensantes de la paroisse. S'il n'avait tenu qu'à elles, ces dames auraient depuis longtemps jeté ces « filles perdues » à la rue. Blanche songea que c'était ce qui finirait par lui arriver si elle ne parvenait pas à se débarrasser de Lobo.

Elle s'éloigna de la table en tentant de dissimuler sa douloureuse claudication.

— Tout va bien, fit-elle. Je suis juste un peu fatiguée. Je suis rentrée plus tard que d'ordinaire, hier soir.

— Je sais, je vous ai entendue.

La jeune fille se pétrifia.

— Vous avez eu du mal à ouvrir la porte de la ruelle, n'est-ce pas ? poursuivit Anne. Il faudra que je fasse vérifier le verrou. Il se coince souvent.

Blanche esquissa un sourire nerveux. Ce n'était pas le loquet qui avait fait du bruit. C'était l'homme qui l'attendait dans l'ombre. Lobo était ivre et il avait essayé de forcer le passage pour monter avec elle dans sa chambre, ce qu'Anne interdisait formellement. Dieu merci, il tenait à peine debout, si bien qu'elle avait réussi à lui échapper, se tordant la cheville dans sa fuite. Son soulagement avait été de courte durée, car elle se doutait qu'il ne tarderait pas à revenir à la charge.

Elle se dirigea vers la porte.

— Vous boitez, constata Anne. Vous vous êtes blessée ?

— Une légère foulure, rien de grave, se contenta-t-elle de répondre avant de sortir.

Il était tôt, la rue était presque déserte, et elle

n'en fut pas mécontente. Elle ne tenait pas à attirer l'attention. Elle s'était habillée à la hâte, n'avait pas pris le temps d'attacher ses cheveux, et elle savait que sans maquillage, sa pâleur et ses cernes sous les yeux devenaient évidents. De même qu'il était évident qu'elle ne pourrait aller travailler si elle ne raccommodait pas au plus vite la robe que Lobo avait déchirée la veille...

Machinalement, elle effleura la pièce cachée entre ses seins. Un aimable cow-boy la lui avait glissée dans la main juste avant de quitter le *Lone Star*. Ce serait largement suffisant pour acheter du fil et une aiguille.

Perdue dans ses pensées, Blanche descendait le trottoir entre deux bâtiments lorsqu'elle se sentit brutalement soulevée de terre et entraînée vers une sombre ruelle. Elle tenta de se débarrasser de la main qui la bâillonnait et se débattit comme une folle tandis qu'on la plaquait contre un mur. Une terreur sans nom s'empara d'elle lorsqu'elle reconnut son assaillant

— T'as cru que tu t'en tirerais comme ça ? cracha Lobo. Ben, tu vois, c'est raté.

Il pesait de tout son poids sur elle.

— Tu te trouves trop bien pour moi, maintenant qu'O'Malley m'a jeté du *Lone Star*. Tu t'imagines que tu peux me repousser, que l'argent suffit alors que j'ai autre chose en tête...

— Non, c'est pas ça, Lobo, murmura-t-elle d'une voix tremblante. Tu étais saoul, hier soir, et tu m'as fait peur. En plus, je n'avais plus d'argent à te donner.

— C'était pas après ton argent que j'en avais, tu le sais très bien.

— Anne nous interdit d'amener qui que ce soit dans les chambres...

— Je suis pas « qui que ce soit ».

— Pas d'invités. C'est la règle, sinon elle me chassera de la pension.

— Je suis pas non plus un invité.

— Lobo…

— De toute façon, on a pas besoin de ta chambre, ricana-t-il en lui pétrissant les seins. On peut faire ça ici.

Blanche risqua un coup d'œil dans l'étroit passage nauséabond, jonché d'ordures. Elle frissonna.

— Quoi ? C'est pas assez chic pour toi ? Moi, ça me convient.

Il l'entraîna dans les profondeurs sombres de la ruelle en grinçant :

— Je vais te donner une leçon que t'oublieras pas de sitôt !

Il empoigna le devant de sa robe et la déchira d'un coup sec. Utilisant ses mains, ses ongles, ses dents, Blanche essayait frénétiquement d'échapper à ce corps qui se pressait contre elle. Elle ne vit pas le coup arriver.

Sa bouche s'emplit de sang, et elle fut incapable de bouger quand un deuxième coup s'abattit sur elle, puis un troisième.

Les suivants l'atteignirent à l'estomac. Elle se plia en deux, puis glissa lentement sur le sol tandis qu'une grêle de coups pleuvait sur elle. Juste avant de perdre connaissance, la voix de Lobo lui parvint, lointaine :

— J'en ai pas fini avec toi.

Les nuages de poussière soulevés par les sabots des chevaux s'épaississaient d'heure en heure.

Penché sur le cou de sa monture, Quince pourchassait les mustangs sans relâche. Ils avaient chevauché dur une bonne partie de la journée, ne s'arrêtant que pour permettre aux chevaux de se reposer. Glory avait tenu le rythme et était demeurée près de lui en permanence.

Il lança un coup d'œil par-dessus son épaule, comme il l'avait fait un nombre incalculable de fois au cours de la journée, et constata qu'elle suivait une ligne parfaitement droite, interdisant à tout cheval de se séparer de la harde. Curieusement, il se sentit fier d'elle.

Les hommes avaient suivi ses ordres et rempli la tâche qu'il avait assignée à chacun d'entre eux. L'échange de montures s'était également passé en douceur, sans perte de temps excessive.

Quince leva les yeux et découvrit avec soulagement que le soleil commençait à basculer à l'horizon. Ils allaient bientôt regagner le point d'eau, où la harde épuisée pourrait enfin se reposer tandis que les hommes monteraient la garde pour la nuit.

Lorsque les mustangs se furent calmés, les hommes se regroupèrent et Quince désigna un guetteur avant le retour au campement.

Assis près du feu, après un rapide repas, il observa en silence les hommes qui, las, eux aussi, se préparaient pour la nuit. Il entendit Glory prévenir Jan qu'elle allait vérifier l'un des sabots de sa monture, avant de se diriger vers l'enclos où paissaient les chevaux. Quince attendit qu'elle ait disparu à la vue pour la rejoindre. Elle tressaillit à son approche.

— Vous avez fait du bon travail, aujourd'hui, dit-il simplement.

— Ça vous étonne ?

Sans lui laisser le temps de répondre, elle poursuivit :

— Mais oui, bien sûr, ça vous étonne.
— Glory…
— Il faut que je vérifie le sabot de mon cheval.
— S'il a un problème…
— Il va bien.
— Au cas où il trébucherait en plein galop…
Elle se raidit.
— Vous voulez toujours m'écarter de la chasse, hein ?
— Non, pas du tout.
— Vous préféreriez que je reste là à me tourner les pouces.
— Certainement pas !
— Tant mieux, parce que j'ai bien l'intention de chevaucher à vos côtés.
Quince ne répondit pas.
— Et avant la fin de cette aventure, je vous aurai fait ravaler vos paroles, continua-t-elle.
— Je ne suis pas venu pour me disputer avec vous, Glory.
— Dans ce cas, vous feriez mieux de partir.
La remarque abrupte de la jeune fille demeura un instant suspendue entre eux. Quince dévisageait intensément Glory, qui ne tentait même pas de dissimuler son animosité.
Il n'était pas venu la retrouver pour lui chercher querelle. Il avait l'intention de…
De faire quoi, au juste ?
La question n'ayant aucune chance de trouver de réponse, à présent, Quince pivota lentement sur ses talons et s'éloigna en direction du campement.

— Qu'y a-t-il, patron ? Ça ne va pas ?
La question de Pete tira Townsend de ses pensées. Il faisait nuit, et le ranch était anormalement

silencieux en l'absence de Glory et des autres. Ils n'étaient partis que depuis trois jours, mais Byron était déjà impatient qu'ils reviennent.

Terriblement impatient.

— Patron ?

Byron parvint à grimacer un sourire à l'adresse du cuisinier.

— Ça va, Pete. Je me demandais seulement comment ça se déroulait, là-bas.

— Ne vous tracassez pas, le rassura Pete avec chaleur. Ce Quince Hunter me semble tout à fait capable.

Byron acquiesça.

— Et il veille sûrement très bien sur Mlle Glory.

— Il ne voulait pas qu'elle les accompagne, lui rappela Byron.

— Il ne la connaît pas. Il craignait qu'elle pose des problèmes au moment d'encercler les mustangs. Elle est si jolie, si féminine que personne ne l'imagine capable de se comporter comme un homme.

— J'ai comme l'impression qu'il ne va pas tarder à le découvrir...

— C'est sûr.

— J'ai un mauvais pressentiment, Pete.

— Au sujet de Mlle Glory ?

— Au sujet de tout. Il y a eu trop d'accidents, ces derniers temps, pour que quiconque puisse croire à de simples coïncidences.

— Mlle Glory est au courant de vos inquiétudes ?

— Non.

— Mais...

— J'ai conseillé à Jan d'être sur ses gardes.

— Vous n'en avez pas parlé à Hunter ?

— Je ne l'ai pas jugé nécessaire. C'est son contrat, il n'a rien à voir avec le Diamond C. Jamais nous n'aurions passé un marché ensemble si les hommes de la Demi-Lune avaient été disponibles.

— Alors, qu'est-ce qui vous tarabuste ?

— Je ne sais pas exactement. Un vague pressentiment.

— Rassurez-vous, patron. Comme je vous l'ai dit, je suis convaincu que ce Hunter connaît son affaire.

— J'espère bien, Pete.

— Du reste, ils ne devraient plus tarder... Vous voulez rentrer, maintenant ?

— Merci. Je vais rester encore un peu dehors.

— Comme vous voudrez, patron.

Byron attendit que Pete ait disparu pour masser sa poitrine douloureuse. Il fallait qu'il voie le Diamond C remis à flot... et vite.

Ce sentiment que le hasard n'était pas le seul responsable des catastrophes qui s'étaient succédé au ranch ne le quittait pas. Il avait demandé à Jan d'inspecter les environs de l'endroit où Cinnamon s'était enlisée, mais celui-ci n'avait rien repéré d'anormal. De même qu'il n'avait rien découvert de nature à confirmer les soupçons de Byron après l'empoisonnement des juments. Pourtant, ce dernier persistait à penser que ce n'était pas seulement le hasard qui s'acharnait contre eux.

Sur le moment, la proposition de Quince Hunter lui avait paru la réponse à ses prières. Il avait tenu à ce que Glory participe à l'expédition, car il considérait cette expérience comme fondamentale pour son avenir. Cependant, depuis son départ, les longues heures de solitude et d'angoisse avaient eu raison de cette certitude.

Il puisait cependant un peu de réconfort dans le souvenir du regard de Quince Hunter lorsqu'il avait donné le signal du départ. Il rayonnait de force, d'intelligence, de détermination. Quant à Glory... Il avait vu autre chose encore dans les yeux de Quince. Quelque chose qui l'avait rassuré sur la sécurité de sa fille, malgré leur apparente antipathie mutuelle.

Qu'attendait-il donc d'elle, bon sang ?

Bouillonnante de colère, Glory vérifia avec soin le sabot de sa monture. Par chance, le caillou qu'elle en avait extrait un peu plus tôt dans la journée ne semblait pas avoir causé de dommages. Elle n'ignorait pas quel danger elle courait si son cheval trébuchait en plein galop.

Elle se demanda pour la centième fois ce que Quince attendait d'elle. Il avait déjà obtenu tout ce qu'il voulait. Elle avait été rabaissée au rang de cow-boy de seconde catégorie à qui l'on ne peut pas se fier. Elle avait accepté afin de ne pas aggraver une situation déjà délicate, bien que l'allusion de Quince à leur première rencontre l'eût profondément blessée.

Comme si elle risquait d'oublier cet atroce accident !

Cependant, quand il l'avait contemplée de son regard si clair, si intense, elle avait senti son cœur battre plus vite, et cela n'avait rien à voir avec la colère. Encore maintenant, il lui semblait avoir lu dans ses yeux une sorte de...

Non.

Elle lâcha le sabot de l'animal et se redressa. Elle s'était déjà ridiculisée une fois, alors qu'elle se sentait seule et un peu perdue... Si elle n'avait pas tout à fait réussi à effacer de sa mémoire le souvenir de son corps musclé contre le sien, de sa bouche capturant la sienne... eh bien, elle était déterminée à se prouver à elle-même qu'elle en était capable.

Elle retourna vers le campement d'un pas décidé.

Et quand toute cette histoire serait terminée, elle lui ferait ravaler ses paroles… jusqu'à la dernière !

9

— Qu'est-ce qui t'est arrivé, chérie ?

La voix rauque de Madge perça le brouillard qui obscurcissait le cerveau de Blanche. Désorientée, celle-ci fit une tentative pour parler, mais c'était au-dessus de ses forces. Elle avait mal au crâne, et le simple fait de respirer lui causait une affreuse douleur.

— Ça va, n'insiste pas, reprit Madge. Un des cow-boys du Double Bar H t'a entendue gémir dans la ruelle, près du magasin général, et il est allé chercher le médecin

Blanche cligna des yeux, essayant de reconnaître l'endroit où elle se trouvait.

— Tu es dans une des chambres du *Lone Star*. Le docteur t'a fait porter jusqu'ici après t'avoir administré les premiers soins. Il a expliqué que tu allais avoir besoin d'aide, et il a demandé où tu serais le mieux. On a pensé que c'était là, parce qu'il y a toujours quelqu'un dans la journée et une bonne partie de la nuit. O'Malley a donné son accord. Les filles et moi, on travaillera un peu plus, c'est tout.

Blanche eut une grimace de douleur.

— Qui est-ce qui t'a mise dans cet état ? demanda Madge avec colère. Tu ne peux pas te voir, mais je t'assure que c'est épouvantable. Ton visage est méconnaissable, et le médecin dit que tu as plusieurs côtes cassées. C'est un miracle que ton nez et tes dents soient intacts.

Une larme roula sur la joue de Blanche sans même qu'elle s'en rende compte.

— Ne pleure pas, la consola Madge. Doc assure que tes côtes vont se ressouder, et que quand ton visage aura dégonflé, tu seras comme neuve.

On frappa à la porte, Madge alla ouvrir et revint avec un plateau.

— Bonnie t'a apporté du potage. Tu es restée longtemps inconsciente, tu sais, et tu as besoin de reprendre des forces. Le problème, c'est que tu ne pourras rien avaler de solide avant quelques jours.

Blanche ferma les paupières. Elle se sentait mal, trop mal pour avaler de la soupe ou autre chose. D'ailleurs à quoi bon guérir ? Où qu'elle aille, Lobo la retrouverait.

— Ouvre les yeux, chérie, murmura Madge. Dis-moi qui t'a fait ça. On va s'occuper de lui, les filles et moi.

Blanche rassembla ses forces pour secouer la tête.

— Tu as peur, c'est ça ? Eh bien, pas moi.

Dans un suprême effort, Blanche remua de nouveau la tête.

— D'accord, ne dis rien.

Madge posa la cuiller que refusait Blanche.

— Je vais te laisser te reposer, reprit-elle. Le toubib dit que c'est ce que tu as de mieux à faire, pour l'instant. Mais il faudra manger un peu quand tu te réveilleras, d'accord ?

Blanche respirait avec peine.

— Ça serait pas arrivé si Quince Hunter avait été dans les parages, déclara Madge. J'ai vu comment il te regardait, il aurait pas supporté qu'on te tape dessus.

Blanche ressentit une immense tristesse. Madge ne connaissait pas la vérité. Et la vérité, c'était que si Quince avait été gentil avec elle, avait de l'affection pour elle, il ne l'aimait pas vraiment. Pas comme elle l'aimait.

— Il est parti chercher des mustangs, il paraît. Il a signé le contrat avec l'armée. Toute la ville en parle et prétend qu'il a été fou de l'accepter. Mais si tu veux mon avis, ce type sait ce qu'il fait... Il viendra te chercher quand il rentrera, je le sais. Alors, personne ne pourra plus te faire de mal.

Blanche ferma les yeux.

— Tu es fatiguée. Dors, je reviens bientôt. Et ne t'inquiète pas, personne ne te fera de mal, ici.

Madge quitta la chambre, et le visage de Quince s'imposa à l'esprit de Blanche. Elle avait beau ne se faire aucune illusion, penser à lui la réconfortait. Jamais personne n'avait été aussi gentil avec elle, et Madge ne se trompait pas sur un point : si Quince avait été là, jamais Lobo ne l'aurait attaquée.

Mais il n'était pas là.

Non.

Quince mit pied à terre, entrava sa monture et se dirigea lentement vers le campement. Trois jours à poursuivre les mustangs avaient épuisé les chevaux qui n'avaient plus beaucoup d'énergie. Les hommes et lui ne valaient guère mieux.

Il aperçut Glory qui entravait son propre cheval. Il n'était nullement dupe de son attitude vaillante. Le soir, à peine allongée, elle sombrait dans un sommeil de plomb. À sa place, n'importe quelle femme aurait avoué qu'elle n'en pouvait plus, mais elle n'était pas n'importe quelle femme.

Ah, ça, non!

La première inquiétude passée, il n'avait pas été réellement surpris de découvrir à quel point elle était résistante et dure à la tâche. Il ne s'attendait cependant pas qu'elle insiste pour prendre son tour de garde. Il avait commencé par refuser, ce qui avait eu pour résultat une nouvelle altercation, puis il avait cédé en se disant qu'elle ne risquait rien, puisque les tours de garde se faisaient à deux.

En la mettant avec Jan, il était sûr qu'il ne lui arriverait rien, pourtant il n'avait pas fermé l'œil jusqu'à ce qu'elle rentre au campement, le lendemain matin. L'après-midi qui avait suivi, elle lui avait semblé si lasse qu'il en avait été bouleversé, mais il aurait été incapable de dire s'il s'en voulait d'avoir cédé, ou s'il lui en voulait à elle d'avoir su briser ses résistances.

Ces journées éreintantes avaient visiblement marqué la jeune fille. Elle avait minci, elle était pâle sous son léger hâle, des cernes sombres soulignaient son regard. Elle semblait tellement fragile...

Heureusement, il n'y en avait plus pour longtemps, se rassura-t-il. Les mustangs paissaient et s'abreuvaient, comme tous les soirs. Il était temps de les pousser en direction de Diablo. Dès le lendemain, il avertirait les hommes et, avec un peu de chance, dans deux jours, il aurait partagé les chevaux entre la Demi-Lune et le Diamond C.

Alors que les hommes retournaient au camp, Glory s'attarda, et quand ils furent hors de portée de voix, elle se tourna vers Quince. Il sut ce qu'elle allait dire avant qu'elle ouvre la bouche.

— Je prendrai le second quart, cette nuit.

— Non.

— J'ai dit...

— Je me moque de ce que vous avez dit. J'ai désigné Robbie et Miles.

— C'est mon tour, pourtant.

— Non.

Les yeux noirs lançaient des éclairs.

— Vous êtes têtu, n'est-ce pas ?

— En effet.

— Vous ne supportez pas de vous être trompé sur mes capacités.

— Cela n'a rien à voir avec ma décision.

— Bien sûr que si !

— Il s'agit de votre condition physique.

— Vous suggérez que je ne suis pas en état de prendre mon tour de garde parce que je suis une femme, c'est bien cela ?

— En partie.

— Enfin, vous l'admettez !

Il était prêt à admettre cela et bien d'autres choses encore, mais heureusement, elle ne lui demanda pas d'autres explications.

— Je prends le second tour ! se contenta-t-elle de répéter.

— Robbie et Miles s'en chargent.

— Robbie est fatigué. Je veillerai avec Miles.

— Miles est aussi fatigué que Robbie, et vous encore plus.

— Pas du tout !

— Bien sûr que si, bon sang !

— Je refuse de me laisser traiter de cette façon. Je vous interdis de sous-entendre que je ne peux pas tenir le coup juste parce que je suis une femme, ou parce que nous nous sommes rencontrés le jour où Cinnamon…

Elle se tut, luttant visiblement pour retrouver le contrôle de ses émotions.

— Je prends le deuxième quart avec Miles, dit-elle enfin, un point, c'est tout.

Il ne put supporter l'altération de sa voix.

— D'accord, céda-t-il. Faites comme bon vous semblera.

Sans attendre de voir flamber dans son regard l'inévitable lueur de triomphe, il gagna le campement à grandes enjambées.

— On va bientôt en finir ou pas ?

Kane se tourna lentement vers Lefty qui chevauchait à sa gauche. Le clair de lune illumina le visage de ce dernier qui lui lança un regard mauvais. L'ironie qu'il avait montrée au début du voyage avait fait place à un profond mécontentement à mesure qu'ils progressaient, perdaient et retrouvaient la trace de Quince.

— Les gars et moi, on en a marre de tourner en rond, insista-t-il. D'abord, tu trouvais pas la piste. Maintenant qu'on les a enfin rattrapés, tu te décides pas à agir. Bon Dieu, les chevaux sont prêts pour la capture !

— T'es qu'un satané imbécile !

Lefty rougit violemment.

— J'aime pas qu'on m'insulte !

— Pourquoi, si c'est la vérité ?

Lefty porta la main à sa hanche, et Kane gronda :

— Vas-y, sors ton arme, qu'on règle le problème tout de suite.

Il y eut un silence, puis un clignement d'yeux indiqua la reddition de Lefty. Kane se moqua ouvertement.

— « Prêts pour la capture » ! ricana-t-il. Bien sûr, on va essayer de prendre la harde comme ça, au beau milieu de la nuit !

— C'est la pleine lune, on y voit presque comme en plein jour.

Kane balaya ses compagnons d'un regard dur.

— On connaît pas ce territoire, alors que ces cow-boys le parcourent depuis trois jours. On a intérêt à être sûrs que les mustangs se disperseront pour de bon quand on leur tombera dessus.

— Et comment tu comptes t'y prendre ?

— En utilisant mon cerveau. Voilà comment.

— C'est tout dire !

— C'est dire que je vais attendre jusqu'au matin, gronda Kane. Comme ça, on pourra observer le terrain et voir où on met les pieds. Il faut qu'on sache ce que Hunter a en tête pour trouver le meilleur moyen de l'arrêter... définitivement.

— Et combien de temps ça prendra, à ton avis ?

— Le temps que je déciderai.

— J'ai pas l'intention de vieillir ici, grogna Lefty.

— Continue comme ça, et t'auras plus à te soucier de vieillir ! rétorqua Kane.

Les hommes s'agitaient nerveusement, et il leur lança :

— Y en a d'autres qui veulent se plaindre ?

C'était une petite sorcière entêtée, épuisée. Elle avait pris le second quart pour lui prouver ce qu'elle lui avait déjà prouvé mille fois au cours de ces derniers jours. Et elle était sur le point de s'effondrer, Quince le savait.

Il parcourut le campement du regard. Les hommes étaient profondément endormis. Ils n'avaient même pas ouvert un œil lorsque Glory et Miles s'étaient levés pour prendre leur tour de garde. Jan et Riggs, qui venaient de rentrer au camp, dormaient déjà.

Quince se remémora la conversation qu'il avait eue avec Glory quelques heures auparavant. Pourquoi tout devenait-il si compliqué dès qu'il essayait de lui parler ? Pourquoi la moindre de ses paroles était-elle transformée en critique ? Pourquoi ne parvenait-il pas à lui faire comprendre que s'il voulait l'avoir à ses côtés, ce n'était pas parce qu'il doutait d'elle, mais parce que sa sécurité lui était devenue précieuse à un point inimaginable ?

Et que faisait-il à chercher le sommeil dans son sac de couchage quand elle n'avait aucune chance de se reposer ?

Quelques minutes plus tard, il était en selle. Il repéra Miles, à cheval, et le salua au passage d'un signe de tête, contrarié de découvrir que Glory avait choisi l'endroit le plus isolé pour surveiller la harde.

Décidément, elle n'était pas du genre à rechercher la facilité !

Il approcha doucement du site, en prenant soin de ne pas déranger les mustangs. Quelques juments tournèrent tout de même la tête dans sa direction, manifestement inquiètes. Un simple faux pas pouvait se révéler dramatique, aussi mit-il pied à terre.

Son cœur se serra lorsqu'il vit Glory ; elle était si fatiguée qu'elle se tenait courbée sur sa selle.

Comme il la rejoignait, elle sursauta. Furieuse de s'être laissé surprendre, elle lança sèchement :

— Qu'est-ce que vous faites là ?

— Je suis venu vous relever, rétorqua-t-il, aussi contrarié qu'elle.

— Ce n'est pas l'heure.

— Si.

— Je vous l'ai déjà dit, je ne veux pas de traitement de faveur.

— Je sais. À présent, retournez au campement et prenez un peu de repos.

— Non.

— Vous prétendez que vous voulez être traitée comme les hommes, mais vous n'acceptez pas les ordres, contrairement à eux.

— J'obéirais à vos ordres s'ils étaient justes.

— Ils le sont.

— Pas par rapport aux autres.

Quelle tête de mule !

Soudain hors de lui, il l'attrapa à la taille et la déposa sur le sol.

— Vous n'êtes pas comme les autres, Glory. Vous êtes une femme, vous ne pouvez pas vous fourrer ça dans la tête une bonne fois pour toutes ?

Il la sentit frissonner entre ses bras.

— Et alors ? Je suis aussi efficace que n'importe quel homme.

Il sentit sa colère s'évanouir.

— C'est vrai, mais...

— Je peux faire ce que font les cow-boys.

Sa rage fondait, remplacée par une émotion incontrôlable.

— Je sais.

— Je ne suis pas fatiguée !

— Je sais, répéta-t-il en l'attirant doucement à lui.

— Je n'ai pas besoin qu'on me relève.

— Très bien.

Elle frissonna encore.

— Je peux terminer mon quart.

Oui, tout ce qu'elle voudrait... à condition qu'elle reste encore un peu dans ses bras.

Elle leva les yeux et déclara, avec une dernière étincelle de défi :

— Je ne suis pas fatiguée du tout.

Pourtant, elle semblait si fragile, si vulnérable qu'il ne put le supporter davantage.

— D'accord, vous n'êtes pas fatiguée, chuchota-t-il. Vous n'avez pas besoin d'être relevée. Vous êtes aussi efficace que n'importe quel homme. Mais cessez de parler, Glory. Pour l'amour du ciel, cessez de parler et laissez-moi vous aimer.

L'enveloppant de ses bras, il l'embrassa comme il en rêvait depuis des jours, et elle n'opposa aucune résistance quand il lui entrouvrit les lèvres, goûta avidement l'intérieur de sa bouche.

Elle était aussi haletante que lui lorsqu'il releva la tête pour lui avouer dans un murmure combien il avait envie d'elle, quelle torture cela avait été de l'avoir à portée de main et pourtant intouchable. Il l'embrassa de nouveau en se promettant de ne plus jamais la laisser fuir.

Elle s'abandonnait à ses caresses. Il promena ses lèvres sur la peau brûlante de son cou, au creux de sa gorge, et plus bas encore. Lorsqu'il prit l'un de ses seins dans sa bouche, elle eut un petit gémissement qui resterait à jamais gravé dans sa mémoire.

C'était ce qu'il désirait depuis le début, comprit-il soudain. Tenir ainsi Glory dans ses bras, la faire sienne…

Il l'allongea sur le sol, pressa son corps sur le sien, chair contre chair, cœur contre cœur.

Quand il entra en elle, elle eut un tressaillement. Hésitant, il baissa un regard inquiet sur elle, mais elle lui caressa la joue et lui offrit ses lèvres pour l'inciter à continuer.

Rassuré, il plongea davantage dans sa douceur, et commença à se mouvoir en rythme. Elle ondulait sous lui, s'épanouissant à chacun de ses coups de reins. Elle se cramponna à lui quand leur fusion atteignit son point d'incandescence, intense, éblouissant. Elle sentit la jouissance exploser en elle, puis l'extase les emporter dans son tourbillon magique.

Le souffle court, alanguie entre ses bras, elle redescendit sur terre.

Quince se redressa légèrement et murmura :

— Regardez-moi, Glory.

Elle obéit, et reçut en plein visage son regard éperdu de passion.

— Je veux que vous le sachiez, je n'ai jamais vraiment douté de vous. J'ai résisté de toutes mes forces, mais vous m'avez vaincu. Si je vous voulais près de moi, ce n'était pas parce que je vous croyais incapable de vous en sortir sans moi. C'était pour que vous me désiriez, que vous ayez envie de moi comme j'avais envie de vous.

— Quince...

— Non, ne parlez pas. Pas maintenant. Les mots ne nous réussissent pas. Dites-moi seulement... dites-moi seulement que vous me désirez.

— Je vous désire, souffla-t-elle, incapable de ne pas répondre à sa prière.

— Dites que vous avez besoin de moi, ici, maintenant, alors que je vous tiens dans mes bras.

Avec conviction, elle répéta :

— Ici, maintenant... j'ai besoin de vous.

— Je l'espère, Glory, fit-il d'une voix rauque d'émotion, parce que, pour ma part, jamais je n'ai été plus sincère.

Le plus naturellement du monde, elle lui chuchota en retour :

— Alors, faites-moi l'amour, Quince. Ici, maintenant, avant que quelque chose ne vienne nous séparer. Faites-moi l'amour.

Il la couvrit d'un regard plus éloquent que tous les mots.

L'aube ne pointait pas encore quand Glory se réveilla en sursaut. Un instant désorientée, elle s'aperçut qu'elle était étendue près de Quince, une couverture dissimulant leur nudité.

Elle croisa son regard et se força à murmurer :

— Nous allons bientôt rentrer, Quince. Il faut que je vous dise... ce qui s'est passé cette nuit... ça ne change rien.

Il fronça les sourcils, et elle poursuivit :

— Je suis toujours un cow-boy, ici, et j'entends être traitée comme tel.

Il hésita une fraction de seconde avant de répondre :

— D'accord.

— Pendant les chevauchées, pour les tours de garde, sur le chemin du retour...

— J'ai dit d'accord.

— Je ne veux pas que les hommes soient au courant.

— Je comprends.

— Cela les mettrait mal à l'aise.

Il acquiesça de nouveau.

— Quand nous serons rentrés, nous déciderons... je veux dire... nous déciderons de ce que nous voulons faire, acheva-t-elle en cherchant son regard.

— Comme vous voudrez.

Elle se rembrunit. Il ne l'avait pas habituée à cela. Il était bien trop conciliant. Et ce demi-sourire, sur ses lèvres...

— Quince...

Devant son incertitude, il reprit son sérieux.

— Nous avancerons doucement si c'est ce que vous souhaitez.

Elle n'en était plus très sûre.

— Si c'est ce que *vous* souhaitez, répéta-t-il.

En vérité, elle n'était plus sûre de rien, sinon que lorsqu'il la regardait ainsi, lorsqu'il la serrait dans ses bras, elle avait l'impression d'être… à sa place.

Et lorsqu'il l'embrassait – comme à présent –, tous ses doutes s'envolaient.

Kane jeta un coup d'œil à ses complices tandis que le soleil pointait à l'horizon. Il avait reconnu le terrain, puis il avait conçu un plan et le leur avait expliqué. Lefty n'avait pas apprécié d'être obligé de quitter son sac de couchage avant le jour. Quant à Bart, Sloan et Whistler, ils avaient adopté un profil bas. Kane ricana intérieurement. Ces trois-là étaient plus malins qu'il ne l'avait supposé. Ils avaient compris qu'il avait bonne mémoire. Ils savaient que Lefty aurait des ennuis, une fois leur mission accomplie, et que son insolence lui coûterait cher.

Kane se tourna vers la harde pour l'observer avec attention. Les mustangs étaient plus nombreux qu'il ne s'y attendait, et ils semblaient prêts à être ramenés au ranch. Il fallait agir sans tarder.

Un examen à l'aide de ses jumelles confirma sa première impression : la harde était composée de plusieurs plus petites qui s'y étaient rattachées durant la chasse. Les mâles dominants étaient faciles à repérer, car ils se tenaient un peu à l'écart, et veillaient sur leurs juments.

La situation était idéale !

— Prêts ? lança-t-il.

— Prêts, répondirent les autres en chœur.

— Les cow-boys n'ont pas encore quitté le campement pour prendre position autour de la harde. On a le temps de viser tranquillement les étalons. Rappelez-vous, on ne tire pas tant que je n'ai pas donné le signal, sinon ils risquent de se sauver. Il faut absolument que tous les étalons tombent au premier coup de feu. Pas de loupés. Les mâles abattus, les juments décamperont dans toutes les directions dès que nous leur tomberons dessus. Hunter n'aura aucune chance de les rassembler... Et si ses hommes se mettent en travers de votre chemin, servez-vous de vos fusils, ajouta Kane.

Il y eut du mouvement, au loin, et il reprit :

— Ça bouge, là-bas. Ils vont bientôt se mettre en branle. Visez bien les étalons.

Un froid sourire aux lèvres, il regarda ses hommes lever leurs armes.

— Rappelez-vous... À mon signal !

— La harde semble prête, annonça Quince aux cow-boys rassemblés autour de lui.

Il n'y avait plus trace de la passion de la nuit dans son regard sérieux, nota Glory.

Comme il lui arrivait fréquemment d'aller voir les sentinelles, il n'avait pas paru étrange qu'il revînt avec elle au campement. Les hommes n'avaient pas posé de questions, au grand soulagement de la jeune fille.

Elle fut aussi étonnée qu'eux lorsque Quince déclara :

— Nous allons amorcer le retour dès aujourd'hui. Nous conserverons nos positions habituelles autour de la harde, mais nous changerons de direction dès que l'allure sera stabilisée. Gardez-les en formation serrée, et suivez-moi. Nous allons d'abord tester la résistance des mustangs. Je ne redoute pas grand-chose à ce stade des opérations, mais rappelez-vous : en cas de problème, suivez-moi. Si tout se passe bien, d'ici deux jours, nous partagerons la harde entre la Demi-Lune et le Diamond C.

Les hommes se dirigeaient vers leurs montures, après avoir acquiescé, lorsque Quince s'adressa directement à Glory :

— Je vous veux près de moi à chaque instant, Glory. Ne vous écartez sous aucun prétexte.

Glory sentit l'habituelle révolte s'emparer d'elle.

— Je suis une distraction, bien sûr !

La chaleur inattendue qui monta dans le regard de Quince la fit rougir, et elle conclut sèchement :

— D'accord. Comme vous...

Une série de détonations, au loin, les fit sursauter. Tous tournèrent la tête comme un seul homme.

Incrédule, Glory vit les étalons s'effondrer sur le sol. Tous les quatre !

Prise de panique, la harde commença à s'égailler en tous sens.

Réagissant instantanément, Quince talonna sa monture pour bloquer les juments qui s'enfuyaient aveuglément. Glory l'avait suivi, constata-t-il. Ils venaient de rejoindre les chevaux, lorsque de nouveaux coups de feu retentirent. Quince aperçut un cavalier qui tentait de séparer la harde, tandis qu'un autre tirait furieusement en l'air afin d'affoler davantage les animaux.

Il sortit son arme à l'instant où l'un des hommes braquait le canon de son fusil sur lui. Il tira, le cavalier disparut au milieu des chevaux.

C'est alors qu'il réalisa que Glory n'était plus à ses côtés. Elle poussait sa monture en direction des mustangs. La peur au ventre, il vit son cheval trébucher, se rétablir miraculeusement, poursuivre sa course en avant. Il hurla pour la rappeler, mais sa voix se perdit dans le vacarme assourdissant. Incapable de se dégager de la bousculade pour la rattraper, Quince regarda Glory foncer sur les chevaux de tête. Il suffisait d'un dérapage... d'un faux mouvement...

Jan, qui avait précédé la jeune fille, se mit à tirer en l'air, obligeant la jument qui menait le train à faire demi-tour. Glory le rejoignit rapidement, et Quince respira un peu mieux.

Les hommes prenaient place autour de la harde. Criant, tirant, ils tentaient de regrouper les bêtes lorsqu'un des cavaliers inconnus visa Glory.

Sans hésiter, Quince l'abattit. À cet instant, deux autres bandits surgis de nulle part brandirent leur arme... Shorty visa, puis tira. Il n'en restait plus qu'un en selle.

Whistler disparut dans la mêlée, et Kane lâcha un juron. Ses complices tombaient comme des mouches.

Il regarda autour de lui. Bon Dieu, il était seul !

Penché sur le cou de sa monture afin d'éviter les balles perdues, il parvint à se frayer un chemin hors de la mêlée. Quelques minutes plus tard, dissimulé dans des buissons, il vit la harde passer devant lui, tandis que les hommes de Hunter en reprenaient peu à peu le contrôle.

Kane écumait de rage. Tout ça, c'était la faute de Montgomery ! Il était déjà beaucoup trop tard quand il était venu le trouver pour lui confier cette mission. Il n'avait eu ni le temps ni les informations nécessaires pour mener sa tâche à bien. S'il avait eu la possibilité de se préparer, s'il avait su que les hommes de Hunter étaient aussi nombreux, tout se serait terminé différemment.

Soudain un cavalier surgit d'un nuage de poussière, à peu de distance, et Kane reconnut Lefty. Celui-ci tira sur ses rênes en l'apercevant.

— Tu te caches, hein ? J'ai toujours su que tu étais un lâche ! Tu te planquais pendant que les autres se faisaient descendre, mais ça m'arrivera pas, à moi. Tu vas me filer mon argent, et après...

Sans un mot, Kane pressa la détente de son arme. Une expression ahurie se peignit sur les traits de Lefty quand la balle l'atteignit en plein cœur. Le visage de marbre, Kane regarda le corps de son complice tomber lourdement à terre, puis il fit tourner bride à son cheval.

Entouré de ses hommes, Quince se tenait devant les corps de deux cow-boys inconnus. La dure journée tirait à sa fin. Conscient d'avoir frôlé le désastre, il avait laissé deux gardes auprès des mustangs et était revenu sur les lieux du drame. Glory ne l'avait pas quitté. L'identification des cadavres était impossible, aussi les avaient-ils enterrés avant de poursuivre leur examen du terrain. Curieusement, un seul des deux corps retrouvés ensuite avait été piétiné par les chevaux. L'autre gisait à l'écart, une balle dans la poitrine.

— Quelqu'un connaît-il ces types ? demanda Quince.

— Jamais vus.

— Moi non plus.

— Je ne sais pas qui c'est.

— Des voleurs de bétail, sûrement.

— Des voleurs ? Possible...

Quince jeta un coup d'œil à Glory. Elle était pâle comme un linge. Elle en avait vu assez pour aujourd'hui, décréta-t-il.

— Qui que ce soit, enterrons-les, et qu'on en finisse, dit-il.

Sans se soucier de la réaction des hommes, il glissa le bras autour des épaules de Glory.

— Venez vous asseoir. Vous n'avez pas besoin de participer à ça.

Elle leva vers lui un regard insondable et, s'appuyant contre lui, se laissa emmener à l'écart sans protester.

10

Le ranch de la Demi-Lune était en vue, et Quince en éprouva un indicible soulagement. Il glissa un regard à Glory, qui chevauchait en silence près de lui, puis à la harde, qui avait bien supporté les deux longues journées de voyage. Deux journées durant lesquelles il avait fallu veiller en permanence sur des mustangs plus nerveux et inquiets que jamais.

Il respectait infiniment les hommes du Diamond C, qui n'avaient pas failli un seul instant à leur tâche, en dépit de la fatigue. Ils étaient solides, honnêtes, fidèles à leur ranch et à Glory.

Glory…

Elle avait été profondément bouleversée par la découverte des cadavres des voleurs de chevaux. Ils n'avaient pas eu l'occasion d'en parler seul à seule depuis, et il ne savait pas ce qu'elle pensait exactement, ce qui l'inquiétait.

En surface, c'était comme si la nuit qu'elle avait passée dans ses bras n'avait jamais existé. Son esprit lui soufflait que c'était mieux ainsi, mais son cœur rechignait à l'admettre. Il souffrait pour elle ; il détestait être obligé de maintenir une telle distance entre eux. Il trouvait poignante cette façon qu'elle avait de dissimuler son épuisement en se tenant bien droite sur sa selle.

Il admirait son courage.

Il respectait sa ténacité.

Il avait mal chaque fois qu'il croisait son regard las.

Il mourait d'envie de la réconforter, de la prendre dans ses bras, de lui dire qu'elle n'aurait plus jamais à se soucier de quoi que ce soit, parce qu'il serait toujours à ses côtés...

Il avait envie de lui dire qu'il l'aimait.

Ces mots devenaient plus vrais d'heure en heure; ils lui brûlaient les lèvres. Il voulait...

L'approche d'un cavalier dont la silhouette lui était familière l'interrompit dans ses pensées. Dirigeant sa monture à l'écart de la harde, il attendit son frère. Ce dernier le rejoignit rapidement. Son expression était indubitablement hostile.

— Où as-tu l'intention d'emmener ces mustangs? lâcha-t-il en guise d'accueil.

— Dans le pâturage ouest. Nous y laisserons la moitié de la harde, et conduirons l'autre moitié au Diamond C.

— Emmène-les tous au Diamond C. Je n'en veux pas ici.

Quince défia Brent du regard. Toujours le « frère aîné ». Toujours cette tyrannie aveugle!

— Désolé, riposta-t-il. Ces chevaux appartiennent pour moitié à la Demi-Lune, et c'est là qu'ils resteront jusqu'à ce qu'ils soient prêts pour Fort Griffin.

— Pas un de nos cow-boys ne perdra son temps à habituer ces mustangs à la selle.

— Perdre son temps?

Brent se permit un sourire sarcastique.

— Tu ne recevras jamais un sou de ces militaires de Fort Griffin, tu le sais très bien.

— Vraiment?

— Si tu avais un grain de bon sens, tu l'aurais compris avant de signer ce contrat.

— Je n'aurais pas signé si je n'avais pas connu le commandant Tremain, qui est un homme de parole.

— J'étais à Fort Griffin le même jour que Quince, intervint Glory de façon inattendue. J'ai rencontré le commandant Tremain. Un vrai gentleman, qui m'a paru honnête et digne de confiance.

— Désolé de vous contredire, Glory, répliqua Brent, irrité, mais il n'y a pas un seul officier fiable à Fort Griffin. Si vous voulez prendre le risque pour le Diamond C, cela vous regarde, mais aucun cow-boy de la Demi-Lune ne travaillera sans avoir la certitude d'être payé en retour.

Il s'adressa de nouveau à son frère :

— Ordonne à ces hommes de rebrousser chemin sur-le-champ. Ces mustangs ne séjourneront pas sur nos terres.

Quince ne répondit pas. Il était furieux qu'une fois de plus les choses en arrivent là. C'était à cause de disputes de ce genre qu'il était parti, cinq ans auparavant...

Seulement, de l'eau avait coulé sous les ponts depuis...

Il sentit Glory s'agiter à ses côtés tandis que Brent répétait d'une voix coupante :

— Fais faire demi-tour à ces mustangs. Tout de suite.

L'arrivée d'un autre cavalier empêcha Quince de répondre.

Le visage fermé, Jack Hunter immobilisa sa monture près de celles de ses fils et les regarda alternativement.

— Que se passe-t-il ?

— J'ai demandé à Quince de conduire ses mustangs hors de nos terres, expliqua Brent. Le contrat qu'il a signé avec l'armée ne vaut pas un clou.

— J'ai signé un contrat avec Fort Griffin, et j'entends l'honorer, déclara Quince d'une voix posée. Je livrerai ces mustangs dans le délai prévu, prêts à la selle.

— Je te dis…

Jack coupa la parole à Brent.

— Et moi, je *te* dis que tu n'as pas à parler à ma place. Je suis le patron, ici. C'est mon nom qui figure sur l'acte de propriété, c'est moi qui parle, c'est moi qui prends les décisions. Que je n'aie pas à te le répéter.

Sur ces paroles définitives, Jack se tourna vers Quince sans que son expression s'adoucisse.

— Tu sais ce que je pense des mustangs. Ils n'ont pas leur place à la Demi-Lune.

Il s'interrompit et fixa un instant son fils, les yeux plissés, avant de reprendre :

— Mais tu as signé ce contrat de bonne foi et tu dois l'honorer. Te rendre la tâche plus difficile serait absurde.

— Papa…

Jack revint à Brent.

— En tant que membre de la famille, Quince a autant de droits sur le ranch que n'importe lequel d'entre nous.

— Mais ce sont des mustangs, papa ! Des « sous-chevaux », comme tu le dis toi-même !

— Quince n'est pas censé en faire l'élevage, seulement les dresser à la selle.

— Il ne tirera pas un sou de Fort Griffin !

Sans prendre la peine de répondre, Jack déclara à Quince :

— Installe-les dans le pâturage ouest comme tu en avais l'intention. Nos hommes t'aideront à les habituer à la monte. Assure-toi seulement qu'ils se tiennent à l'écart de mes poulinières. C'est sur elles que repose l'avenir de ce ranch.

Avec pas mal de retard, Quince s'aperçut que son père était parfaitement sobre. Sans perdre de temps à se demander combien de temps cela durerait, il porta la main à son chapeau et talonna son cheval.

Le soulagement de Glory était visible, de même que celui de Quince. Toutefois, ce dernier ne put s'empêcher de ressentir un pincement de regret lorsque son frère s'éloigna sans un mot.

Edmund emprunta la rue animée de Diablo de fort méchante humeur. Rien ne se passait comme prévu.

Jack Hunter était revenu avec les vingt-cinq juments qu'il n'avait pas les moyens de s'offrir, et les papiers de l'emprunt étaient dûment signés, mais Edmund n'en avait pas tiré le triomphe escompté. Les juments étaient des poulinières de premier ordre, à en croire la description enthousiaste que Jack lui avait faite quand il était passé en ville quelques jours plus tôt.

Il était si occupé à les installer au ranch qu'il n'avait même pas pris le temps d'arroser l'événement. Depuis son retour, on ne l'avait pas revu au saloon; à croire qu'il avait renoncé à la boisson et au jeu. Edmund se consolait néanmoins en se persuadant que la situation changerait lorsqu'il recevrait la première traite... En attendant, il se demandait ce qui allait encore lui tomber sur la tête.

Chez lui, ce n'était guère plus satisfaisant. Abby ne quittait pas la chambre d'Iona, voisine de la sienne. Elle l'évitait et se dérobait au moindre contact. Certes, elle se montrait polie avec lui, mais elle ne lui autorisait aucune familiarité, alors que la pathétique Iona continuait à solliciter son attention de toutes les manières possibles.

La veille au soir, cependant, il avait repris espoir quand Abby était venue lui parler d'Iona. Constatant qu'il éludait ses questions, elle ne s'était pas attardée, mais cela lui avait permis de comprendre que sa femme était la clé pour gagner la confiance de la jeune fille. Il avait donc décidé d'exploiter sa sollicitude afin de parvenir à ses fins, néanmoins il ne se sentait pas franchement rasséréné.

Pour couronner le tout, il n'avait pas eu de nouvelles de Kane depuis une éternité et cela ne lui disait rien qui vaille. Ce salaud avait eu largement le temps de terminer le travail. S'il n'y avait eu la seconde partie de la somme promise à récupérer, il aurait pensé que Kane s'était enfui avec l'argent et…

Comme surgi de nulle part, ce dernier se matérialisa soudain devant lui. Plaquant un sourire convenu sur son visage, Edmund lui tendit la main.

— Alors, monsieur Kane, vous avez enfin décidé d'ouvrir un compte à la banque ? Je vous promets que votre argent y sera en sécurité.

— Ouais, répondit Kane sans prendre la peine de lui retourner son sourire. C'est de ça que je voulais vous parler… dans votre bureau.

— Mais certainement. Suivez-moi.

Edmund se dirigea vivement vers son établissement, Kane à ses côtés. Une fois à l'intérieur, il interpella son premier caissier, assez fort pour que les clients présents l'entendent.

— M. Kane a quelques questions à me poser à propos de l'ouverture d'un compte, Wilfred. Si vous avez besoin de moi, je suis dans mon bureau.

À peine la porte fermée, il se tourna vers Kane, et siffla entre ses dents :

— Qu'est-ce que vous faites ici ? Vous n'êtes pas censé me parler en public. Si on associe mon nom au vôtre, surtout en ce moment…

— Hunter va ramener les mustangs au ranch d'un jour à l'autre, coupa Kane sur le même ton.

— Quoi ?

— Vous avez parfaitement compris.

— Qu'est-ce que cela signifie ? Vous étiez supposé faire échouer ses plans.

— Ça n'a pas marché.

— Que s'est-il passé ?

— Comment vous voulez que ça se soit passé ? Les gars et moi on a suivi Hunter et ses hommes, comme prévu, mais ils étaient trop nombreux pour qu'on ait une chance de disperser la harde.

— Je vous avais dit…

— Rien du tout ! Ils étaient huit, pas nous. Ils avaient quatre jours d'avance, et quand on les a rattrapés, il y avait plus rien à faire.

— Des excuses que tout cela !

— Possible, mais c'est tout ce que vous obtiendrez de moi pour l'instant.

— Ils ne vous ont pas vu, au moins ? Parce que si c'est le cas, votre présence ici…

— Ils m'ont pas vu.

— Et vos complices ?

— Morts.

— *Morts ?*

Kane le dévisagea froidement.

— Ils étaient au courant des risques.

Après un bref silence, Edmund émit un petit rire crispé.

— Et vous n'avez plus à partager l'argent que je vous ai avancé. Tout va pour le mieux, non ?

Menaçant, Kane fit un pas vers lui.

— J'ai failli y laisser ma peau !

— Pour ce que cela me rapporte…

Kane s'assombrit davantage.

— Dommage, hein ? Il va falloir que vous trouviez autre chose si vous voulez que ces deux ranchs finissent dans votre poche.

— Et je suppose que vous me promettrez le succès, comme cette fois.

— Je vous l'ai dit, c'est à cause de vous que ça a raté.

Agacé par la mauvaise foi de son interlocuteur, Edmund aboya :

— Écoutez-moi, Kane. Je vous paierai, et grassement même, mais je ne supporterai pas un échec de plus, ni vos prétextes pour le justifier.

— Vous avez jamais eu à vous plaindre de moi, jusqu'à maintenant.

— Une fois, c'est plus qu'assez.

Kane s'approcha d'Edmund à le toucher.

— C'est plus qu'assez pour moi aussi, articula-t-il en le regardant droit dans les yeux. Il n'est pas question que Hunter ou les types de Townsend me refassent un coup comme ça. Je vous le garantis !

Affichant une expression faussement aimable, Edmund ouvrit la porte de son bureau et tendit la main à Kane.

— Je suis désolé que nous n'ayons pu conclure aujourd'hui, monsieur Kane. Revenez quand vous voudrez. La banque de Diablo sera toujours à votre service.

— Je vais bien, ma chérie, vraiment.

Abby étudia Iona, qui était assise dans un grand fauteuil, au salon, et songea qu'elle n'avait pas l'air bien du tout, au contraire. Plus pâle et plus maigre que jamais, elle paraissait perdue dans l'immense siège. Des cernes noirs lui mangeaient le visage, mais elle ne semblait pas du tout consciente de la détérioration de son apparence physique. Sa voix était pâteuse et presque inaudible, cependant, jamais elle ne se départait de son doux sourire.

Abby souffrait pour elle. Elle s'occupait d'elle depuis plus d'une semaine, et son inquiétude était telle qu'elle restait auprès d'elle lorsque le Dr Gibbs lui rendait visite. Elle l'avait entendu mettre sa patiente en garde contre l'abus d'alcool et de laudanum. En vain. Iona insistait pour prendre son sherry et le « médicament » qui lui permettait de dormir.

Abby s'était risquée à interroger le médecin sur l'état de la malade, mais il s'était contenté de répondre qu'il ne pouvait rien faire de plus.

En désespoir de cause, elle avait tenté de parler à Edmund, la veille au soir, mais il s'était dérobé, et ses tentatives pour la « consoler » l'avaient incitée à se réfugier au plus vite dans la chambre d'Iona.

Et voilà que celle-ci affirmait qu'elle se sentait bien.

— Franchement, ma chérie, il est inutile que tu t'attardes davantage.

— Je préfère rester jusqu'à ce que vous soyez tout à fait solide sur vos jambes, déclara Abby. Je ne suis pas indispensable à la maison. D'ailleurs, je parie que papa et Brent se sont à peine rendu compte de mon absence.

— Cela m'étonnerait fort ! Tu es tellement adorable. Et puis, tu as entendu ce qu'a dit le Dr Gibbs hier. Ma jambe est pratiquement guérie. Je serai bientôt capable de me débrouiller seule. De toute façon Hilda est là en cas de besoin dans la journée, et Edmund…

Le sourire d'Iona s'altéra.

— Edmund n'est pas loin, en général.

Abby s'abstint de faire remarquer qu'Edmund, en effet, n'était pas loin… quand elle dormait et qu'il n'était pas obligé de la voir.

— Si tu restes, insista Iona, je me sentirai encore plus coupable de t'imposer de soigner une ennuyeuse vieille femme au lieu de profiter de ta jeunesse.

— Je suis heureuse de vous aider, Iona.

— Je sais, ma chérie, murmura celle-ci, émue aux larmes. Mais il est temps que tu penses un peu à toi. Viens me rendre visite de temps à autre, ajouta-t-elle d'une voix brisée, cela me fera plaisir.

— Iona…

— Je t'en prie. Je refuse que tu perdes plus de temps auprès de moi. Mais avant de partir, serais-tu assez gentille pour me ramener dans ma chambre afin que je fasse une sieste ?

Une sieste. Cela signifiait encore du sherry, et son « médicament ».

— Abby ?

À court d'arguments, la jeune fille s'exécuta. Alors qu'elles pénétraient dans la chambre, elle eut la surprise d'entendre Iona lui demander :

— Aide-moi à m'asseoir à mon secrétaire, s'il te plaît. J'aimerais écrire à Juliana avant de m'allonger.

Cela faisait des années qu'Iona n'avait pas vu sa fille.

— Vois-tu, ma chérie, reprit-elle, les yeux de nouveau embués, Juliana aussi a eu des débuts difficiles dans la vie. Elle a perdu son père très jeune, et elle a fait preuve d'un grand courage en s'en sortant si bien. Je suis très fière d'elle. J'adore lire ses lettres, qui sont si joyeuses !

Chère Iona.

Abby l'installa à son secrétaire, puis hésita.

— Allons, ma chérie, ne t'inquiète pas... Tu sais que je t'aime comme si tu étais mon propre enfant, n'est-ce pas ?

La gorge serrée, incapable de répondre, Abby hocha la tête, embrassa la joue parcheminée d'Iona et quitta la chambre.

La visite de Kane taraudait Edmund. Non seulement cet imbécile avait échoué dans sa mission, mais, en plus, il l'avait abordé en pleine rue. Il n'appréciait pas du tout que cet individu se permette de lui faire des reproches. Pour être franc, il détestait son attitude en général. Il avait toujours su qu'un jour ou l'autre il pousserait le bouchon trop loin, mais il avait l'impression que ce jour approchait plus vite que prévu.

Alors qu'il atteignait la banque, une bruyante conversation l'arracha à ses ruminations. Un cow-boy couvert de poussière discutait sur le trottoir avec Burt Spindle, qui s'apprêtait à entrer dans l'établissement. Le type, visiblement ivre, tenait absolument à raconter son histoire à Burt.

Écœuré, Edmund détournait les yeux quand il entendit prononcer le nom de Hunter. Il prêta l'oreille.

— Ouais, je l'ai vu qui se dirigeait vers la Demi-Lune un peu après le lever du soleil. Quince Hunter, avec la fille Townsend et les hommes du Diamond C. Ils menaient une harde de mustangs.

Burt, qui adorait les ragots, lui demanda :

— Une belle harde ?

— Ouais, assez. Les cow-boys ont pas dû s'amuser...

— Qu'est-ce qui vous fait dire ça ?

— Ils paraissaient plutôt crevés.

— Finalement, peut-être que Hunter a eu raison de signer avec Fort Griffin.

— Vous croyez ça ? ricana l'autre. À mon avis, il s'est donné bien du mal pour pas un rond.

— Pas si sûr, répliqua Burt. Si les chevaux sont livrés à temps, je ne vois pas comment l'armée pourrait refuser de payer.

— En tout cas, il a intérêt à les livrer à l'heure, et prêts à la selle, parce que les militaires de Fort Griffin chercheront tous les prétextes pour pas le payer.

— Peut-être...

— Y a pas de peut-être ! Ces soldats, ils ont pas de parole. Tout ce que je peux dire, c'est que je suis rudement content que Hunter soit pas venu me chercher quand il voulait engager des cow-boys pour ce boulot. Je lui aurais répondu qu'il perdait son temps.

La discussion se poursuivit, mais Edmund en avait appris suffisamment.

Ainsi, les mustangs devaient être livrés en temps et en heure, dressés pour la selle...

En souriant, il se dirigea vers la porte. Il avait récupéré l'annonce de l'armée que l'on avait ôtée du mur du bureau du shérif quelques jours auparavant. Sans trop savoir pourquoi, il l'avait pliée et fourrée dans sa poche. Si ses souvenirs étaient exacts, elle se trouvait dans un tiroir de son bureau, à la maison. Ce papier contenait des informations qui risquaient de lui être utiles, finalement.

Il se rappela les paroles de Kane : « Il va falloir que vous trouviez autre chose si vous voulez que ces deux ranchs finissent dans votre poche. » Pour une fois, ce crétin avait raison. Mais il devait d'abord relire le texte de l'annonce.

Le cœur de Glory bondit dans sa poitrine lorsqu'elle aperçut enfin le Diamond C. La harde de mustangs avait été partagée en deux, et ceux du Diamond C étaient déjà au pré. À présent, elle avait hâte de retrouver son père. S'il s'était inquiété pour elle, elle s'était sans doute encore plus inquiétée pour lui.

L'image des corps piétinés des voleurs de chevaux lui revint en mémoire, et elle frémit. Elle avait été si bouleversée qu'elle n'avait même pas protesté lorsque Quince l'avait enlacée pour l'emmener à l'écart.

Ce qu'ils avaient partagé, Quince et elle, ne cessait de la hanter. Elle avait perçu un changement d'attitude de la part des cow-boys vis-à-vis d'elle. Il lui avait fallu des années de lutte pour faire oublier aux autres qu'elle n'était pas qu'une faible femme. Et il avait suffi d'une seule nuit pour réduire ses efforts à néant. Elle s'était méprisée pour s'être laissée aller ainsi, et s'était promis que, quels que soient les doutes que son attitude avait pu susciter chez ses employés, elle ferait tout pour les effacer. Elle devait restaurer la confiance de ses hommes, et surtout elle devait réconforter son père, face à un avenir incertain.

Son regard s'attarda sur Quince qui poussait son cheval pour regrouper les mustangs, et une douleur indéfinissable la traversa. Il était si concentré, si puissant, tout entier à sa tâche… Elle se rappelait sa force tandis qu'il la pressait contre son corps nu. La réponse spontanée de son propre corps quand son regard s'était fait de velours, quand il avait capturé ses lèvres. La gorge nouée, elle se souvint des émotions si nouvelles, si profondes qui l'avaient submergée alors. Et lorsqu'elle s'était réveillée, ce sont les mêmes émotions qu'elle avait vues dans le regard clair de Quince.

Puis la cruelle réalité s'était de nouveau imposée à eux.

Elle avait lu une question dans les yeux de Quince durant le trajet du retour, tandis qu'elle se tenait délibérément à distance.

Il avait affirmé qu'il la désirait, qu'il avait besoin d'elle, et, dans la passion de l'instant, elle lui avait dit ce qu'il désirait entendre. Mais leur situation était trop précaire, l'avenir trop incertain pour qu'ils puissent se permettre – selon l'expression de Quince – la moindre *distraction*.

Il fallait qu'elle le lui explique, qu'elle le lui fasse comprendre.

Comme ils approchaient, deux silhouettes se découpèrent sur le seuil. Glory éperonna sa monture et, quelques minutes plus tard, elle sautait à terre.

— Nous voilà rentrés, papa! Tout va bien! s'écria-t-elle d'une voix étranglée.

Elle embrassa son père, et s'aperçut que ses mains tremblaient quand elle les prit dans les siennes. Déjà, Quince et Jan montaient les marches menant au porche.

— Bienvenue à vous tous! lança Byron d'une voix un peu chevrotante.

Il étudia le visage des deux hommes et son sourire s'atténua.

— Ça n'a pas été aussi facile que je l'espérais, n'est-ce pas?

Quince fit un récit bref et circonstancié de la chasse. Jan ajoutait quelques détails quand Glory sentit soudain une immense lassitude s'emparer d'elle. Sachant qu'elle aurait la soirée pour discuter de tout cela avec son père, elle pénétra dans la maison.

Elle n'avait fait que quelques pas dans le salon quand elle entendit quelqu'un derrière elle.

— Glory…

Elle se retourna, mais elle ne s'attendait pas que Quince l'attire dans ses bras et prenne avidement ses lèvres.

Sa chaleur… la puissance qui se dégageait de lui… ces sensations qu'il éveillait en elle chaque fois qu'il la touchait…

Il brisa le premier leur étreinte et murmura contre sa bouche :

— Je ne sais pas à quoi vous avez pensé ces deux derniers jours, mais moi je sais ce qui m'a obsédé. Et je vous assure que rien n'est fini entre nous.

— Il faut que je vous parle, Quince.

Son père l'appelait, et elle se tourna vers la porte.

— Mais pas maintenant, reprit-elle. Mon père a besoin de moi.

— Moi aussi, j'ai besoin de vous.

— Il me demande.

— Pourquoi avez-vous peur de lui parler de nous ?

— Je n'ai pas peur.

— Alors racontez-lui tout. Il souhaite vous voir heureuse, Glory. Or je peux vous rendre heureuse.

— Tout cela va trop vite, il s'inquiétera.

— Cela ne va pas trop vite pour moi.

— Quince, je vous en prie…

Il lui caressait le dos, la pressait contre lui, ne lui laissant rien ignorer de son désir.

— Cela ne va pas trop vite pour votre père, mais pour vous… C'est ce que vous êtes en train de me dire ?

Il plongea son regard dans le sien.

— Mais vous voulez toujours de moi, n'est-ce pas ? insista-t-il.

Comme elle ne répondait pas, il lui releva le menton et l'embrassa jusqu'à ce qu'elle cède à son étreinte.

De nouveau la voix de Byron.

— Votre père vous appelle.

Elle se sentit comme abandonnée quand Quince la lâcha, et se composa un sourire avant de retourner sur le porche.

Intensément consciente de la présence de Quince près d'elle, elle dut faire appel à toute sa volonté pour répondre aux questions de son père. Puis Quince lui lança un bref regard avant de prendre congé.

Après qu'il eut disparu, elle leva les yeux vers le ciel, et constata avec étonnement qu'il était à peine midi, alors que les quelques heures qui s'étaient écoulées depuis qu'elle avait enfourché son cheval lui avaient paru une éternité.

Iona s'efforçait de terminer la lettre à sa fille. Elle s'interrompit un instant afin de reposer sa main. Depuis quelque temps, elle ne cessait de trembler, et cela la gênait énormément, de même que cette tendance qu'elle avait à perdre l'équilibre. Elle avait désespérément tenté de dissimuler ces tremblements à Abby. Sans succès.

La jeune fille s'inquiétait à son sujet, et Iona aurait aimé lui épargner un tel souci, mais c'était au-dessus de ses forces.

Elle avait besoin de ce sherry qui était devenu son indispensable compagnon au cours des derniers mois. Il l'aidait à supporter le sentiment d'inutilité qu'elle éprouvait chaque fois qu'elle surprenait sur elle le regard dégoûté de son époux. L'alcool lui redonnait presque confiance en elle.

Elle soupira. Edmund était si bon, et elle si peu susceptible de lui plaire, malgré tout le mal qu'elle se donnait. Cette pensée la hantait jour et nuit, l'empêchant de trouver le repos. Seul le laudanum, dont le Dr Gibbs disait tant de mal, parvenait à soulager ses angoisses. Elle ne pouvait arrêter. Pas maintenant.

Elle signa enfin la lettre. Il lui avait fallu du temps pour oser s'avouer qu'elle ne s'était pas occupée de Juliana comme elle l'aurait dû. Cela aussi l'avait taraudée au fil des années, la rendant plus impatiente encore de recevoir les lettres où sa fille l'assurait de son amour.

Ces sentiments s'étaient amplifiés récemment. Il y avait tant de choses qu'elle aurait dû dire à Juliana... Sans bien comprendre pourquoi, elle éprouvait un besoin grandissant de les formuler, afin que sa fille sache ce qu'elle avait toujours gardé au fond de son cœur.

Elle glissa la lettre dans l'enveloppe, rédigea l'adresse. Elle demanderait à Hilda de la poster au plus vite.

La porte d'entrée claqua, et elle entendit les pas d'Edmund dans le corridor. Elle consulta la pendule. Il était tôt, plus tôt que d'habitude. Elle n'était pas prête.

Elle se leva avec peine, la lettre à la main, se dirigea vers le lit d'un pas hésitant, puis s'arrêta. Edmund ne serait pas content qu'elle ait écrit à Juliana sans lui en avoir parlé auparavant. Il ne comprendrait pas qu'elle ait besoin de lui dire certaines choses – des choses que seule une mère disait à sa fille.

Il allait se mettre en colère, or elle ne voulait pas qu'il se fâche.

Comme il frappait, elle ouvrit le tiroir de sa commode et cacha l'enveloppe sous sa lingerie. Puis elle plaqua un sourire sur son visage et se prépara à l'accueillir.

Elle était là, cette ivrognesse!

Edmund lança un regard meurtrier à Iona qui était appuyée à sa commode. Il était rentré en se disant que, finalement, cette horrible journée ne se terminerait pas trop mal quand Hilda lui avait appris que sa femme avait renvoyé Abby chez elle.

Peu désireux que la gouvernante fût témoin de sa réaction, il l'avait envoyée faire une course, puis il était resté un long moment dans le couloir pour tenter de se calmer. Abby était partie. Il lui aurait suffi de quelques jours de plus pour la séduire – il en était certain –, mais l'intervention d'Iona lui avait ôté toute chance d'y parvenir.

Il tremblait de rage. Non, il ne le supporterait pas! Il allait lui ordonner de rappeler Abby auprès d'elle sur-le-champ!

Il avait toutes les peines du monde à refréner sa colère tandis que son épouse le regardait, attendant qu'il parle, ses yeux immenses pleins d'appréhension.

— Il paraît que tu as renvoyé Abby chez elle ce matin, commença-t-il. Pourquoi?

— Je... je ne pouvais abuser davantage de sa gentillesse. C'est une jeune fille, elle a sa vie...

— Pas comme toi, vieille toupie inutile!

Iona eut un haut-le-corps.

— Écoute-moi, pauvre débris! poursuivit-il, menaçant. Tu vas l'envoyer chercher. Tu lui diras que tu t'es trompée, que tu as encore besoin d'elle ici.

— Mais...

— Tais-toi et écoute-moi, pauvre pocharde! Tu lui diras que tu as agi sans réfléchir, et que tu souhaites qu'elle revienne. Aujourd'hui même. C'est clair?

— M... mais ce n'est pas vrai. À part une légère claudication, je suis presque comme avant.

Il la prit aux épaules, et la fit pivoter brutalement vers le miroir de sa coiffeuse.

— Regarde-toi ! Regarde-toi bien, et répète-moi que tu es presque comme avant !

Il eut la satisfaction de la voir frissonner tandis qu'elle essayait de se détourner.

— Ça va ? Tu en as assez vu ?

Il la lâcha et elle se raccrocha à la commode.

— Envoie chercher Abby, répéta-t-il d'une voix tranchante. Débrouille-toi pour la faire revenir, parce que je te promets que tu regretteras si elle n'est pas ici à mon retour.

Sur ce, il sortit de la chambre en claquant la porte. Il fit un crochet par son bureau pour récupérer l'annonce de Fort Griffin et quitta la maison.

Les yeux rivés sur la porte, Iona tenait à peine debout tant elle tremblait.

Elle secouait la tête, désespérée. Non, une telle chose n'avait pas pu arriver ! Edmund ne s'était pas adressé à elle comme s'il la détestait. Il ne l'avait pas insultée, menacée. Il ne l'avait pas forcée à se regarder dans le miroir pour voir quelle épave elle était devenue. C'était un cauchemar. Elle allait se réveiller...

Elle tituba jusqu'à son lit et s'y laissa choir. Ce n'était pas possible. Elle allait dormir, et à son réveil, la vie serait comme avant.

Elle agrippa la carafe de sherry d'une main maladroite, s'en servit un grand verre. Un sanglot lui échappa tandis qu'elle entendait résonner à son oreille l'atroce tirade d'Edmund. Non, le sherry ne suffirait pas. Le laudanum était son ami, il la conduirait vers le sommeil, vers l'oubli...

Elle en avala un grand verre, puis elle s'allongea.

Très vite, elle sombra dans cette espèce de somnolence qui annonçait le sommeil bienfaisant. Un sourire se dessina sur ses lèvres. Quand elle se réveillerait, le cauchemar serait terminé.

Quand elle se réveillerait.

Elle ferma les yeux, à la limite de l'inconscience, sereine, tandis qu'elle glissait lentement vers la paix éternelle.

— Je veux la vérité, Jan.

Byron Townsend fixait d'un regard grave le contremaître qui se tenait devant son bureau.

Glory était allée s'occuper de son cheval, et il avait saisi l'occasion pour s'entretenir seul avec Jan. Il sentit celui-ci hésiter.

— La vérité, répéta-t-il. Tout entière. Cette histoire de voleurs de chevaux...

— Vous savez déjà tout.

— Mais il y a quelque chose que tout le monde pense sans oser le formuler.

— Peut-être.

— Bien sûr que si ! J'ai remarqué l'expression de Quince quand il en parlait. Il se demandait comment ils avaient fait pour vous trouver.

— Coïncidence, peut-être.

— Cela fait beaucoup trop de « peut-être » pour mon goût !

— Nous ne connaissions aucun de ces types... si tant est qu'il soit possible d'en juger vu leur état. On a donc supposé qu'ils avaient entendu parler du contrat et décidé de nous doubler.

— Ce qui signifierait qu'ils vous ont délibérément suivis. Ce n'est guère crédible, Jan. Tout le monde trouvait que Quince était fou d'avoir accepté ce contrat parce qu'il ne serait jamais payé.

— Ils se sont peut-être dit que ça valait quand même la peine de tenter le coup.

— « Peut-être ».

— Je ne sais pas, patron. Vous devriez en parler à Quince, d'homme à homme, histoire d'avoir son avis.

— Vous croyez ?

— Ouais.

— Vous l'appréciez, non ?

— Il est intelligent, il connaît parfaitement les chevaux, et il me paraît être un type honnête.

— Qu'en pense Glory ? Elle ne parle guère de lui.

— Difficile à dire. Une minute, ils se sautaient à la gorge, la minute d'après, c'était le calme plat. Une chose est sûre : elle s'est débrouillée pour qu'il n'oublie pas qu'elle était le patron ici.

Byron sourit.

— Ma fille a un sacré tempérament !... Et j'ai le sentiment qu'elle va en avoir besoin, ajouta-t-il en se rembrunissant. Mais vous avez raison. Je m'entretiendrai avec Quince. En attendant, je compte sur vous. Je ne veux pas alourdir la charge de Glory.

— Je sais, patron.

— Rappelez-vous, ceci reste entre vous et moi.

— Vous avez ma parole.

Comme Jan sortait du bureau, Byron se fit une promesse. Si ce qu'il pensait était vrai...

Edmund arriva chez lui hors d'haleine. Joey Weatherby était passé à la banque quelques minutes auparavant pour l'avertir que Mme Montgomery était au plus mal. Il s'était aussitôt dit que si cette ivrognesse avait commencé à raconter sa vie à tout le monde, il fallait absolument qu'il l'arrête.

Il reprenait son souffle quand Hilda lui ouvrit la porte, les yeux rougis.

— Je suis désolée, monsieur. Je ne suis pas allée voir Mme Montgomery en rentrant des courses. Si je l'avais fait, elle ne serait peut-être pas…

Bouleversée, elle s'interrompit.

— Où est-elle ? la pressa Edmund. Dans sa chambre ?

— Oui, sanglota Hilda. J'ai appelé le médecin tout de suite, mais il est arrivé trop tard ; son cœur s'était arrêté de battre. Je suis désolée, répéta-t-elle. Je ne savais pas qu'elle était si gravement malade. Je croyais que c'était seulement le sherry. Je croyais…

Edmund s'engagea dans le couloir, une Hilda en pleurs sur ses talons.

Iona était morte ! Toute sa fortune – hormis un petit fonds de dépôts pour Juliana – lui appartenait, désormais. Qui plus est, il était enfin débarrassé du boulet qu'il traînait depuis tant d'années.

Il fallait qu'il se ressaisisse. Il ne pouvait tout de même pas s'approcher du cadavre de sa femme le sourire aux lèvres.

La porte de la chambre s'ouvrit sur le Dr Gibbs qui affichait une expression impénétrable. Edmund se dirigea droit vers le lit.

Bon sang, même morte, elle arborait encore ce sourire exaspérant !

— Elle est partie dans son sommeil, Edmund.

— Je vois.

— Sherry et laudanum… un mélange dangereux.

— Je sais.

Le médecin ferma la porte.

— Je vous avais prévenu ! siffla-t-il. Je vous avais expliqué ce qui risquait d'arriver si vous continuiez à lui fournir du laudanum.

— Je n'ai pas de regrets, répliqua Edmund froidement, et vous ne devriez pas en avoir non plus. Iona a fait un choix, personne ne l'obligeait à boire ni à avaler ce laudanum.

— Vous êtes un monstre ! Cela vous est bien égal que votre épouse soit morte, n'est-ce pas ?

— Pour être franc, j'en suis soulagé.

Edmund laissa au médecin incrédule le temps de digérer l'information.

— Je me permets de vous dire ça, poursuivit-il, parce que je sais que vous garderez mon secret... vous en avez tant vous-même !

— Je n'étais pas responsable de la mort de ces femmes, dans l'Est. Elles étaient désespérées, elles me suppliaient de les aider. Je les avais averties des risques encourus, mais elles ne voulaient rien écouter.

— Triste histoire !

— Le cas d'Iona est différent.

— Certes, mais je doute que l'on vous croie, au cas, improbable, où l'on s'interrogerait sur sa mort.

Le Dr Gibbs se raidit.

— De toute façon, continua Edmund, je ne pense pas que cela se produise. Tout le monde connaissait l'état de santé... précaire de ma femme.

Gibbs ne répondit pas.

— Il va falloir que je commande un cercueil à Charlie Herbert. Nous l'enterrerons dès que possible.

Le médecin toussota.

— Iona parlait souvent de sa fille...

— Juliana. Oui, je lui enverrai un mot...

Après avoir longuement dévisagé Edmund, qui ne cachait pas sa joie, le Dr Gibbs attrapa sa sacoche et se dirigea vers la porte.

— Merci, docteur. Votre aide a été considérable, ne put s'empêcher de lancer le banquier alors que le médecin était déjà dans le couloir. Que cela vous soit une consolation.

La porte d'entrée refermée, Edmund considéra un instant sa femme.

Quelle pitoyable épave...

Avec une expression de circonstance, il sortit à son tour de la chambre.

Abby avait appris par Frances que Quince était rentré, qu'il avait partagé les mustangs et était parti accompagner le reste des chevaux au Diamond C.

Son père et Brent n'étant pas là, elle était allée jeter un coup d'œil à la harde, et l'excitation de la tâche à venir lui avait fait oublier provisoirement son inquiétude au sujet d'Iona.

Celle-ci l'avait toutefois de nouveau taraudée dès son retour à la maison.

C'est pourquoi, lorsqu'elle aperçut Joey Weatherby, elle eut un mauvais pressentiment. Et lorsqu'il monta les marches du porche, le chapeau à la main, un frisson la secoua. Après s'être raclé la gorge nerveusement, l'adolescent déclara :

— J'ai une mauvaise nouvelle à vous annoncer, mademoiselle Abby. C'est Mlle Iona...

Le Dr Gibbs grimpa en selle et sortit de la ville. La pleine lune éclairait sa route. Il n'était pas rare qu'il rende visite à des patients au milieu de la nuit, de même qu'il arrivait fréquemment qu'il reste au chevet d'un malade quand le cas était grave, aussi personne ne s'étonnerait de ne pas le voir durant quelques jours.

Il n'avait entassé dans ses sacoches de selle que l'indispensable. Il avait l'intention d'abandonner son cheval à la première gare et de sauter dans un train qui le mènerait vers une destination inconnue.

Ses concitoyens le considéraient encore comme un « pied tendre » et l'avaient souvent mis en garde contre les dangers qu'il y avait à partir seul dans la nuit pour répondre à l'appel d'un patient. Lorsque l'on trouverait son cheval en train d'errer, les gens supposeraient qu'il avait été victime d'un accident ou d'un mauvais coup. Et la nature étant ce qu'elle était, ils ne s'étonneraient pas de ne pas retrouver son corps.

Le Dr Gibbs lança un ultime regard à la ville qui rapetissait à l'horizon. Ailleurs, sous un autre nom, il avait l'espoir de parvenir à oublier la pauvre femme qui avait refusé jusqu'à la fin d'admettre l'insondable perversité de son mari.

Ailleurs, loin d'ici, il avait l'espoir d'oublier définitivement Edmund Montgomery, Diablo et le Texas.

11

À demi dissimulée derrière le rideau, dans sa chambre du *Lone Star*, Blanche observait la procession de citoyens endeuillés qui accompagnaient Iona Montgomery à sa dernière demeure.

On racontait que c'était l'alcool qui avait tué l'épouse du banquier, et elle en avait été déconcertée. Pourquoi une personne qui avait tout pour être heureuse en arrivait-elle là ?

Blanche n'avait jamais rencontré Iona, mais elle avait souvent croisé Edmund, à Diablo. Il lui avait semblé que, d'une certaine manière, sa pieuse attitude n'était pas en accord avec son regard, et elle s'était posé des questions.

Le cortège continuait sa progression et, le cœur battant, Blanche aperçut Quince. Elle esquissa un sourire. Il dominait la foule de sa haute taille, de son impressionnante carrure, si bien qu'il était impossible de ne pas le remarquer. Elle se rappela la première fois qu'il l'avait regardée de ses invraisemblables yeux clairs. Elle avait aussitôt eu envie de se blottir dans ses bras.

Et ça ne lui avait pas passé…

Elle nota soudain la présence d'une frêle jeune femme à son côté. En larmes, celle-ci cachait son visage contre l'épaule de Quince, qui l'étreignait de son bras solide. Comme il se penchait pour lui parler à l'oreille, la jeune femme releva la tête, et Blanche laissa échapper un soupir de soulagement. Il s'agissait d'Abby, sa sœur cadette. On la disait très proche d'Iona Montgomery.

Brent Hunter et Crystal, dont le ventre s'était bien arrondi, se trouvaient juste derrière. Jack Hunter suivait, seul. Puis une jeune personne rousse se présenta dans son champ de vision. Une seule femme possédait une telle chevelure à Diablo : Glory Townsend.

Blanche nota la façon dont Quince la suivait du regard – un regard intense – tandis qu'elle s'approchait d'Edmund Montgomery, à qui elle adressa quelques mots avant de quitter la procession.

Lorsqu'elle eut disparu, Blanche eut l'impression de respirer plus librement, et elle ne put s'empêcher de s'interroger sur sa réaction. Était-ce de la jalousie ? Dans ce cas, elle perdait son temps. Autant affronter la vérité. Même si toutes les Glory Townsend étaient effacées de la surface du globe, jamais Quince ne la regarderait comme elle mourait d'envie qu'il la regarde.

Elle se tourna vers le miroir. Les hématomes autour de ses yeux commençaient à s'estomper, et son visage avait dégonflé. Elle retrouvait lentement figure humaine. Encore légèrement courbée en avant à cause de sa douleur au thorax, elle n'inspirait que de la pitié. Mais il n'empêche qu'elle ne pouvait travailler dans cet état. Sans la charité inattendue d'O'Malley, elle n'aurait même pas su où aller. Anne Pals avait emballé ses affaires, les lui avait fait porter au *Lone Star* et avait loué sa chambre à quelqu'un d'autre, car elle n'avait pas payé le loyer. Et pour cause… Elle en avait été quelque peu surprise. Elle croyait qu'Anne l'aimait bien… Mais, bien entendu, les affaires étaient les affaires.

Cependant, son inquiétude majeure demeurait Lobo. Elle ne pourrait pas lui échapper éternellement. Que se passerait-il quand elle reprendrait son travail au saloon ?

Quince réapparut dans son champ de vision, et le cœur de Blanche s'affola de nouveau. Elle prenait plaisir à le contempler, tout simplement, à se dire qu'un homme comme lui se rappelait son prénom. Elle avait envie...

Mettant un terme à ses rêveries, elle se détourna résolument de la fenêtre. Elle ne devait en aucun cas oublier que les souhaits ne se réalisaient jamais.

Abby éclata en sanglots quand on descendit le cercueil en terre. Quince la serra davantage contre lui, lui murmura des paroles de réconfort à l'oreille, tout en sachant qu'elle l'entendait à peine.

Il était rentré à la maison peu après le passage de Joey Weatherby, pour trouver Abby effondrée de chagrin.

Quince avait été soulagé d'apprendre que les funérailles auraient lieu le lendemain matin. Bien qu'une telle précipitation l'ait étonné, il lui avait semblé que cela valait mieux pour sa sœur.

Quince observa Edmund tandis que le révérend Crawford prononçait les paroles finales, puis le cortège reprit la direction de la demeure des Montgomery. Les diacres suivaient le révérend, et il était évident que toute leur sympathie allait à Edmund, diacre lui-même. Quince savait que les langues iraient bon train à propos du « problème » d'Iona, à peine la dernière pelletée de terre jetée dans sa tombe.

Juste devant Quince, Brent guidait Crystal sur le terrain accidenté. Celle-ci avait salué aimablement son beau-frère, mais Brent n'avait pas daigné lui accorder le moindre regard.

Jack se tenait un peu à l'écart de la procession, feignant de ne pas se rendre compte qu'il était encore mis au ban de la respectable communauté de Diablo. Quince se demanda s'il pensait aux funérailles auxquelles il n'avait pu assister, dix ans auparavant, puisqu'il était au fond de sa prison avec du sang sur les mains. Il avait préféré venir en ville à cheval, et Quince en était heureux car il n'avait pas la moindre envie de faire le long trajet en buggy avec lui.

Il y avait là tout ce que la ville comptait de notables, mais aussi de simples citoyens qui devaient de l'argent à la banque et ne pouvaient se dispenser d'assister à la cérémonie.

Edmund était calme, un peu trop calme pour que le chagrin qu'il avait étalé plus tôt fût crédible.

Quant à Glory, elle avait fait une brève apparition, mais n'avait guère montré d'émotion lorsqu'elle avait parlé à Edmund. En revanche, elle avait témoigné d'une sincère sympathie quand elle avait serré Abby dans ses bras. Elle s'était contentée d'un signe de tête en direction de Quince.

Il l'avait regardée s'éloigner, en proie à un mélange de frustration, de colère, mais surtout de ce désir qui le rongeait chaque fois qu'il pensait à elle.

Non, il n'en resterait pas là.

Il réalisa soudain qu'Abby était la seule personne présente dont le chagrin était sincère.

— Abby...

Edmund venait de s'arrêter près d'eux.

Il arborait un costume sombre d'une grande élégance, en total contraste avec la tenue simple portée par la plupart de ses concitoyens, et la robe démodée qu'Abby avait choisi de porter par respect pour son amie défunte.

— Abby, ma chère enfant...

Elle fronça les sourcils tandis qu'Edmund continuait, en lui caressant l'épaule :

— Je sais à quel point tu aimais Iona. J'espère que tu seras à mes côtés, à la maison, pour recevoir les condoléances de nos amis.

Quince sentit sa sœur tressaillir quand Edmund voulut lui passer le bras autour des épaules, et il vit l'éclair de colère qui traversa alors le regard du banquier.

— Ta présence me sera d'un grand réconfort, poursuivit-il néanmoins d'une voix douce.

— Abby venait de me demander de la ramener directement à la maison, intervint Quince, la mâchoire serrée, le regard froid. Elle n'a pas le cœur à supporter des conversations, pour le moment.

— Bien sûr... Comme vous voudrez. Mais tu vas me manquer, Abby.

Il se pencha brusquement pour embrasser la jeune fille. Le fait que ses lèvres aient effleuré celles d'Abby avant de se poser sur sa joue n'échappa pas à Quince.

Raide de colère, il suivait Edmund du regard quand Brent se matérialisa à son côté.

— Fichons le camp d'ici !

Visiblement, il avait remarqué qu'Abby s'essuyait la joue d'un revers de manche après le baiser d'Edmund. Tous trois se dirigèrent vers le buggy sans un mot.

Alors que Crystal et Abby étaient assises dans la voiture, Brent se tourna vers Quince.

— Si jamais ce salaud la touche de nouveau...

Quince acheva à sa place, les deux frères enfin unis dans un combat commun :

— ... Il le regrettera !

Du cimetière, Jack regarda le buggy où se trouvaient ses enfants et sa belle-fille s'ébranler.

De loin, il avait vu Quince réconforter Abby et Brent veiller sur son épouse, tout en gardant un œil sur sa sœur. Il avait aussi vu les deux frères installer les jeunes femmes dans le buggy, puis discuter calmement, leurs différends momentanément oubliés.

Il n'avait pas sa place ici.

Durant quelques jours, après être allé chercher les juments avec Brent, il avait eu l'impression que son avenir s'éclaircissait. Il en doutait à présent, car les heures qui venaient de s'écouler avaient ravivé des souvenirs douloureux.

Alors qu'ils accompagnaient Edmund chez lui afin de partager son chagrin, les gens étaient passés devant lui en l'ignorant ouvertement.

Chez son seul ami non plus, il n'avait pas sa place.

Il n'avait plus sa place nulle part.

Il se dirigea d'une démarche saccadée vers le *Lone Star* où, pour le prix d'une bouteille, tout le monde avait sa place.

Glory regagnait le ranch par son chemin favori. Il était à peine plus de midi. Elle avait rejoint les cow-boys tout de suite après les funérailles afin de se mettre au travail, mais elle était si lasse et si distraite que sa monture s'était blessée à des barbelés. Une simple égratignure ; pourtant, elle avait préféré retourner à l'écurie afin de la soigner. Et d'essayer d'y voir un peu plus clair en elle.

L'enterrement d'Iona Montgomery avait été une épreuve. Et la vue d'Edmund acceptant les condoléances de ses concitoyens en affichant un air de circonstance l'avait irritée au plus haut point. Il semblait que toute la ville était venue rendre hommage à un individu qui lui flanquait la chair de poule, alors qu'on avait pratiquement ignoré la défunte, qui avait enfin échappé au triste sort d'être son épouse.

Elle avait eu confirmation de l'hypocrisie d'Edmund lorsqu'elle avait surpris son regard concupiscent posé sur Abby Hunter, la seule personne qui parût sincèrement affectée par la mort d'Iona. Il y avait bien plus dans ces regards que ce qu'elle avait pu parfois discerner fugitivement quand il la regardait, elle. D'autres l'avaient-ils remarqué ?

Elle avait senti les yeux de Quince rivés sur elle tandis qu'elle témoignait sa sympathie à la jeune fille, et elle avait été heureuse que les circonstances les aient tenus à l'écart l'un de l'autre, car elle n'était pas prête pour un tête-à-tête. Elle se savait incapable de lui résister. Sa simple vue la bouleversait, mettait tous ses sens en émoi.

Elle immobilisa sa monture près de l'endroit où Cinnamon avait perdu la vie. Cet accident lui paraissait si lointain !

Elle se rappelait la force des bras de Quince, alors qu'il la ramenait au ranch sur son cheval, son regard aigu qui semblait percevoir, au-delà de la fureur, son extrême vulnérabilité à cet instant...

Bon sang, que lui arrivait-il ? Chacune de ses pensées la conduisait immanquablement vers Quince, alors qu'elle aurait dû se concentrer sur l'avenir du Diamond C...

— Je me doutais que je vous trouverais ici.

Elle sursauta. Agacée de constater que son cœur battait à coups redoublés, elle répliqua, plus sèchement qu'elle ne l'aurait souhaité :

— Vraiment ? C'est curieux. Je prenais simplement le chemin le plus court pour aller chez moi.

Sans un mot, Quince s'arrêta à sa hauteur.

— Runner s'est pris dans une clôture pendant que je travaillais avec les mustangs, expliqua-t-elle. Je rentre le soigner.

Il se taisait toujours, les sourcils froncés, le regard inquisiteur, les dents serrées. Elle sentait la tension qui montait dans ce corps puissant et l'émotion qu'il contenait à grand-peine tandis que son regard s'attardait sur ses lèvres.

Elle se souvenait du goût de leurs baisers...

Non, pas question !

— J'y vais, déclara-t-elle brusquement.

Elle poussa un petit cri lorsque le bras de Quince s'enroula autour de sa taille et la souleva de sa selle. Furieuse, un peu haletante, à quelques centimètres de son visage, elle protesta :

— Qu'est-ce que vous faites ? Posez-moi par terre !

Elle sentit son étreinte se relâcher.

Non, pas ça !

— Ne me laissez pas tomber ! s'exclama-t-elle en s'accrochant à lui.

Quince la déposa aisément devant lui, sur la selle et demanda d'une voix chargée d'émotion :

— Que voulez-vous au juste, Glory ? Dites-le-moi.

— Je n'ai pas le temps pour ça. Il faut que je retourne travailler.

— Pas le temps pour quoi ? Pour... ça ?

Il la fit pivoter face à lui, et captura ses lèvres, ne lui laissant aucune chance de répondre. Ce dont, de toute façon, elle aurait été incapable, paralysée qu'elle était par cette étrange léthargie qui s'emparait d'elle dès qu'il l'embrassait. Elle protesta lorsqu'il releva la tête, puis se perdit dans les myriades de sensations qui l'assaillirent quand il déposa une pluie de baisers sur ses paupières, ses joues, son oreille.

Il reprit sa bouche tout en caressant les pointes de ses seins, et des petits frissons de plaisir se répandirent dans tout son corps. Il déboutonna sa chemise, ses mains calleuses glissèrent sur sa peau…

Avec un grondement de frustration, il la déposa à terre et la rejoignit en hâte.

Quand il prit ses seins délicats dans sa bouche, elle le saisit aux épaules pour l'encourager, murmurant des paroles incohérentes qui eurent pour effet de décupler son désir. Elle le sentit jouer avec sa ceinture, et elle ne tarda pas à se retrouver nue, alors qu'il s'agenouillait devant elle.

Presque intimidée, elle le vit pencher la tête, puis presser hardiment les lèvres sur sa toison rousse en la tenant aux fesses.

Il la goûtait, se repaissait d'elle, s'enfouissait dans sa douceur. Grisée, elle gémit à haute voix tandis qu'un kaléidoscope de couleurs défilait derrière ses paupières closes.

Enfin, il la souleva dans ses bras pour la porter jusqu'à un carré d'herbe verte, puis il se déshabilla, impressionnant de puissance et de passion.

— Je vous veux, Glory.

Agenouillé entre ses cuisses, il reprit sa fougueuse exploration, et le tremblement intime monta en elle tandis qu'elle s'abandonnait entièrement à ses baisers, le corps secoué de spasmes qui la laissèrent ensuite sans force et frémissante entre ses bras.

Alors il la pénétra, et la magie opéra de nouveau.

— Ouvre les yeux, Glory, murmura Quince.

Non, elle ne voulait pas !

— Ouvre les yeux, ma chérie.

Elle obéit et lut dans le regard de Quince une passion égale à la sienne.

— Parle-moi, Glory. Dis-moi que tu me désires autant que je te désire.

Elle acquiesça en silence.

— Dis-le.

— Oui, je te désire.

— Dis-moi que tu avais envie de ça, de me sentir profondément en toi...

Elle haletait, incapable de répondre.

— Dis-le.

— C'est vrai... Tout ce que tu dis.

— Dis-moi que tu...

Une émotion proche de la douleur crispa ses traits, lui ôtant l'usage de la parole. Il se mit à bouger en elle, dans sa douceur, puis ses poussées se firent plus rapides, plus violentes. Elle se cramponnait à lui, elle l'encourageait, elle voulait, elle avait besoin, elle savait...

Quince se convulsa enfin, et elle sentit sa sève se répandre au fond de son corps en même temps que l'extase les emportait tous deux, les laissant pantelants et repus de bonheur.

Quince revint à lui le premier. Il prit sa joue au creux de sa main, et murmura :

— Regarde-moi, Glory.

Elle ouvrit les yeux. Jamais elle ne l'avait vu plus sérieux et concentré.

— C'est ainsi que cela devait être entre nous, poursuivit-il. Et c'est ainsi que ce sera.

Elle n'avait pas envie de parler, pas envie de penser, juste d'être bien.

Elle noua les bras à son cou et couvrit ses lèvres des siennes.

La journée avait été longue et pénible.

Edmund consulta la pendule. On était au milieu de l'après-midi, mais il avait le sentiment que c'était le repas d'Hilda qui avait retenu ses concitoyens si tard, plutôt que leur tristesse commune.

Il y avait des verres et des assiettes sales un peu partout. Hilda rangerait plus tard. Pour l'instant, elle récurait les casseroles en gémissant à haute voix. Il en avait plus qu'assez de ses lamentations ! Elle n'avait pas compati aux « problèmes » d'Iona lorsqu'elle était en vie, pourtant, elle semblait bouleversée par sa mort.

Les femmes étaient irrationnelles ! Toutes !

Edmund rectifia. Non, il en avait connu une qui était exceptionnelle : Beth Hunter. Elle seule échappait à son mépris. Hélas, elle avait commis l'erreur de l'évincer. Elle l'avait regretté, forcément. Le but ultime de sa vie avait été de lui en faire prendre conscience et de l'entendre le supplier de lui pardonner.

Il serra les dents. L'ancienne blessure ne se refermerait-elle donc jamais ? C'était la faute de Jack Hunter si Beth n'avait pas comblé ce désir, et il le paierait. Tout le clan Hunter le paierait. Mais Dieu que cela prenait du temps !

Edmund tira sa montre de sa poche afin de vérifier l'heure. La journée avait été fatigante, pas au point cependant de le retarder dans ses projets. Il allait se changer et serait prêt à partir dans cinq minutes.

Et si quelqu'un s'interrogeait sur son départ… Il esquissa un soupir narquois. Pauvre veuf éploré, il lui fallait chevaucher follement afin d'oublier sa douleur.

Excuse plausible.

Les pleurs continuaient, dans la cuisine, et il crispa la mâchoire. Oui, il était temps qu'il s'en aille.

Kane se tenait à l'extrémité du bar, au *Lone Star*, un verre de whisky bon marché devant lui. Il avait quitté la cabane peu avant, car le silence lui donnait trop à réfléchir... ce qui était un problème quand ses réflexions concernaient Edmund Montgomery.

Il s'était efforcé de se rappeler que, en dépit de son antipathie pour l'individu, son argent était bon à prendre, puis il était venu en ville dans l'espoir de se distraire un peu.

À peine entré, il avait repéré Jack Hunter seul à une table, devant une bouteille presque vide. Le vieil homme devait être là depuis un bout de temps, et depuis son arrivée, personne ne s'était approché de lui, pas même les serveuses. Tout le monde ici ne parlait que du décès inattendu d'Iona Montgomery.

Le vieux Hunter la connaissait bien, mais, apparemment, il était venu au *Lone Star* tout de suite après les funérailles – qui avaient eu lieu plusieurs heures auparavant –, plutôt que d'aller chez Montgomery, comme la plupart des citoyens respectables. Kane se demanda si Jack allait rester jusqu'à ce qu'il tombe de sa chaise, ou si l'un de ses fils viendrait le chercher avant.

Dans ce cas, il pourrait s'agir de Quince, or Kane savait d'expérience que ce dernier était un sacré bonhomme. Il l'avait vu chevaucher parmi la harde affolée, être partout à la fois, anticiper les mouvements des mustangs, diriger ses cow-boys tandis qu'ils reprenaient le contrôle des bêtes paniquées. Il se rappelait aussi la rapidité avec laquelle il avait dégainé avant de descendre un de ses hommes.

Non, mieux valait que Quince ne le voie pas ici, surtout si Montgomery avait en tête de lui proposer un autre boulot à la Demi-Lune.

Il posa une pièce sur le bar et se dirigea vers la porte. Il avait mieux à faire que d'attendre de voir le vieux Hunter s'écrouler. Il y avait non loin de Diablo une prostituée qui savait comment lui faire plaisir. Il allait de ce pas lui rendre une petite visite.

Il enfourchait sa monture lorsqu'il aperçut Montgomery qui s'engageait sur la route qui menait hors de la ville. Il était en tenue de cheval, ce qui était inhabituel, et prouvait qu'il se rendait dans un endroit familier.

Kane décida de le suivre discrètement. L'animal n'était pas aussi malin qu'il le croyait ! Il chevauchait comme si le monde lui appartenait, sans même se rendre compte qu'il était filé. Kane se dit fugitivement qu'il pourrait, s'il le voulait, abattre Montgomery d'un seul coup de fusil et le dépouiller sans que cet arrogant personnage ait le temps de comprendre ce qui lui arrivait.

Il fut un instant tenté. Il n'aimait pas la façon dont ce type s'adressait à lui. Il aimait encore moins qu'on le menace. Il ne serait pas mécontent de se débarrasser de lui !

Seulement, tuer Montgomery, c'était tuer la poule aux œufs d'or... Et il n'était pas assez fou pour faire une pareille bêtise.

Soudain, il en eut assez de ce petit jeu et talonna sa monture. Il ne tarda pas à rejoindre Montgomery, qui ne dissimula pas sa contrariété en le reconnaissant.

— J'ai cru que vous veniez me voir, déclara Kane sans préambule.

— C'était le cas, riposta Edmund sèchement.

— Vous avez dû réfléchir sacrément vite pour trouver un autre plan alors qu'on a enterré votre femme ce matin.

— J'ai eu tout le temps de réfléchir pendant l'interminable sermon du révérend Crawford.

Kane haussa les sourcils, et Montgomery enchaîna :

— Tout ce qu'il a raconté sur ma femme était absurde. Personne n'a cru une seconde qu'elle possédait une seule des qualités qu'il a évoquées. Pour tout le monde, Iona n'était qu'une embarrassante ivrognesse qui est mieux là où elle est.

— Je vois que vous êtes profondément touché par sa disparition, ricana Kane.

— Elle est morte, et je suis soulagé. Mais revenons à nos moutons. J'ai du travail pour vous. Un autre accident à organiser. J'insiste sur le terme *accident*, vous me suivez ?

— Je ne suis pas complètement idiot.

— C'est le bon moment, poursuivit Montgomery. J'ai lu l'affiche de Fort Griffin. La Demi-Lune et le Diamond C disposent de très peu de temps pour livrer la première fournée de mustangs à l'armée. Si un accident se produisait, tout le monde mettrait cela sur le compte de la précipitation.

— On croira simplement que la chance a tourné une fois de plus.

— Exactement. Vous n'avez pas le droit à l'erreur, cette fois, Kane.

— Il y en aura pas si vous ne me demandez pas de rattraper du retard, comme la dernière fois.

— Pas d'excuses non plus !

— C'est pas des excuses !

Edmund préféra ignorer la réplique, et poursuivit :

— Voilà ce que je veux...

— Oh, non, vous ne vous en sortirez pas comme ça ! J'écoute rien sans une garantie.

Les lèvres pincées, Montgomery sortit un rouleau de billets de sa poche.

— Bien entendu, vous aurez l'autre moitié de la somme quand vous aurez mené l'affaire à bien.

Kane s'empara de l'argent.

— Allez-y. Dites-moi de quoi il s'agit.

Montgomery le considéra un instant avant de répondre :

— C'est simple. Vous ne rencontrerez aucune difficulté.

Kane écouta Montgomery, et quand celui-ci eut terminé, il sourit. En effet, ce serait facile.

Pensive, Glory regagnait le ranch. L'après-midi touchait à sa fin, mais le souvenir des instants passés avec Quince ne la quittait pas. Elle ne se reconnaissait pas. Malgré sa détermination de ne penser qu'à l'avenir du ranch, elle était sans volonté dès qu'il la touchait. Elle était si bien dans ses bras, que maintenant encore, elle était incapable de penser à quoi que ce soit d'autre…

En arrivant dans la cour, elle aperçut son père assis dans son fauteuil, sur le porche, et elle ressentit un pincement de culpabilité. Elle ne pouvait consacrer du temps à Quince alors que les jours de son père étaient comptés ! Il suffisait de le regarder pour le comprendre. Il avait connu de telles déceptions dans sa vie, et il lui avait tant donné ! Il fallait qu'elle lui offre quelques satisfactions avant qu'il ne soit trop tard.

— Tu rentres de bonne heure, fit-il remarquer quand elle s'approcha. Je croyais que tu devais aller travailler directement après l'enterrement.

— Je suis revenue pour soigner une égratignure sur le flanc de Runner.

— Que s'est-il passé ?
— Je me suis montrée négligente.
— C'est pardonnable, après une matinée aussi pénible. Comment se sont déroulées les funérailles ?
— Plutôt bien, je crois.
— Bien ?
— Oui. Montgomery avait l'air d'y prendre plaisir.
— Glory !
— Je t'assure, papa.
— Je suppose que toute la ville était là.
— Bien entendu. Personne n'aurait osé déplaire à Edmund en se défilant… Même pas moi.
— Quels que soient ses travers, Iona Montgomery était une femme bonne. Par respect pour elle, il était normal que tu assistes à la cérémonie.
— Avec tous les autres hypocrites, tu veux dire ?
Byron préféra changer de sujet.
— Et les mustangs ? Jan et toi avez eu le temps de les examincr dc plus près ?
— Jan finissait de les classer quand je suis arrivée. Il a repéré ceux qui feront les meilleurs chevaux de selle. Je vais donc dresser ceux-là en premier.
— Bonne idée.
— Ce sera juste, mais nous devrions réussir à les livrer à Fort Griffin dans les délais.
— Quel est le problème, Glory ? demanda son père à brûle-pourpoint
— Le problème ?
— Tu sembles préoccupée.
— Je suis fatiguée, c'est tout.
— D'habitude, le travail ne te rend pas soucieuse.
— C'est peut-être d'avoir vu tout le monde courtiser Edmund, ce matin.

— Ne t'inquiète pas. Dès que nous l'aurons remboursé, il sortira de nos vies pour de bon.

Glory parvint à sourire.

— Tu as raison. Seulement, parfois, les choses ne vont pas aussi vite que je le souhaiterais.

— Elles vont un peu trop vite à mon goût, ces derniers temps, répliqua Byron.

Glory fut prise de court. Son père lisait-il dans ses pensées ? Non... bien sûr que non !

— Il vaut mieux que je m'occupe de Runner avant que la blessure ne s'infecte.

— Oui. Et ensuite, repose-toi avant le souper. Je t'appellerai quand il sera prêt.

— Comme tu veux.

— Oh, oh ! Tu dois être *vraiment* fatiguée pour te montrer aussi docile ! rétorqua Byron en riant.

— Papa...

— Je vais travailler sur les comptes, de toute façon. Et ne me regarde pas ainsi. Nos finances ont l'air de mieux se porter depuis que Quince Hunter s'en est mêlé.

S'efforçant de demeurer impassible, Glory regarda son père rentrer dans la maison. S'il savait...

12

Le soleil se levait quand Quince et les hommes de la Demi-Lune arrivèrent au pâturage ouest. Il savait que Glory et les employés du Diamond C devaient en être à peu près au même point.

Il avait peu dormi, la nuit précédente, tant il était troublé par l'après-midi passé avec la jeune femme. Malgré la splendeur de ce qu'ils avaient partagé, malgré la réponse instinctive de son corps, il l'avait vue tourmentée par l'incertitude avant même qu'ils se quittent.

Elle s'était toujours sentie responsable du succès dont son père rêvait pour le ranch. Et derrière son apparence si féminine – qu'elle tentait d'ignorer –, elle était forte, efficace, et suffisamment volontaire pour ne laisser personne l'empêcher d'atteindre le but qu'elle s'était fixé… quels que soient les sacrifices à consentir.

Quince était conscient qu'en dehors de sa beauté farouche, c'étaient ces qualités de détermination, d'opiniâtreté, qui l'avaient attiré dès le premier jour. Ainsi que la découverte que, derrière les remparts avec lesquels elle se protégeait, se cachait une vulnérabilité qui l'émouvait profondément. Il était souvent irrité par son refus d'avouer ses sentiments, pourtant cela ne la rendait que plus désirable.

En fait, il n'aurait pu la désirer davantage. Quant à la volonté et la détermination, même si elle ne s'en rendait pas encore compte, elle avait trouvé à qui parler !

Il revint à l'instant présent et passa sa petite troupe en revue. Il y avait Buck, Red, Curly et Hank. Les funérailles de la veille les avaient retardés d'une journée, et ils n'étaient pas nombreux.

Abby n'était pas en état de monter, ce matin. Elle était encore sous le choc de la mort d'Iona. Quince, qui dormait dans la chambre voisine de la sienne, l'avait entendue s'agiter toute la nuit. Elle était descendue prendre son petit-déjeuner en tenue de travail, mais il l'avait renvoyée se reposer. Le fait qu'elle ait accepté sans discuter était révélateur. Elle devait avoir l'impression d'avoir perdu sa mère une seconde fois, et Quince se demandait combien de temps il lui faudrait pour surmonter son chagrin.

Leur père, quant à lui, ne s'était pas montré, et il en avait déduit qu'il avait passé la nuit dehors. Ce qui n'avait rien d'étonnant. Jack avait trop de souvenirs, trop de remords, et la bouteille était une compagne indulgente.

Sans Abby et Jack, livrer les mustangs dressés dans les délais prévus serait difficile.

Un bruit de sabots le fit se retourner et il reconnut son frère qui approchait, le visage indéchiffrable. Ne sachant trop à quoi s'attendre, les hommes se raidirent, de même que Quince.

Les ayant rejoints, Brent lança :

— Où sont les autres ?

— Abby n'était pas en forme, ce matin.

— Et père ?

— Il n'est pas rentré de la nuit.

— Cela ne me surprend guère... Tu vas avoir du mal à livrer ces chevaux à temps, reprit Brent après un bref silence. Avec deux personnes en moins, je suppose que tu as besoin d'un coup de main.

Quince se rendit à peine compte que les cow-boys s'étaient éloignés afin de laisser les frères discuter en privé. Il ne répondit pas, et Brent enchaîna :

— Écoute, Quince, papa est ce qu'il est, mais ce qu'il a dit l'autre jour m'a trotté dans la tête. Il avait raison. J'ignore si tu seras payé ou pas par l'armée, mais tu as signé un contrat, et ce serait effectivement absurde qu'un membre de la famille t'empêche de l'honorer. Le ranch a suffisamment de problèmes pour que je n'en rajoute pas par obstination et par orgueil.

L'émotion altérait sa voix quand il ajouta :

— À vrai dire, nous voulons tous les deux la même chose : remettre la Demi-Lune sur pied, comme maman l'aurait souhaité. Nous avons un peu perdu cet objectif de vue, au fil des années, mais je crois qu'il est temps d'oublier le passé et de se serrer les coudes... comme le feraient n'importe quels frères. Qu'en penses-tu ?

Quince regarda la main que Brent lui tendait. Il lui semblait qu'il avait attendu cela toute sa vie.

Ils se serrèrent la main solennellement, et il eut l'impression qu'une grande chaleur se répandait dans tout son corps. Incapable de trouver les mots appropriés, il se contenta de répondre :

— Oui, comme n'importe quels frères. Allons-y !

Côte à côte, ils se dirigèrent vers le pâturage.

— Je te remercie de ton aide, Edmund.

Hirsute, les yeux injectés de sang, le dos voûté, Jack faisait face à Montgomery dans le salon de ce dernier. Edmund aurait dû se réjouir de ce spectacle, mais ce n'était pas le cas.

Jack avait frappé à sa porte peu de temps après sa rencontre avec Kane, la veille au soir. Si saoul qu'il tenait à peine debout, il avait marmonné des propos incohérents sur le passé, l'avait supplié de « comprendre », puis s'était affalé dans un fauteuil. Écœuré, Edmund l'aurait jeté dehors si Hilda n'était passée dans le couloir à ce moment-là. Feignant la compassion, il avait prié la gouvernante de donner une couverture à Jack puis s'était retiré dans sa chambre.

Jack s'était réveillé, honteux et repentant. Ses excuses interminables donnaient la nausée à Edmund qui finit par perdre son sang-froid.

— Bien sûr que je t'ai laissé dormir chez moi ! aboya-t-il. Est-ce que j'avais le choix ?

Il regretta aussitôt ce faux pas, mais le sourire pathétique de Jack le rassura. Visiblement, ce dernier avait compris que c'était l'amitié seule qui l'avait poussé à lui rendre service. Doucereux, Edmund ajouta :

— C'est ce qu'aurait souhaité cette chère Iona.

Ce qui acheva d'humilier Jack.

— Rentre chez toi, Jack. Les tiens doivent s'inquiéter.

— Non, je ne crois pas.

— Abby, sûrement.

Jack ne répondit pas.

— Je dois aller à la banque, à présent.

Devant l'air surpris de Jack, Edmund expliqua, en jouant le désarroi :

— Cette demeure est chargée de trop de souvenirs. Je serais incapable d'y rester toute la journée. Je dois m'occuper l'esprit.

Jack le considéra d'un œil vitreux.

— Je comprends. Je ne cesse de penser à Beth quand je suis seul, même après toutes ces années.

Le nom de Beth dans la bouche de Jack réveilla la rage latente d'Edmund. Il parvint pourtant à n'en rien montrer et eut un sourire bienveillant.

— Je pars, mais si tu as besoin d'un remontant, il y a une bouteille de brandy dans la salle à manger. Reste un peu ici en attendant de te sentir mieux. Hilda est allée faire quelques courses, tu seras tranquille.

— C'est sacrément chic de ta part, Edmund.

Jack débouchait déjà la bouteille quand Edmund franchit la porte. Ce crétin serait de nouveau ivre dans moins d'une heure !

Il songea à la ravissante Beth et se demanda comment elle avait pu supporter un tel minable !

— Papa n'est pas encore rentré ?

Frances secoua la tête tout en posant sur la table du jambon et du pain. Les hommes avaient rapproché les mustangs de la maison, puis étaient rentrés pour la collation de l'après-midi. La brave femme continua, avec son franc-parler habituel :

— J'ai pas vu votre père aujourd'hui. D'habitude, il est là, à cette heure-ci, même s'il s'est saoulé à mort la veille.

Quince lança un coup d'œil à Brent qui déclara :

— Il est sans doute en train de cuver dans un coin de la ville.

À cet instant, Abby apparut sur le seuil, les yeux rouges, le teint brouillé.

— Il faut que quelqu'un aille chercher papa, fit-elle.

Quince la rejoignit et glissa le bras autour de ses épaules.

— Comment te sens-tu, fillette ?

— Ça va, répondit-elle, avant de retourner brusquement dans le couloir.

Quince la rattrapa en quelques enjambées et la fit pivoter vers lui. Les larmes ruisselaient sur ses joues.

— Je n'arrête pas de me dire que jamais je n'aurais dû écouter Iona quand elle m'a renvoyée chez moi. J'aurais dû insister pour rester auprès d'elle. Je savais qu'elle n'allait pas vraiment bien. Si je ne l'avais pas laissée seule…

— Ça n'aurait rien changé, Abby. Iona est morte dans son sommeil. Ce serait arrivé que tu sois là ou pas.

Abby se blottit contre lui et demeura ainsi un long moment, puis elle s'écarta, soudain embarrassée, et essuya ses larmes d'un revers de main.

— Jamais je n'en serai certaine, Quince. Et je ne veux pas que cela se reproduise.

— Que veux-tu dire ?

— Il faut retrouver papa. Peut-être qu'il est ivre, peut-être pas. Il se peut aussi qu'il soit blessé, incapable de bouger…

— Cela m'étonnerait, Abby.

La jeune fille baissa les yeux.

— Tu as sans doute raison.

— Repose-toi encore un peu. Je t'ai entendue arpenter ta chambre, cette nuit. Tu es à bout de forces. Nous reparlerons de tout ça au souper.

— D'accord.

Elle releva le menton et une sonnette d'alarme retentit dans la tête de Quince.

— Abby… ?

— Je vais le chercher, Quince.

— Il n'en est pas question.

Il comprit à son regard qu'elle grimperait en selle

dès son départ. Et il ne voulait pas qu'elle soit témoin de la déchéance de leur père.

— Je m'en charge, décida-t-il. Retourne dans ta chambre.

— Je vais bien...

— Repose-toi. Fais-le pour moi, je t'en prie. Je m'occupe du reste.

Abby levait vers lui des yeux si semblables à ceux de leur mère que Quince en demeura un instant interdit.

— Promis ? souffla-t-elle.

— Promis, madame, répondit-il solennellement, en s'efforçant de sourire.

Il attendit que la porte de la chambre se soit refermée sur elle pour retourner dans la salle à manger. Il attrapa son chapeau et annonça :

— Je vous rejoindrai plus tard.

Il était sur le seuil quand Brent le rappela.

— Tu vas chercher papa parce que Abby te l'a demandé, c'est ça ?

Quince hocha la tête.

— D'accord. Je me charge de tout pendant ton absence.

Comme un frère...

Cette pensée consola quelque peu Quince tandis qu'il galopait vers la ville.

— Où est-elle ?

Lobo fusillait O'Malley du regard. Il était entré d'un pas résolu au *Lone Star* quelques minutes plus tôt, avait scruté la salle, puis s'était approché tout aussi résolument du bar. Il en avait assez d'être interdit de séjour au saloon. Assez de poser des questions qui restaient sans réponse. Si on ne lui parlait pas, et vite, ça allait barder !

— Je répète : où est Blanche ? gronda-t-il. Personne ne l'a vue depuis plus d'une semaine, et je m'inquiète pour elle.

— Tu parles ! ironisa O'Malley.

— Il paraît qu'elle va pas bien. Qu'un type l'a attaquée dans une ruelle, mais qu'elle ne sait pas qui c'était.

— En effet.

— Elle n'habite plus à la pension de famille, j'ai vérifié. Et je sais qu'elle n'a pas quitté la ville.

O'Malley demeurait muet.

— Je t'ai posé une question !

Lobo allait dégainer son colt quand O'Malley sortit son fusil de derrière le bar. Il le pointa droit sur le ventre de Lobo, tandis que les clients du saloon s'écartaient.

— Tu n'es pas le bienvenu, ici, Lobo. Je te l'ai déjà dit, je ne le redirai pas.

— Je veux savoir où est Blanche.

— Si elle souhaitait que tu le saches, elle te l'aurait dit.

— C'est pas une réponse !

— C'est la mienne. Maintenant, déguerpis !

Le doigt d'O'Malley se crispa sur la détente, et Lobo recula d'un pas. Ce maudit barman était fichu de lui tirer dessus rien que pour s'amuser !

Il esquissa un sourire tendu.

— D'accord, d'accord, je m'en vais. Mais si tu vois Blanche, dis-lui que j'ai demandé de ses nouvelles, que je me fais du mauvais sang. Et que je viendrai la voir un de ces jours.

— Dehors !

Lobo venait de franchir les portes battantes quand il entendit O'Malley déclarer :

— Approchez-vous, les gars. C'est ma tournée.

Furibond, il traversa la rue et se dissimula sous

le porche du restaurant, d'où il pouvait observer le *Lone Star* sans être vu.

Il ne savait pas ce qui se passait, mais ça ne lui plaisait pas. Blanche n'avait eu que ce qu'elle méritait, et il n'en avait pas terminé avec elle. Il était pratiquement à court d'argent. Et puis, il pensait à elle d'une autre manière... Il se rappelait les moments d'intimité qu'ils avaient partagés. Il était sûr qu'elle ne les oublierait jamais, il le sentait. Elle regrettait sans doute de ne pas être avec lui en ce moment. Elle avait commis une erreur en le repoussant dans la ruelle, mais elle n'aurait pas l'occasion de recommencer.

Il s'installa confortablement dans l'ombre. Il allait guetter, attendre – il n'avait rien d'autre à faire, de toute façon –, et il finirait bien par découvrir ce qui se tramait.

Quince avançait lentement dans la grand-rue, scrutant chaque ruelle. Le soleil commençait à décliner, et il avait fouillé Diablo de fond en comble. Était-il soulagé de ne pas avoir trouvé son père ? Il n'aurait su le dire, mais il était de plus en plus contrarié.

Encore une journée de perdue... Le délai pour la livraison des mustangs était serré, on avait besoin de lui au ranch, et puis, il voulait voir Glory pour lui parler.

Son corps réagit instantanément à son évocation. Qui espérait-il tromper ? Il avait surtout envie de la prendre dans ses bras, de l'embrasser jusqu'à ce qu'elle oublie tout ce qui n'était pas lui...

Mais Abby était tellement bouleversée par la disparition d'Iona qu'il n'avait pas supporté l'idée de la laisser partir seule à la recherche de leur père.

Pauvre Iona! Abby était certainement la seule à la pleurer. Juliana ignorait vraisemblablement son décès, quant à Edmund, Quince était convaincu qu'il ne l'avait jamais aimée. Enfant déjà, il avait remarqué qu'Edmund ne regardait pas Iona comme son père regardait sa mère.

Car ils s'étaient aimés, Quince n'en avait jamais douté. Et c'était sûrement pour cette raison que Jack ne s'était pas pardonné la mort de Beth. Aucun membre de la famille ne lui avait pardonné, non plus, et cela ne risquait pas de se produire un jour.

Mais Jack restait son père, et il fallait qu'il le retrouve, ne serait-ce que pour Abby. Elle en mourrait s'il lui arrivait malheur!

Quince se dirigea à contrecœur vers le saloon. Si Jack s'y trouvait, il aurait du mal à l'en faire sortir, dans le cas contraire, il n'avait aucune idée de l'endroit où aller le chercher. Quoi qu'il en soit, il ne verrait pas Glory ce soir.

Glory et son regard sombre brûlant de passion.

Glory et sa peau si douce.

Glory et son corps menu qui l'accueillait si volontiers.

Glory qui avait laissé une marque incandescente dans son cœur.

Il pénétra dans le saloon, scruta la salle, avant de s'approcher du bar.

— Vous avez vu mon père, aujourd'hui? demanda-t-il à O'Malley.

— Non.

— Et hier? Il est sorti d'ici sur ses jambes?

O'Malley sentit la moutarde lui monter au nez.

— Écoutez, je ne suis pas une agence de renseignements. Si vous voulez le retrouver, débrouillez-vous tout seul.

Sur ces mots, le barman alla servir un client à l'autre bout du comptoir. Quince n'appréciait guère la réponse d'O'Malley, mais il devait admettre qu'il avait raison. Nul autre que lui n'était responsable de son père.

Il lança un coup d'œil aux serveuses. Il savait qu'elles lui raconteraient n'importe quoi pour lui faire plaisir. En revanche, il y en avait une à qui il pouvait se fier.

— Où est Blanche ? demanda-t-il alors que l'une d'entre elles passait près de lui.

— Blanche ? répéta l'autre, visiblement sur ses gardes. Tu n'as pas besoin de Blanche quand je suis là, chéri.

Quince commençait à être agacé.

— Je cherche Blanche, madame. Est-elle là, aujourd'hui ?

— Je ne sais rien sur Blanche.

La fille tourna les talons en hâte, laissant Quince déconcerté. Quelque chose ne tournait pas rond, pas rond du tout, même !

— Hé, beau gosse, tu as besoin de compagnie ?

Quince baissa les yeux sur la brune un peu fanée qui l'avait rejoint au bar.

Je m'appelle Madge, continua-t-elle. Je travaille ici depuis longtemps et je suis disposée à répondre à toutes les questions si on m'offre un verre.

Madge arborait un sourire professionnel, mais son regard était on ne peut plus sérieux. Il fit signe à O'Malley de les servir. Madge avala la moitié de son verre, avant de reprendre :

— J'ai cru comprendre que tu cherchais Blanche ?

Il acquiesça.

— Ça fait un moment qu'elle n'a pas travaillé.

— Pourquoi ?

— Je suppose que tu ne sais pas ce qui lui est arrivé…

Quince se tendit. Il se rappelait combien la simplicité honnête de Blanche l'avait touché. Elle faisait de son mieux pour s'en sortir dans la vie, mais il avait toujours su qu'elle aurait des ennuis dans un endroit comme le *Lone Star*.

— Que lui est-il arrivé ?

— Elle s'est fait tabasser il y a environ une semaine.

— Tabasser !

— Oui. On l'a retrouvée inconsciente dans une ruelle.

Quince sentit la colère le submerger. Blanche ne méritait pas ça ! Mais elle était si innocente qu'elle constituait une proie trop facile pour des individus sans scrupules.

— Où est-elle ?

— Elle n'a pas besoin qu'on lui crée des problèmes supplémentaires.

— Ce n'est pas mon intention.

— Ce qu'il lui faut, c'est un ami.

— Elle en a un, assura Quince en regardant Madge droit dans les yeux. Dites-moi où elle est.

Elle le dévisagea un instant avant de répondre :

— À l'étage, au fond du couloir. O'Malley lui prête une chambre en attendant qu'elle soit sur pied.

Qu'elle soit sur pied !

Il gravit les marches quatre à quatre, fonça dans le couloir et alla frapper à la dernière porte.

— Qui est là ? s'enquit une petite voix mal assurée.

— Quince Hunter, Blanche.

La clé tourna dans la serrure et la jeune fille entrouvrit le battant.

— Entrez… vite.

Elle referma derrière lui, et il demeura muet de stupeur en découvrant son visage. Les ecchymoses commençaient à s'atténuer, mais il était clair qu'elle avait eu les deux yeux au beurre noir. Sa mâchoire était encore gonflée, ses lèvres fendues, et ses bras couverts de bleus. À voir le mal qu'elle avait à se tenir droite, il était évident qu'elle avait des côtes brisées.

— Qui vous a fait ça, Blanche ?

Les yeux pleins de larmes, elle secoua la tête.

— Je... je ne sais pas.

Elle mentait, il en était certain.

— Vous avez peur de me parler ?

— Non... non, je... je ne veux plus d'embêtements.

Elle tremblait comme une feuille.

Il la prit doucement dans ses bras et murmura contre ses cheveux :

— Ne vous inquiétez pas. Les filles n'ont dit à personne que vous étiez là, et O'Malley n'est pas du genre bavard. Sans Madge...

— Madge sait que vous êtes mon ami.

— Je suis votre ami, en effet. Vous pouvez me dire qui vous a frappée.

— Non.

— S'il essaie de nouveau de...

Elle s'écarta et secoua encore la tête.

— Blanche...

— Ça va aller.

Quince se rendit compte qu'il ne faisait qu'accroître son tourment.

— Avez-vous besoin de quelque chose ? De l'argent pour vivre en attendant de reprendre votre travail ?

— Non... non, ça va.

Elle n'en avait pas l'air !

— Tout le monde a été très gentil, ici. Comme dans une famille. Même O'Malley.

Même O'Malley. C'était tout dire !

— Je veux vous aider, Blanche, insista-t-il. Laissez-moi vous aider.

— Je vais bien, je vous assure.

— Très bien, soupira Quince, conscient qu'elle n'en démordrait pas. Mais en cas de problème – n'importe quel problème –, demandez à Joey Weatherby, le fils du forgeron, d'aller me chercher. Je vais l'avertir, ainsi il ne perdra pas de temps.

Blanche tenta de prendre une profonde inspiration, et grimaça de douleur.

— Blanche...

Une larme solitaire roula sur la joue de la jeune fille.

Profondément ému, Quince l'essuya du bout du doigt.

— Il faut que j'y aille, dit-il à regret. Une tâche à accomplir.

Il déposa un baiser léger sur son front.

— N'oubliez pas ce que je vous ai dit.

Il sortit et se rendit droit chez le forgeron afin de prévenir Joey que Blanche aurait peut-être recours à lui. Et qu'il saurait le récompenser généreusement si cela se produisait.

Tapi dans l'ombre, Lobo ricana. Pas besoin qu'on lui fasse un dessin ! Il avait vu Quince Hunter monter l'escalier du *Lone Star*, et redescendre quelques minutes plus tard, visiblement fou de rage. Blanche était là-haut, il en était certain.

Une bouffée de colère le submergea tandis qu'il se rappelait comment ce type avait pris la défense de Blanche, au saloon. Il savait que c'était à cause de lui qu'elle l'avait repoussé dans la ruelle. Pas difficile de deviner ce que cette garce avait en tête, mais elle ne s'en sortirait pas comme ça ! Il allait reprendre les choses en main. Patience...

Quince pénétra dans la banque à grands pas et s'immobilisa sur le seuil du bureau d'Edmund.

Curieusement, Quince n'avait pas songé une minute qu'Edmund pourrait ne pas être là. Après tout, il avait enterré sa femme la veille. Il ne doutait pas que ce triste individu avait une excellente excuse pour justifier sa présence, mais la vérité, c'était qu'il n'aimait pas suffisamment son épouse pour porter son deuil.

— Bonjour, Quince, je ne m'attendais pas à te voir si tôt.

— Je pourrais vous dire que je ne m'attendais pas à vous voir à la banque le lendemain des funérailles d'Iona, mais je mentirais, rétorqua Quince, glacial.

— Je ne me voyais pas rester à la maison, avec tous ces souvenirs...

— Je cherche mon père, coupa Quince. Il n'est pas rentré cette nuit, et j'ai pensé que vous sauriez où il se trouve.

— Je ne suis pas le gardien de ton père.

— Non, vous êtes seulement son ami.

Edmund se leva brusquement, et contourna son bureau.

— En effet ! Et c'est pour cette raison que je l'ai accueilli cette nuit chez moi, alors qu'il tenait à peine sur ses jambes.

Quince haussa les sourcils, et Edmund poursuivit d'un coupant :

— Je ne sais pas où il est actuellement, mais il était dans mon salon quand je suis parti. Hélas, il m'a semblé qu'il lorgnait du côté de ma cave à liqueurs, mais je n'ai pas eu le cœur de la fermer à clé devant lui. Il en aurait été blessé.

— Vous êtes trop bon.

Rouge de colère, Edmund releva le menton.

— Tes sarcasmes ne sont pas de mise, Quince. Ton père a bien peu d'amis dans cette ville, alors ne tourne pas mes efforts en dérision.

— Il était chez vous ce matin, l'interrompit Quince. Y êtes-vous retourné depuis ?

— Non… Les pénibles souvenirs…

— Vous pouvez rentrer chez vous, à présent. Mon père n'y sera plus, j'y veillerai.

Sans un mot ni un regard en arrière, Quince quitta le bureau.

Il atteignait la demeure des Montgomery quand la porte s'ouvrit. Jack vacilla sur le seuil. Sale, pas rasé, empestant l'alcool, il demeura immobile tandis que Quince approchait.

— Tu es prêt à rentrer à la maison ?

Jack hocha la tête, puis emboîta le pas à son fils.

13

Quince et Brent chevauchaient côte à côte en direction du pâturage ouest. Abby était restée à la maison, et Jack était trop malade pour sortir de son lit.

Lorsque Quince avait ramené leur père, la veille, Brent avait réagi violemment, ce qui n'avait surpris personne. Quince éprouvait les mêmes sentiments que son frère, et les employés du ranch eux-mêmes commençaient à désespérer de leur patron.

Abby avait paru soulagée de revoir Jack, sans toutefois montrer la moindre sympathie. Elle l'avait fixé sans mot dire, puis avait tourné les talons pour aller s'enfermer dans sa chambre.

Elle était venue frapper à la porte de Quince un peu plus tard afin de le remercier, et son expression en disait long.

Il songea fugitivement à Blanche et sentit la colère jaillir de nouveau en lui. D'une certaine manière, il ne regrettait pas d'avoir été obligé de se rendre à Diablo, sinon jamais il n'aurait appris ce qui lui était arrivé. Elle avait beau être entourée, elle était visiblement terrorisée.

Cela ne pouvait pas durer. Il ne supportait pas l'idée que le salaud qui l'avait mise dans cet état demeure impuni. Elle refusait de révéler son identité, mais il finirait bien par la découvrir. Et alors Blanche n'aurait plus jamais peur.

Quince s'arrêta net quand le pâturage arriva en vue. Ils avaient décidé de rapprocher les mustangs de la maison… mais ils arrivaient trop tard.

Les chevaux n'étaient plus là.

Quince galopa jusqu'à la brèche dans la clôture. À l'évidence, les mustangs s'étaient échappés par là. Il bondit à terre, imité par Brent qui jurait entre ses dents.

— Quelque chose a dû les effrayer pour qu'ils aient défoncé ainsi la clôture !

— Ils n'ont pas pu aller bien loin, déclara Quince qui se tourna vers Buck. Va prévenir Abby et mon père que nous nous lançons à la recherche des mustangs, puis file au Diamond C, explique-leur la situation et conseille-leur de poster une sentinelle près de leurs chevaux. Rejoins-nous ensuite avec de la nourriture pour deux jours. Nous aurons du mal à rassembler la harde.

Il s'adressa ensuite à son frère.

— Tu devrais peut-être rentrer avec lui, Brent. On ne sait pas combien de temps cela va nous prendre, et Crystal est seule chez toi.

— Ne t'inquiète pas. Abby la fera venir à la maison en mon absence. Du reste, je n'aime pas ça du tout. Chaque fois que nous faisons un pas en avant, il se produit un événement qui nous ramène à notre point de départ. Ça ne peut pas être le fruit du hasard.

Le visage de Quince se durcit.

— Nous allons commencer par rassembler les mustangs, décida-t-il, puis nous mènerons notre petite enquête.

L'air maussade malgré le temps radieux, Edmund pénétra dans la banque. Ignorant les saluts prudents de ses deux caissiers, il se rendit directement dans son bureau dont il ferma la porte derrière lui. Iona avait été enterrée deux jours auparavant et il en avait déjà assez de jouer les époux éplorés. Hélas, il n'avait d'autre choix que de continuer la comédie.

Sa seule source d'amusement était l'hypocrisie de certaines de ses concitoyennes. Iona à peine dans la tombe, Matilda Wilson, malgré son ostensible piété, trouvait tous les prétextes pour se frotter à lui dès que son mari avait le dos tourné. Et puis il y avait Sally Tringle qui avait échappé au regard sévère de ses parents pour venir l'embrasser « afin de soulager un peu sa peine ». Il n'avait pas manqué non plus de remarquer le regard aguicheur de la jeune femme de Jim Pierce quand il l'avait croisée, ce matin, dans la rue.

Il ricana. Il s'occuperait d'elles en temps voulu…

Trop nerveux pour rester assis, il s'approcha de la fenêtre. L'ennui, c'est qu'il n'aimait guère ces femmes qui lui faisaient du charme et battaient des paupières. Iona était de celles-là, et il s'était lassé d'elle avant même d'avoir quitté le lit conjugal. La veille, cette pensée l'avait envoyé chez sa catin favorite. Là où ses visites demeuraient secrètes, et où on ne lui parlait pas de son « chagrin ».

Songeant à elle, il eut soudain un haut-le-cœur. C'était une grosse femme aux seins lourds et au formidable derrière. Son attrait principal venait de ce qu'elle se soumettait à tous ses caprices dès lors qu'il y mettait le prix. Il avait joué de son avidité la veille plus encore que d'habitude. Il avait pris un plaisir fou à la tenter avec des sommes toujours plus importantes jusqu'à ce qu'elle atteigne des sommets de vice dont il ne l'aurait jamais crue capable.

Mais à sa grande exaspération, cette satisfaction n'était ni durable ni totale.

Une seule femme pourrait jamais assouvir le désir charnel qui le dévorait, il le savait.

La vision d'Abby qui surgit à son esprit eut l'effet attendu sur sa virilité. Il allait la séduire, il le fallait. C'était seulement une question de temps.

Soudain, Kane apparut dans son champ de vision. Appuyé au mur du bureau du télégraphe, de l'autre côté de la rue, il gratifia Edmund de ce demi-sourire qu'il connaissait si bien.

Edmund avait hâte d'entendre son rapport, et il lui fit signe de monter. Lorsque Kane se présenta à sa porte, il déclara d'une voix forte :

— Entrez donc, monsieur Kane. Vos papiers sont prêts.

Une fois la porte fermée, il demanda d'un ton pressant :

— C'est fait ?

— J'ai libéré les mustangs, et il va leur falloir un sacré bout de temps pour les rassembler. Si tant est qu'ils y parviennent...

— Parfait, fit Edmund avec un sourire de satisfaction. Ne vous éloignez pas pendant quelques jours. Je vous ferai savoir quand viendra le moment de vous occuper de « l'accident » dont nous avons parlé.

Kane plissa les yeux.

— Il me semble que vous oubliez quelque chose, non ?

— Rétribution, bien sûr, fit Edmund en ouvrant un tiroir de son bureau. Au fait, j'ai décidé qu'il fallait une raison officielle à vos visites. Vous serez heureux d'apprendre que vous allez ouvrir un compte à la banque de Diablo.

Kane éclata d'un rire sonore.

— Un compte ! Je suis pas du genre à déposer mon argent dans des banques, mais plutôt à en *retirer* !

— Signez les papiers, je m'occupe du reste.
— Vraiment ? Vous allez faire de moi un homme riche, Montgomery ?
— Vous aurez ce que vous mériterez pour votre travail, rétorqua Edmund. Surtout si les mustangs de Quince Hunter n'arrivent jamais à Fort Griffin.
— Montrez-moi où je dois signer.

— Que se passe-t-il, Blanche ? demanda Madge, visiblement déconcertée.

Vêtue d'une simple robe de jour, elle se tenait en face de son amie en ce calme début de matinée. Sans son épais maquillage, elle paraissait plus âgée, et Blanche en fut attristée. C'est ainsi qu'elle-même serait bientôt, à mener cette vie dissolue.

— Tu devrais être gaie comme un pinson, après la visite de Quince, insista Madge. Tu n'es pas contente qu'il soit venu ?
— Bien sûr que si.
— On ne dirait pas !

Blanche eut beau essayer, elle fut incapable de sourire. Madge ne pouvait pas comprendre, mais son cœur s'était affolé quand elle avait entendu la voix de Quince, la veille. Les mains tremblantes, elle avait ouvert la porte et l'avait vu devant elle, comme dans un rêve. Mais le rêve avait été de courte durée. Dans ses yeux, elle n'avait lu que de la compassion, pas de l'amour.

Et la volonté de régler ses problèmes.

Quince voulait le nom de celui qui l'avait frappée, mais elle savait instinctivement qu'il ne fallait pas le lui avouer. Lobo était dangereux. Il n'hésiterait pas à tirer dans le dos de n'importe qui, or Blanche ne voulait pas que Quince risque sa vie pour elle.

Elle était incapable d'expliquer à Madge la douleur qu'elle avait éprouvée lorsque Quince l'avait prise dans ses bras. Elle aurait voulu que cet instant dure à jamais. Son chaste baiser en avait été plus qu'elle ne pouvait supporter. Elle avait compris que Quince ne l'aimerait jamais comme elle voulait être aimée, et cette révélation lui avait fait l'effet d'un coup de poignard en plein cœur.

— Il t'aime beaucoup, Blanche, enchaîna Madge. Tu aurais dû voir sa tête quand je lui ai appris que tu étais blessée.

— J'ai vu.

— Je te dis qu'il tient à toi ! Si tu joues finement, tu l'auras, comme Crystal a eu son frère.

— Brent aime Crystal. C'est pour ça qu'il l'a épousée.

— Et alors ? Juste un petit effort, et toi aussi, tu pourrais accrocher ce grand costaud !

— Quince ne m'aime pas de cette manière. Il me considère comme... une sœur.

— Ah oui ?

Madge empoigna Blanche par les bras.

— Écoute-moi, tu veux ? J'ai jamais vu un type me regarder comme Quince te regarde. Amour fraternel ou pas, il tient à toi, répéta-t-elle. Si tu le laisses filer, tu risques de ne jamais retrouver une occasion pareille. Tu es encore abîmée, mais tu es jeune, tu te remettras vite. Tu as déjà ça pour toi. Tandis que moi... Voilà ce que tu deviendras si tu ne saisis pas ta chance.

Elle secouait Blanche qui retint un petit cri de douleur.

— Excuse-moi, fit Madge, sincèrement désolée. Je ne voulais pas te faire mal.

— Ce n'est rien. J'ai seulement encore un peu de difficulté à respirer, parfois.

— Blanche, chérie, réfléchis à ce que je viens de te dire. Quince est un homme, un vrai, de la tête aux pieds. Malgré ce que tu as subi dans cette ruelle, toutes les filles, ici, échangeraient joyeusement leur place contre la tienne, à condition que Quince Hunter soit dans le contrat.

— Mais…

— Penses-y. Tu me le promets ?

Blanche ne répondit pas.

— Blanche ?

— D'accord, j'y songerai.

— Bravo ! Bon, il faut que j'aille payer mon loyer, sinon Anne va me flanquer à la porte.

Blanche sourit.

— C'est mieux, chérie. Souris. Bientôt, tu seras de nouveau toi-même, et la prochaine fois que Quince viendra, il te verra avec d'autres yeux, j'en mettrais ma main au feu.

La porte se referma sur Madge, et le sourire de Blanche s'attarda sur ses lèvres. Pour l'instant, elle avait envie d'y croire…

Glory se tenait sur le porche du Diamond C, face à Buck qui arborait une expression grave. Ses hommes et elle avaient commencé à dresser les mustangs le matin même, et tout s'était bien passé jusqu'à ce qu'elle aperçoive Buck qui déboulait dans la cour à bride abattue. Elle l'avait rejoint alors qu'il expliquait la raison de sa présence.

— Où est Quince, à présent ? demanda-elle, inquiète.

— Avec Brent et les gars. Ils sont partis à la recherche des mustangs, mais ça ne va pas être facile de les rassembler.

Glory sentit la panique menacer de l'envahir. Quince avait donné sa parole, elle savait qu'il ferait tout pour livrer les chevaux en temps et en heure, quel que soit le danger encouru.

— Il faut l'aider ! s'exclama-t-elle spontanément.

— Je vous demande pardon, mademoiselle, mais Quince ne m'a pas envoyé ici pour demander de l'aide. Seulement pour vous avertir de garder le corral, afin qu'il ne vous arrive pas la même chose.

Le visage sombre, Byron intervint :

— Glory a raison. Quince a besoin d'aide. Où irez-vous en nous quittant ?

— J'irai le rejoindre dès que j'aurai fait des provisions.

— Vous êtes déjà passé à la Demi-Lune pour les informer de la situation ?

— Oui, monsieur, mais Mlle Abby était chez Mlle Crystal, et le vieux Jack n'était pas en état de réagir. Alors, j'ai laissé le message à Frances.

— Bon. Nous nous occupons des provisions, puis vous partirez directement d'ici. Shorty et Miles resteront pour surveiller les mustangs, Glory et les autres vous accompagneront.

— Quince a dit...

— Mes hommes viennent avec vous ! décréta Byron d'un ton sans réplique. Va les prévenir, Glory, pendant que Pete prépare la nourriture.

Comme elle hésitait, il demanda :

— Qu'y a-t-il ?

— Je pense que nous devrions laisser plus de deux hommes, au cas où...

— Au cas où quoi ? Ne t'inquiète pas pour moi, dit-il, radouci, si c'est ce qui te tracasse. Pete sera là. Nous nous sommes très bien débrouillés tous les deux lorsque tu es partie chercher les mustangs.

Shorty et Miles se relaieront près du corral. Dis aux hommes de se hâter. Il n'y a pas une seconde à perdre.

Glory ne put qu'acquiescer.

Un mauvais sourire aux lèvres, Lobo gravit l'escalier de service du *Lone Star*. D'ordinaire, la porte de derrière était verrouillée, aussi avait-il guetté dans l'ombre jusqu'à ce que Chester Weed sorte avec une boîte à ordures sans refermer derrière lui. Il en avait profité pour se glisser à l'intérieur. D'après ce qu'il connaissait des lieux, Blanche devait se terrer dans la chambre au fond du couloir.

Il n'allait pas être facile d'atteindre sa porte sans qu'on le remarque du rez-de-chaussée. Pourvu qu'O'Malley soit trop occupé pour lever la tête !

Du palier, il jeta un coup d'œil dans la salle. O'Malley servait à tour de bras, les tables de jeu étaient bondées, et les serveuses débordées. C'était le moment !

Il fila dans le couloir, s'arrêta devant la dernière porte et tourna la poignée.

Elle était fermée à clé.

Il frappa légèrement. N'obtenant pas de réponse, il frappa de nouveau.

— Qui est là ? risqua Blanche.

Il devina sa peur, et un large sourire s'épanouit sur son visage.

— Moi, répondit-il. Ouvre-moi, Blanche.

— Je ne veux pas te voir.

— Allons, chérie ! On doit parler tous les deux. Tu m'as manqué.

— Va-t'en.

— Ouvre, ou tu le regretteras.

— Va-t'en !

— Tu sais pas encore ce que ça coûte de me contrarier ? gronda-t-il. Pour la dernière fois : ouvre cette fichue porte, sinon…

Blanche était terrorisée. Elle allait ouvrir, et alors il s'assurerait qu'elle ne refermerait plus jamais sa porte.

Il attendit.

Tremblant de la tête aux pieds, la jeune fille fixait la clé fichée dans la serrure. Son pire cauchemar était en train de se réaliser.

Que faire ? Appeler au secours en espérant que quelqu'un l'entendrait, malgré le vacarme du saloon ? Et même si on venait l'aider, cela ne ferait que retarder l'inévitable. Elle ne pouvait se cacher dans cette chambre jusqu'à la fin de ses jours.

Mais si elle laissait entrer Lobo, il lui ferait du mal, elle en était sûre. Elle l'entendait dans sa voix.

D'un autre côté, si elle n'ouvrait pas, il le lui ferait payer tôt ou tard. Il ne la lâcherait pas tant qu'elle pouvait lui être utile.

— Blanche…

Elle ferma les yeux. Elle ne supportait plus de vivre ainsi, à attendre dans l'angoisse que Lobo exerce sa vengeance.

Elle referma les doigts autour de la clé. Il suffisait d'un simple petit geste, et…

— Qu'est-ce que tu fiches là, Lobo ?

Blanche se pétrifia en reconnaissant la voix d'O'Malley.

— À ton avis ? rétorqua Lobo, jovial. Je viens prendre des nouvelles de ma petite amie.

— Il me semble t'avoir déjà dit que tu n'étais pas le bienvenu au *Lone Star*.

— Je ne suis pas au bar, je suis venu pour Blanche.

— Elle ne veut pas te voir.

— Bien sûr que si ! fanfaronna Lobo. Dis-lui, Blanche chérie. Dis-lui que tu étais sur le point de m'ouvrir.

Elle aurait été incapable de prononcer un mot.

— Blanche...

Claquant des dents, elle murmura :

— Non.

— Je suis pas sûr d'avoir bien entendu, fit-il d'une voix lourde de menaces. Qu'est-ce que t'as dit ?

— J'ai dit non... Je ne veux pas te voir. Va-t'en.

— Tu as entendu, cette fois, Lobo ? Tire-toi !

— Elle le pensait pas.

— J'ai dit : fiche le camp !

Lobo finit par obtempérer, non sans crier :

— Compte sur moi, Blanche, je reviendrai !

Elle était encore derrière la porte quand O'Malley lui dit :

— Ne t'inquiète pas. Il est parti.

— Merci, murmura-t-elle d'une voix enrouée tandis que les pas du tenancier s'éloignaient.

Elle lutta pour retrouver ses esprits. O'Malley était un bon ami, mais il se trompait. Elle avait toutes les raisons de s'inquiéter, et plus que jamais, parce que Lobo ne renoncerait pas.

Glory leva un regard inquiet vers le ciel qui s'assombrissait, puis elle se retourna vers les hommes. Retrouver Quince prenait plus de temps que prévu.

— Vous tracassez pas, mademoiselle Glory, fit Jan. Les traces sont nettes, on les rattrapera bientôt, vous verrez.

Comme pour confirmer ses paroles, ils aperçurent un feu de camp, au loin.

— Quand on parle du loup...

Ils approchaient du campement lorsque Glory reconnut la haute silhouette de Quince. Son cœur bondit dans sa poitrine. Il arborait une expression indéchiffrable.

— Que faites-vous là ? demanda-t-il abruptement dès qu'elle eut mis pied à terre.

— Vous avez besoin d'aide pour retrouver les mustangs, répondit-elle, surprise par cet accueil.

— Il était inutile de venir, nous aurions pu nous en charger seuls.

— C'est mon père qui m'a envoyée ! riposta-t-elle, de plus en plus décontenancée. Il supposait que vous auriez besoin de tous les hommes disponibles.

— Brent et moi pensons qu'il ne s'agit pas d'un accident, expliqua-t-il en baissant la voix. Cela risque d'être dangereux, quand nous retrouverons les coupables, et je préférerais que vous ne soyez pas sur le terrain à ce moment-là.

— Mes hommes sont capables de se défendre.

— Je ne pensais pas à vos hommes, mais à vous.

— Moi aussi, je sais me défendre.

— Jamais je ne me permettrais de mettre en doute vos talents de cow-boy. Seulement...

Brent approchait, et Quince lui lança :

— Apparemment, nous avons du renfort.

— C'est une bonne nouvelle ! répondit Brent avec un salut poli à Glory avant de se tourner vers Buck qui descendait de sa monture. Qu'est-ce que tu nous as apporté de bon à manger ?

Sans attendre, il se dirigea vers le cheval de bât.

Quince reprit où il en était resté.

— Je voudrais que vous rentriez avec Jan, Glory.

— Non.

— Ne soyez pas aussi têtue. C'est vraiment trop dangereux !

Elle releva le menton.

— Le contrat avec l'armée est aussi important pour moi que pour vous, Quince. Le Diamond C a besoin de cet argent et je n'ai pas l'intention de…

— Au diable, le Diamond C ! l'interrompit-il en l'entraînant à l'écart.

Il l'écrasa contre lui et prit sa bouche avec fougue. Il la tenait aux cheveux et laissa échapper un grognement de satisfaction quand elle écarta les lèvres. Il la lâcha brusquement, le souffle court.

— J'en rêvais depuis que je vous ai quittée, souffla-t-il. Ce n'est pas votre père qui vous envoie, n'est-ce pas ?

— Si, c'est lui, répondit-elle d'une voix haletante.

— Mais vous aviez envie de venir… d'être auprès de moi.

Silence.

— Glory…

— Oui… J'en avais envie.

Il chercha son regard.

— J'en ai assez des secrets, Glory. Assez de dissimuler ce que je ressens pour vous.

— Je ne suis pas venue pour cela, Quince, répondit-elle, sans trop savoir ce qui la poussait à se défendre ainsi.

— Mais vous êtes là, et si vous ne partez pas, c'est cela que vous aurez.

De ses lèvres il effleura sa bouche, ses paupières, sa joue, son oreille.

— C'est une menace ? murmura-t-elle.

— Non. Une promesse.

Une promesse…

Ils sortirent de l'ombre quelques minutes plus tard et se dirigèrent côte à côte vers le feu. Elle ne protesta pas lorsque Quince s'assit près d'elle pour manger le pain et le jambon fumé que Pete avait préparés. Elle avait encore son goût sur les lèvres, elle était consciente de la pression de sa cuisse contre la sienne, de la chaleur qui se dégageait de toute sa personne. Elle s'efforça d'ignorer le clin d'œil complice que Brent adressait à son frère, ainsi que les regards entendus des cow-boys, et s'absorba dans la conversation qui roulait sur la stratégie à employer le lendemain.

La gorge serrée, elle ne dit pas un mot quand Quince déroula son sac de couchage près du sien.

— Je suis heureux que vous soyez là, chuchota-t-il en fixant sur elle un regard intense.

En un éclair, elle sut qu'il n'y avait pas un endroit sur terre où elle eût préféré se trouver.

— Vous ne serez pas longtemps absent, Pete. Ça ira, ne vous inquiétez pas.

Triturant le bout de sa moustache, Pete hésitait.

— Je crois quand même que je ne devrais pas y aller. Je n'aime pas vous laisser seul.

— Je ne serai pas seul, répliqua Byron. Shorty doit rentrer d'une minute à l'autre.

— C'est pas sûr. Miles lui a apporté un casse-croûte parce qu'il veut rester sur place pour séparer les juments turbulentes du reste de la harde et les mettre dans un autre corral, comme Mlle Glory lui a demandé.

— Ça va, le rassura Byron.

— Si ça va, pourquoi est-ce que vous ne pouvez pas attendre que Shorty soit rentré pour que j'aille chercher vos remèdes ?

— Je ne suis pas complètement invalide, Pete. Je peux encore veiller sur moi.

— Je sais, mais…

— Pas de mais. Je reconnais que je ne pensais pas être à court de médicaments, et que je me sens mieux quand j'en ai pris. Si j'ai mauvaise mine quand Mlle Glory rentrera, nous en entendrons parler pendant des semaines.

— Il y a du vrai là-dedans.

— C'est certain ! Alors filez chez l'apothicaire, et demandez-lui de me préparer ma mixture le plus vite possible. Il peut faire cela pour moi, je suis son meilleur client !

— D'accord, j'y vais, céda Pete à contrecœur. Mais pas d'imprudence, hein ?

— Ne vous faites pas de souci.

Le brave homme se dirigea vers son cheval, et Byron prit une pénible inspiration. Il avait de plus en plus mal à la poitrine, ces derniers temps. Sur le conseil du Dr Gibbs, il avait augmenté ses doses de médicaments, mais, préoccupé par les problèmes du ranch, il avait négligé de renouveler la prescription, et maintenant, il payait cher sa négligence.

Soulagé, il retourna à ses livres de comptes. Pete serait de retour avant midi.

Glory n'en croyait pas ses yeux. La harde de mustangs paissait tranquillement près du point d'eau.

— C'est un miracle !

Quince sourit.

— Ça y ressemble fort !

Levés à l'aube, ils avaient suivi la trace des chevaux pendant moins d'une heure. Sentant qu'ils approchaient, ils avaient sorti leurs fusils, prêts à parer à toute attaque. Or, non seulement il ne s'était rien passé, mais ils avaient eu l'immense surprise de trouver les mustangs sagement rassemblés, comme s'ils les attendaient. Sans doute avaient-ils galopé jusqu'à épuisement, puis ils avaient suivi la jument dominante au point d'eau où ils s'étaient arrêtés pour s'abreuver et se reposer.

Quince fit signe à Glory de se tenir à ses côtés pour rassembler la harde, et elle obtempéra sans protester. Elle agissait machinalement, remettant les fuyards dans le droit chemin, quand elle se dit soudain que tout était trop facile.

— Comment ça, il faut attendre la diligence ? Vous n'avez plus de quoi fabriquer les médicaments de M. Townsend ?

Martin Smythe transpirait à grosses gouttes. Faire ainsi défaut à son meilleur client n'était pas du tout professionnel, or il détestait être pris en faute.

— J'attendais les remèdes plus tôt dans la semaine, mais rassurez-vous, la diligence doit les apporter aujourd'hui. À vrai dire, M. Townsend est un peu en avance pour renouveler sa prescription.

— En avance ? Parce que vous calculez tout au jour près ? Étrange, non ?

— C'est exceptionnel, mais ne vous inquiétez pas, la diligence sera là dans quelques heures, et je ferai la préparation immédiatement.

— Quelques heures !

— Peut-être moins.

— Je n'ai pas des heures à perdre, moi ! D'autant que M. Townsend est seul au ranch.

— Dans ce cas, revenez en fin d'après-midi, suggéra Martin qui transpirait de plus belle.

— Et M. Townsend devra passer toute la journée sans médicaments ?

— Je suis désolé, je ne peux rien faire de plus.

Pete secoua la tête, indécis.

— Je vais rester en ville, décida-t-il finalement. Mais vous avez intérêt à ce que les remèdes soient dans la prochaine diligence !

— Ils y seront.

Martin s'épongea le front tandis que Pete sortait enfin de l'officine, l'air furibond. Mais il tressaillit en voyant Edmund Montgomery franchir le seuil. Il avait dû entendre l'altercation.

— Vous pouvez être sûr que je préparerai le médicament dès l'arrivée de la diligence, se justifia-t-il à son intention.

— Mais oui, certainement.

Il servit Montgomery, le remercia, et le regarda sortir de la boutique. Il était humilié qu'un aussi respectable citoyen eût été témoin de son erreur. Cela ne présageait rien de bon.

Dissimulant à grand-peine sa jubilation, Edmund s'obligea à marcher lentement. Curieusement, la migraine qui l'avait envoyé chez l'apothicaire avait disparu à l'instant où il avait vu Pete sortir de l'échoppe. À présent, il ne lui restait plus qu'à trouver…

Alors qu'il réfléchissait, il aperçut Kane au bout de la rue. Il pesta en silence quand celui-ci disparut à l'intérieur de l'écurie de louage. Il devait absolument lui parler avant qu'il quitte la ville.

Il pénétra dans l'écurie quelques minutes plus tard, le sourire aux lèvres.

— Il paraît que vous avez un buggy à vendre, Barney ?

Enchanté, l'homme répondit :

— En effet, monsieur Montgomery. Un beau quatre places que Jeremy Post m'a donné en dépôt parce qu'il a besoin d'argent. Allez donc y jeter un coup d'œil, je vous rejoins tout de suite.

— Entendu.

Edmund traversa l'écurie en direction de la porte de derrière. Il croisa Kane en chemin et lui fit discrètement signe de le suivre tout en poursuivant son chemin.

— Barney devrait être là d'une minute à l'autre, chuchota-t-il, agacé, lorsque Kane arriva enfin. Je serai bref. Vous vous rappelez ce travail dont je vous ai parlé ?

Kane acquiesça.

— Tous les hommes du Diamond C sont sortis, et le vieil infirme est seul au ranch. Vous n'aurez jamais une meilleure occasion.

Kane hocha la tête et tourna les talons sans un mot.

Le martèlement des sabots de son cheval qui s'éloignait résonna agréablement à l'oreille d'Edmund.

Ils ramenaient les mustangs à la Demi-Lune et menaient bon train. Ils seraient à destination largement avant le coucher du soleil.

Comme elle regardait Quince, Glory sentit une onde de chaleur la traverser. Elle se rappelait sa brève étreinte dans l'ombre, le désir dans sa voix et dans son regard lorsqu'il s'était allongé à ses côtés, et le même désir palpitait encore en elle.

Elle s'en voulut de réagir ainsi et lança sa monture à la poursuite d'une jument qui s'écartait de la harde. Elle s'était fait une règle stricte de ne pas s'attarder à des considérations égoïstes sur son avenir quand il y avait tant à faire pendant que son père était encore en vie. Alors, où avait-elle la tête ?

Tout occupée à faire rentrer la jument dans le droit chemin, elle ne vit pas Quince la rejoindre avant qu'il soit près d'elle. Brent avait pris le poste de son frère, sur le flanc de la harde.

— Nous serons bientôt au ranch, commença-t-il. J'ai demandé à Brent de me remplacer et de parquer les mustangs dans l'enclos parce que j'ai mieux à faire.

Glory lui lança un regard interrogateur, et il poursuivit :

— Venez, allons-nous-en d'ici. Nous devons parler.

— Mes hommes se demanderont…

— Brent se chargera d'eux.

— Je dois rester.

— Glory… Il faut que nous parlions, insista-t-il.

Ils s'éloignèrent de la harde, puis Quince désigna un bouquet d'arbres.

— Nous pouvons nous arrêter là, et laisser les chevaux boire au ruisseau pendant que nous parlons.

Une fois leurs montures libérées, il enlaça Glory et murmura :

— J'étais sérieux quand je vous ai dit que je ne voulais plus me cacher. J'ai envoyé vos hommes à La Demi-Lune parce que je veux vous accompagner au Diamond C et m'entretenir avec votre père.

— Non !

Elle essaya en vain de se dégager.

— Ce n'est pas le moment, expliqua-t-elle.

— Pourquoi ? Parce que votre père est malade ? Parce qu'il ne lui reste plus guère de temps à vivre ?

— Oui, souffla-t-elle, maudissant la faiblesse qui s'emparait d'elle. Je ne peux penser à moi pour l'instant. Mon père… le Diamond C… ils réclament toute mon attention.

— Je peux vous aider.

— De quelle manière ? La Demi-Lune est dans une position aussi précaire que le Diamond C... peut-être plus encore.

— C'est provisoire. Le contrat avec l'armée nous remettra tous à flot, votre père le sait.

— Mon père a besoin de concret, de résultats dans nos livres de comptes. Il veut être certain que la banque ne va pas entrer en possession du ranch du jour au lendemain.

— Edmund Montgomery n'aura jamais votre ranch, ni le nôtre, je vous en fais la promesse.

— Le Diamond C n'est pas sous votre responsabilité, Quince, mais sous la mienne. C'est une charge que j'ai acceptée il y a fort longtemps, et j'irai jusqu'au bout.

— Mais vous n'êtes pas obligée d'y aller seule.

— Je vous en prie, Quince...

— Écoutez-moi, Glory. Laissez-moi vous aider. Je le veux, j'en ai *besoin*.

Il lui caressait les cheveux, déposait sur sa joue, ses lèvres d'impalpables baisers qui lui coupaient le souffle.

— Je ne peux pas faire ça à mon père, Quince, dit-elle, sentant sa résistance fondre dangereusement. Il n'a travaillé toute sa vie que dans un seul but : remplacer la maison qui nous a été enlevée il y a des années. Ma mère est morte avant qu'il puisse réaliser leur rêve à tous les deux. Je ne veux pas lui voler ce triomphe alors qu'il est si proche. Je vous en supplie, comprenez-moi.

— Je comprends, mais cela ne change rien à ce que j'éprouve. Je vous aime, Glory.

Elle ferma les yeux. Ces mots... Ces mots si précieux...

— Je vous veux auprès de moi, dans ma vie.

Pas maintenant…

— Dites-moi que vous m'aimez. Dites-le, Glory.

Il glissa les mains au creux de ses reins, la pressa contre son bas-ventre vibrant de désir, et elle modela instinctivement son corps au sien, les bras enroulés autour de son cou, les mains enfouies dans ses cheveux.

Elle ne protesta pas quand il approfondit ses baisers, quand il la débarrassa en tremblant de sa jupe-culotte. Grisée par ses caresses, elle aurait été incapable de dire à quel moment il l'allongea dans l'herbe épaisse, mais elle eut un tressaillement de plaisir lorsqu'il la fit sienne.

Elle s'abandonnait corps et âme à ces instants de bonheur absolu. Elle ne connaissait plus que la puissance de son amour, l'intensité des émotions qui se bousculaient en elle, anéantissant toute pensée. Elle cessa de respirer lorsque la spirale de la jouissance se déroula en elle, et un cri lui échappa, qui se mêla à celui de Quince.

— Cela doit être ainsi entre nous, Glory, murmura-t-il ensuite contre ses lèvres. Toujours.

Kane descendit de cheval à quelque distance de l'écurie du Diamond C et scruta les environs. Montgomery avait raison, il n'y avait pas un cowboy en vue. Et l'infirme, Byron Townsend, ne poserait aucun problème.

Il pénétra dans l'écurie. Dans le premier box, une jument pleine hennit, et Kane eut un sourire mauvais. Montgomery voulait un « accident », eh bien, cette jument allait lui rendre un grand service. Personne n'imaginerait que l'on avait incendié volontairement la grange alors qu'il y avait un cheval à l'intérieur.

Ignorant les hennissements nerveux de la jument, Kane soigna sa mise en scène. Il fallait que Montgomery soit satisfait.

Il prit une lanterne et entreprit de verser le pétrole qu'elle contenait sur un tas de foin, au fond de l'écurie, puis dans les stalles, et tout particulièrement celle de cette bruyante jument.

Content de lui, il sortit une boîte d'allumettes de sa poche et en craqua une tranquillement.

Byron leva la tête de ses livres en entendant les hennissements affolés. Sheba allait pouliner dans quelques mois, et elle était très agitée. Il avait demandé aux hommes de la laisser à l'écurie le temps qu'elle se calme, mais quelque chose avait dû l'effrayer.

Il roula avec précaution son fauteuil jusqu'à la porte. Après avoir convaincu Pete de se rendre en ville, il ne pouvait se permettre un incident qui révélerait à quel point il était diminué.

À mi-chemin, il se crispa dans son siège. Une odeur de fumée!

Faisant fi de toute prudence, il accéléra l'allure pour gagner le porche. Et se pétrifia à la vue des flammes qui sortaient de l'écurie.

Paniqué, il fit rouler son fauteuil sur la rampe aménagée à cet effet. Il avait des difficultés à le contrôler, mais il n'en continua pas moins sur le chemin inégal, ignorant la douleur qui lui tenaillait la poitrine.

Lorsqu'il atteignit enfin la porte de la grange, il respirait mal et l'un de ses bras ne répondait plus.

Les flammes montaient de plus en plus haut, Sheba hennissait, folle d'angoisse.

Sans réfléchir, il pénétra dans l'écurie. La fumée était épaisse, la chaleur intense, il parvint à ouvrir le loquet de la première stalle, où se trouvait la jument, et s'écarta de justesse quand l'animal bondit.

Soudain désorienté au milieu de la fumée et des flammes, Byron réalisa qu'il n'avait pas de temps à perdre. Dans un suprême effort, il fit tourner son fauteuil et suivit la jument.

Il venait d'atteindre la cour lorsque le toit de l'écurie explosa. Les flammes s'élevèrent vers le ciel en rugissant. Alors qu'il luttait pour retrouver son souffle, il fut surpris d'entrevoir une silhouette à travers la fumée.

À distance respectable, un homme contemplait l'incendie sans bouger !

Il le reconnut brusquement. Il s'appelait Kane, et on racontait que c'était un tueur à gages.

Un tueur à gages... Cela confirmait ses soupçons.

Sans réfléchir, Byron hurla :

— Kane ! Je te vois, Kane ! Tu ne t'en sortiras pas comme ça ! Tu ne...

Une violente douleur le plia en deux. D'atroces spasmes le secouaient, lui obscurcissant la vue. Dans un éclair de lucidité, il comprit que jamais il ne pourrait révéler ce qu'il avait vu... qu'il laisserait Glory plus vulnérable que jamais.

Une marée d'émotions diverses le submergea : regrets... peur... peine... et, pire que tout, l'insondable chagrin de partir sans avoir embrassé sa fille.

Glory rajustait sa tenue tout en évitant le regard de Quince. Il la prit dans ses bras.

— Nous allons rentrer ensemble au Diamond C, déclara-t-il.

— Essayez de comprendre, Quince. Mon père n'a jamais eu autant besoin de moi. Il...

Elle s'interrompit en apercevant une colonne de fumée au loin. La terreur la saisit à la gorge.

— Le feu ! Du côté du Diamond C !

Elle se rua vers sa monture, l'enfourcha et rejoignit le ranch au triple galop. Elle n'aurait su dire à quel moment elle avait eu la confirmation de ses doutes. Les dernières poutres en flammes s'effondraient lorsqu'elle bondit de cheval et se précipita vers son père étendu dans la cour, à côté de son fauteuil roulant.

Elle sut aussitôt qu'il était trop tard. Hébétée, elle se laissa tomber près du corps et prit la main de son père.

Il était mort. Seul.

Les yeux secs, elle demeura à ses côtés sans bouger jusqu'à ce que Quince tente de la relever. Elle se tourna abruptement vers lui.

— Laissez-moi seule, lâcha-t-elle. C'est ma faute. Si j'avais été là, il serait encore en vie.

— Non, ce n'est pas votre faute, Glory.

Elle leva vers lui un regard éperdu. Elle aurait tant aimé le croire. Elle avait envie qu'il la prenne dans ses bras, qu'il la console... même à présent, alors qu'elle venait de s'accorder cet instant de plaisir quand elle aurait dû se trouver auprès de son père qui avait besoin d'elle.

Cette pensée lui était insupportable, et elle se dégagea brutalement lorsque Quince s'accroupit près d'elle.

— Partez, s'il vous plaît, fit-elle d'une voix froide.

Les poutres de l'écurie crépitaient encore, les gerbes d'étincelles se reflétaient dans le regard tourmenté de Glory.

— Ce n'est pas votre faute, Glory, répéta Quince.

— Si.
— Ne vous torturez pas ainsi.
— Allez-vous-en.
— Écoutez-moi. Vous ne pouviez pas deviner ce qui allait se passer.
— Partez… je vous en prie.
— Ce n'est pas votre faute, ce n'est pas *notre* faute.
— Partez, vous m'entendez ? Allez-vous-en !

Les premiers cow-boys du Diamond C pénétrèrent dans la cour au galop, et Quince se redressa lentement. Il s'écarta de Glory, toujours cramponnée à la main de son père. Les hommes étouffèrent les dernières flammes, puis Jan s'approcha de la jeune femme.

Quince demeura silencieux tandis que l'on portait le corps de Byron à l'intérieur. Glory suivait, soutenue par le contremaître.

Il ne bougea pas quand on dépêcha un homme en ville.

Seul dans la cour, conscient qu'il n'aurait rien pu faire de plus, il se décida enfin à grimper en selle.

14

Quince avait pris place dans le cortège qui se dirigeait vers le cimetière. Il ne parvenait pas à détacher les yeux de la silhouette menue de Glory, derrière le cercueil de son père.

Une journée s'était écoulée depuis qu'on avait trouvé le corps de Byron. Glory ayant refusé de lui parler, il n'avait eu d'autre choix que d'accompagner sa famille venue rendre ses derniers hommages au défunt.

Brent et Crystal marchaient devant lui, Jack traînait derrière, mais il y avait surtout des cow-boys en plus des quelques citoyens qui avaient gardé le contact avec Byron bien qu'il vînt rarement en ville.

Par chance, Edmund n'avait fait qu'une brève apparition à l'église, prétextant son propre deuil pour s'éclipser rapidement.

Quince jeta un coup d'œil à Abby, qui cheminait près de lui. Elle était bouleversée. Glory et elle avaient bien des points communs : leur combat pour sauver le ranch familial, leur amour des chevaux, les rudes années qu'elles avaient traversées. En outre, ces funérailles devaient lui rappeler cruellement celles de sa mère. D'ailleurs, en lui aussi les souvenirs remontaient à la surface.

Et il était troublé par certaines similitudes.

Glory se reprochait leur interlude amoureux, arguant du fait que cela ne lui avait pas permis de regagner le ranch à temps. Quince voulait lui expliquer qu'il s'agissait d'un enchaînement de circonstances imprévues, que son père ne voudrait pas qu'elle se fustige ainsi, qu'il l'avait trop aimée pour la voir porter le fardeau d'une inutile culpabilité...

Lui-même se sentait coupable. Il avait reproché à son frère Matt de ne pas être rentré à temps le jour où leur mère était morte. Il pensait alors que si ce dernier n'était pas allé se distraire en ville, il aurait pu empêcher leur père de commettre l'irréparable. Mais il se rendait compte à présent que leur mère n'aurait pas supporté que Matt, qu'elle aimait tant, pâtisse d'un drame dont il n'était en aucun cas responsable.

Mais qu'il reconnaisse à présent qu'il avait porté un jugement trop hâtif n'allégeait en rien la peine qu'il ressentait à regarder Glory souffrir sans pouvoir atténuer sa douleur.

Il l'aimait. Il devait lui prouver que son amour était assez fort pour chasser la tristesse et les souvenirs cruels. Il le lui ferait comprendre, d'une manière ou d'une autre, malgré ce gouffre qui s'était creusé entre eux.

La nouvelle que Jan était venu porter à la Demi-Lune compliquait un peu plus la situation. Glory avait ordonné que tout travail cesse au Diamond C. Elle n'avait pas expliqué la raison de cette décision, sans doute parce qu'elle ne pouvait la formuler clairement.

Elle avait besoin de temps pour panser ses blessures, il le savait, hélas, le temps jouait contre eux, et il fallait les mustangs du Diamond C pour remplir le contrat avec l'armée.

Le cercueil fut mis en terre, et Glory s'en détourna enfin pour regagner le buggy en compagnie de Jan. Quince mourait d'envie de lui entourer les épaules d'un bras réconfortant, mais il dut se contenter d'aider Abby à monter dans leur chariot, tandis que Glory s'éloignait sans un regard en arrière.

Blanche fouillait désespérément dans la caisse en bois qu'Anne avait remplie de ses maigres possessions avant de récupérer sa chambre, à la pension de famille.

Avec un frisson, elle se rappela la menace de Lobo, deux jours auparavant. Elle n'avait pas vu son expression lorsque O'Malley l'avait chassé, mais elle l'imaginait sans peine.

Ces dernières heures, elle avait envisagé toutes les solutions possibles, espérant ne pas être contrainte de recourir à la seule dont elle disposât vraiment. Puis elle avait pris sa décision.

Tout au fond de la caisse, elle dénicha un six-coups à crosse sculptée, et l'extirpa de son nid de satin froissé et de sous-vêtements fatigués. Elle essuya une larme. Hormis le lot d'outils rouillés et le vieux cheval qu'elle avait déjà vendus, c'était tout ce qu'il lui restait de son père. Jusqu'à présent, elle n'avait pu se résoudre à se séparer de l'arme dont il était si fier.

Jamais elle n'aurait imaginé qu'elle pourrait lui sauver la vie !

Vêtue de sa tenue la plus neutre, Blanche attacha ses cheveux blonds et les dissimula sous un châle. Elle cacha le revolver dans les plis de sa robe et quitta le saloon par l'escalier de service. Une fois dehors, elle scruta la rue où s'étiraient les ombres du couchant, puis s'éloigna d'un pas rapide.

— Bon travail, Kane. Très bon travail.

Assis en face de son complice, dans la petite cabane isolée, Edmund remplit leurs verres. La bouteille était déjà à moitié vide.

Il était arrivé une heure plus tôt avec l'argent promis. Il n'avait pas voulu différer le moment de le remettre à Kane, tant il était content de la façon dont les événements avaient tourné.

Il n'avait fait que passer à l'enterrement de Townsend, juste le temps d'apprendre que la petite garce rousse avait ordonné que l'on cessât toute activité au Diamond C. Tout le monde avait compris ce que cela signifiait.

Edmund le premier. Le Diamond C était pratiquement à lui.

— Buvez, Kane ! s'exclama-t-il joyeusement. Nous l'avons bien mérité. D'une pierre deux coups ! Non seulement vous avez merveilleusement retardé le Diamond C en incendiant l'écurie, mais en plus, vous m'avez débarrassé d'un sacré gêneur. Byron était chargé des comptes du ranch. Sans lui, le Diamond C est fichu.

— Ce vieux, ricana Kane, si vous l'aviez entendu me crier après !

Edmund fronça les sourcils.

— Il vous a vu ?

— Ouais ! Et il a braillé que je m'en tirerais pas comme ça, qu'il s'arrangerait pour que...

— Pour que quoi ?

— J'en sais rien, avoua Kane avec un large sourire édenté. Il a pas eu le temps de me le dire, il est tombé raide mort.

— Vous êtes certain qu'il était mort quand vous êtes parti, évidemment, fit Edmund après une brève hésitation.

Kane s'assombrit.

— Combien de fois il faudra que je vous répète que je suis un professionnel ?

— Vous n'aurez plus à me le dire, concéda Edmund, amolli par l'alcool. Vous êtes un excellent associé, Kane. J'aurai encore besoin de vous après que la Demi-Lune et le Diamond C m'appartiendront. Et ensuite, lorsque j'aurai atteint mon but ultime, il me faudra un homme de confiance pour veiller sur mon empire.

— Pas d'accord. Je suis pas un homme d'affaires. De toute façon, à ce moment-là, je serai assez riche, non ?

— Vous serez incapable de refuser le salaire que je vous offrirai.

Une étincelle d'intérêt s'alluma dans les yeux de Kane.

— D'autant que je ne vous demanderai que de faire le tour de mes propriétés afin de vous assurer que les gens que j'aurai mis en place n'abusent pas de leur pouvoir.

— Vous voulez dire que je serai chien de garde ?

— Un chien de garde aux dents longues et à la détente facile.

— J'ai les deux !

Les deux hommes éclatèrent d'un rire gras avant de remplir leurs verres. Edmund s'autorisa même un rot sonore.

Oui, il allait faire la fête, ça le valait bien !

L'avenir s'annonçait radieux. Quince ne livrerait pas les mustangs à temps, et Jack n'aurait pas le premier sou pour rembourser les reconnaissances de dettes qu'il avait si légèrement signées. Edmund attendait avec impatience le moment où il l'informerait que la banque n'était plus en mesure de lui accorder le moindre crédit.

Jack serait abasourdi. Il le supplierait. Peut-être même pleurerait-il. Impossible de savoir ce qu'il ferait lorsqu'il aurait enfin compris que sa stupidité avait causé la perte de son ranch.

Ses fils le quitteraient – ils le détestaient déjà – et Abby se retrouverait sans foyer. Prête à être cueillie...

Cette pensée lui échauffa les sangs, et il se remit à boire de plus belle.

Les vêtements couverts de poussière, Quince arriva à Diablo au crépuscule. Les deux journées écoulées avaient été plus que pénibles. Ses tentatives pour parler à Glory s'étaient soldées par des échecs. Pete lui avait interdit l'entrée du ranch, l'informant que Mlle Glory ne voulait pas le voir.

S'il n'avait été conscient de sa fragilité, il aurait forcé sa porte, l'aurait obligée à l'écouter. Il lui aurait dit que son père n'aurait pas voulu voir la ruine du Diamond C, qu'il désirait par-dessus tout la savoir heureuse. Il lui aurait répété que, quoi qu'il arrive, il était celui qui pouvait la rendre heureuse...

Mais il savait aussi que ç'aurait été en pure perte.

Glory avait besoin de temps pour pleurer son père et reprendre ses esprits. C'est pourquoi il était venu à Diablo : pour obtenir ce temps dont tous deux avaient besoin.

Il mit pied à terre devant le bureau du télégraphe. Justin Van Clef était assidu à son poste et serait sûrement encore là. Tremain recevrait dans l'heure le message dans lequel il lui demandait de repousser la date de livraison. Quince était sûr qu'il accepterait, dans la mesure du possible. Mais il se pouvait aussi qu'il n'ait pas le loisir de retarder son expédition contre Victorio.

Lorsqu'il ressortit du bureau, quelques minutes plus tard, il était contrarié. Il lui faudrait attendre le lendemain pour obtenir une réponse, ce qui signifiait qu'il devrait passer la nuit en ville.

Il était tellement absorbé dans ses pensées qu'il ne vit pas Shorty le suivre des yeux, du seuil du magasin général, tandis qu'il se dirigeait vers l'hôtel. Il ne le vit pas non plus entrer dans le bureau du télégraphe après qu'il eut disparu à l'intérieur de l'hôtel.

Une fois dans sa chambre, Quince contempla le lit qui occupait presque toute la pièce. Défoncé ou pas, il le tentait. Il voulait passer au *Lone Star* pour s'assurer que Blanche allait bien, mais il fallait qu'il se repose un peu avant – il n'avait pas fermé l'œil depuis plusieurs nuits.

Il se débarrassa de ses armes et s'allongea. Une seconde plus tard, il dormait profondément.

Glory regardait les restes noircis de l'écurie qui se dressaient dans le couchant. Elle avait ordonné que l'on ne touchât à rien. Elle avait voulu que toute activité cessât au ranch. En signe de respect pour son père, mais aussi parce qu'elle avait besoin de calme pour remettre de l'ordre dans ses pensées.

La douleur familière lui transperça le cœur. Depuis qu'elle avait découvert son père gisant sans vie sur le sol, elle vivait un véritable cauchemar. Qu'il fût mort seul, sans avoir vu son rêve le plus cher se réaliser enfin la torturait. Elle avait beau savoir que sa santé déclinait, elle avait toujours imaginé qu'il rendrait l'âme paisiblement, et qu'elle serait à ses côtés.

Traîtreusement, ses pensées se tournèrent vers Quince, ce qui ne fit qu'accroître sa culpabilité. Elle était dans ses bras pendant que son père agonisait. Comment se le pardonnerait-elle jamais ?

— Je voudrais vous parler, mademoiselle Glory, si vous avez une minute.

Elle fit face à son fidèle contremaître, et sa gorge se serra. Jan avait été l'ami et le confident de son père, il s'était tenu près d'elle, silencieux et solide, durant les épreuves de ces derniers jours. Et elle ne l'en avait même pas remercié. Il était grand temps qu'elle remédie à cela.

— C'est à moi de vous parler, Jan… Je ne vous ai pas remercié pour…

— Vous n'avez pas à le faire, mademoiselle Glory, coupa-t-il, le visage grave. Parce que, de mon côté, je n'ai pas fait tout ce que j'aurais dû pour vous.

— Comment cela ? fit Glory, stupéfaite.

— J'ai laissé les choses aller, en quelque sorte, mais il est temps que je les mette à plat… J'espère que vous ne me trouverez pas présomptueux si je vous dis que j'étais non seulement l'employé de votre père mais aussi son ami.

— Bien sûr que non ! Je sais parfaitement que papa vous parlait d'homme à homme, qu'il vous confiait des choses qu'il ne pouvait me dire à moi.

— C'est vrai, il s'exprimait en toute franchise. Alors maintenant qu'il est parti, je me sens le devoir de vous parler de la même façon… Et il faut que je vous dise, mademoiselle Glory : il n'aimerait pas la manière dont vous agissez en ce moment.

Déconcertée, elle demanda :

— Que voulez-vous dire ?

— Je n'ai pas besoin de vous rappeler combien votre père était fier de vous, de votre intelligence, de votre tempérament. Il prétendait que rien ne pouvait vous abattre, que vous étiez aussi féminine que possible en apparence, mais que vous étiez aussi dure à la tâche qu'un homme. Il disait aussi que vous meniez votre vie mieux encore qu'un fils l'aurait fait... Il était certain que quoi qu'il lui arrive vous continueriez à avancer, parce qu'il n'était pas dans votre caractère de renoncer.

— Jan...

— Excusez-moi, mademoiselle Glory, mais je n'ai pas terminé... Il disait qu'il n'avait nul besoin d'entendre qu'il était un bon père, puisque vous lui aviez donné la plus belle des récompenses en devenant la femme que vous êtes.

La gorge nouée par l'émotion, Glory demeura muette. Jan s'interrompit, comme s'il avait du mal à trouver ses mots.

— Votre père n'aimerait pas la façon dont vous vous comportez en ce moment, reprit-il. Il s'attendrait que vous compreniez que ce qui lui est arrivé... ce n'était pas votre faute.

— Mais je...

— Je vous en prie, mademoiselle Glory, laissez-moi aller jusqu'au bout. Vous pensiez que Pete resterait auprès de votre père en votre absence.

— Ce n'est pas la faute de Pete ! Papa l'avait envoyé en ville chercher ses médicaments. Il devait revenir rapidement, et il ne pouvait deviner ce qui se produirait pendant qu'il attendait la diligence.

— Comme vous ne pouviez deviner que votre père serait seul pendant que vous courriez après les mustangs...

Glory évita son regard.

— Vous ne savez pas tout, Jan. Je... j'aurais pu rentrer plus tôt, peut-être à temps pour le sauver.

— Peut-être, ou peut-être pas, mais cela n'a plus d'importance. Votre père souhaitait que vous ayez une vie pleine, épanouie, et il savait que c'était impossible si toute votre existence tournait autour de lui. Il voulait que vous preniez le temps de vous fabriquer une vie bien à vous.

— Il est mort seul ! Je n'étais pas près de lui.

— Si vous étiez où vous aviez envie d'être, il en serait heureux.

— Mais c'est avec lui que j'avais envie d'être !

— Vous y étiez, mademoiselle Glory, affirma Jan, les yeux embués. Vous étiez avec lui à chaque minute, je vous le jure. Et soyez sûre que vous étiez avec lui quand il a fermé les yeux pour la dernière fois, parce qu'à cet instant, il n'a pensé à personne d'autre que vous.

Glory essuya d'un geste brusque les larmes qui ruisselaient sur ses joues.

— J'aimerais en être certaine.

— Connaissant votre père, comment pouvez-vous en douter ne serait-ce qu'une minute ?

Jan donna le temps à la jeune femme de dominer son émotion avant de continuer, plus fermement :

— Cela dit, mademoiselle Glory, il y a encore autre chose. Votre père voulait que ce ranch devienne votre foyer. Il pensait que le contrat de Quince était la garantie que les prêts seraient remboursés. Et il appréciait Quince. Il m'a dit qu'on lisait dans son regard que c'était un homme de parole… et aux yeux de votre père, rien n'était plus important. Il attendait de vous que vous respectiez votre parole, quoi qu'il arrive.

— Mais j'ai failli à mon père, Jan…

— Certainement pas. Quince a partagé le contrat à cause de vous, et ce contrat a apporté un réel espoir à votre père. À présent, il faut terminer ce que vous avez commencé.

Il s'interrompit un bref instant, puis reprit :

— À présent, je suppose que je dois vous dire que Shorty a vu Quince à Diablo, aujourd'hui. Il envoyait un télégramme à Fort Griffin.

— Fort Griffin ?

— J'ignore le contenu du message, mais il est assez important pour que Quince passe la nuit en ville en attendant la réponse.

Jan lui laissa le temps de digérer l'information.

— Voilà, j'ai dit ce que j'avais à dire. La suite est entre vos mains. Si vous voulez bien m'excuser, du travail m'attend dans le corral.

Les réverbères étaient allumés dans la rue principale quand Blanche gravit sur la pointe des pieds l'escalier de l'hôtel. Elle chercha la porte qui l'intéressait, puis s'immobilisa pour tenter de rassembler son courage.

Son visage n'était plus enflé, mais les traces de coups étaient encore visibles. Dans l'espoir de le faire oublier, elle avait pris grand soin de sa coiffure et revêtu sa plus jolie robe. Ce qui, à vrai dire, n'avait pas grande importance, car Quince ne la regardait pas comme une femme.

Cette idée bien ancrée dans la tête, elle frappa doucement. Pas de réponse. Le cœur battant, elle recommença, et entendit enfin des pas sur le plancher.

Devant la surprise évidente de Quince, elle fut prise de doutes. Peut-être avait-elle eu tort de venir. Après tout, Quince n'était pas passé au *Lone Star* quand il était arrivé en ville, une heure auparavant. Et s'il l'avait complètement oubliée ? Sans Madge, elle n'aurait même pas su qu'il était à Diablo.

— Blanche… que faites-vous là ?

— Je… je voulais vous parler, balbutia-t-elle.

— Entrez… Excusez-moi, je dormais. Ces derniers jours ont été pénibles, dit-il en refermant la porte.

— Je sais.

Il avait les cheveux ébouriffés, et sa chemise à demi déboutonnée révélait son torse hâlé. Elle l'avait souvent imaginé, en rêve, dans cet instant d'intimité qu'est le réveil. Mais alors il l'enlaçait, et elle se laissait aller contre sa poitrine en lui offrant ses lèvres.

En rêve…

— J'ai appris la mort de M. Townsend, reprit-elle. Sa fille doit être effondrée.

— En effet.

Visiblement peu désireux de poursuivre sur le sujet, il enchaîna :

— Vous vous rappelez qui vous a frappée ? C'est pour ça que vous êtes venue me voir ?

— Non, répondit-elle, la gorge serrée. Je… je suis juste venue vous dire au revoir. Je quitte Diablo demain matin.

— Vous partez ?

— Je ne peux pas rester, Quince. Il faut que je trouve un endroit plus sûr.

— Ce serait sûr, ici, si vous me disiez le nom de la brute qui vous a frappée.

— Non. Il vaut mieux que je quitte Diablo.

— Je suis votre ami, Blanche, fit-il doucement. Laissez-moi vous aider.

La jeune femme fut un instant incapable de répondre. Elle avait envie de lui avouer qu'il s'agissait de Lobo. Ainsi elle ne serait plus obligée de partir. Et peut-être que si elle restait, il finirait par la regarder comme il regardait Glory Townsend…

Non, bien sûr que non, ça ne se passerait pas comme ça. Lobo saurait que Quince le cherchait, et il ne perdrait pas son temps à essayer de lui parler face à face.

— Je ne suis pas ici pour vous demander de l'aide, mais pour vous dire au revoir.

— Où comptez-vous aller ?

— Jusqu'à la prochaine ville... Ou la suivante.

— Il vous retrouvera, s'il le décide, vous savez.

— Non. Je suis certaine que non.

— Blanche...

— Je suis juste venue dire au revoir, c'est tout, répéta-t-elle, têtue, en s'efforçant de maîtriser le tremblement qui s'était emparé d'elle. Juste au revoir.

Elle vit Quince hésiter et espéra qu'il ne lisait pas dans son regard ce qu'elle avait envie d'entendre.

Il esquissa un sourire triste.

— Tout cela n'a aucun sens. Vous ne savez pas où vous allez, pourtant, vous êtes certaine que ce type ne vous suivra pas.

— Ça n'a peut-être aucun sens, mais au moins je serai loin d'ici.

— Vous croyez que vous serez mieux ailleurs ?

— Non... Oui... Je veux dire... Tout ce que je sais, c'est que je dois partir. Sinon, il finira par me mettre la main dessus.

— Si vous me disiez...

— Je ne peux pas ! Je ne veux pas !

Quince la scruta longuement, puis il parut se résigner et demanda :

— De quelle somme disposez-vous ?

— Suffisamment.

— Blanche...

— J'ai assez d'argent pour me rendre là où je vais.

— Juste le prix du billet, c'est ça ?

— J'ai vendu le revolver de mon père. J'en ai obtenu plus qu'il n'en faut pour gagner la prochaine ville.

Quince fourra la main dans sa poche.

— Je ne suis pas venue pour ça !

— Je sais.

Il fronça les sourcils quand elle refusa le rouleau de billets qu'il tentait de lui glisser dans la main.

— Vous méritez mieux que la vie que vous menez, Blanche. Il faut que vous ayez l'occasion de montrer à un homme ce que vous valez vraiment, or ce n'est pas possible si vous ne savez pas comment vous vous procurerez votre prochain repas. Je veux que vous acceptiez cet argent.

— Non.

— Prenez-le. Ce n'est pas une fortune, mais cela vous permettra de subsister jusqu'à ce que vous ayez trouvé un endroit où vous installer. Je vous en prie, Blanche, laissez-moi faire cela pour vous. Je ne veux pas que vous cédiez à un homme pour de l'argent quand vous ne devez penser qu'à l'amour. Je veux que vous sachiez que la vie n'est pas toujours injuste. Je veux que vous connaissiez le bonheur. Je veux recevoir un jour une lettre où vous m'écrirez que la vie est belle.

Blanche était paralysée d'émotion.

— Vous voulez tout ça pour moi ?

— Oui, bon sang !

— Même si cela prend du temps ?

— Même.

Il était sincère, cela se lisait dans son regard.

Elle ouvrit la main, il y déposa les billets, et elle ne le quitta pas des yeux tandis qu'il refermait ses doigts sur l'argent.

— Je veux que vous soyez heureuse, Blanche. Vous ferez ça... pour moi ?

Comme elle demeurait muette, il la prit dans ses bras. Elle ferma les paupières. Son rêve – une partie importante de son rêve – se réalisait.

Elle se détacha brusquement de lui.

— Je vous écrirai, c'est promis, souffla-t-elle.

Les larmes qu'elle avait si longtemps retenues inondaient ses joues lorsqu'elle s'élança dans le couloir, quelques minutes plus tard.

Larmes parce qu'elle l'aimait.

Larmes parce qu'elle ne voulait pas vraiment lui dire adieu.

15

Dès que l'aube pointa, Glory s'habilla vivement, enfila ses bottes et sortit de sa chambre sans prendre la peine de se regarder dans le miroir. Elle adressa quelques mots à Pete, puis se dirigea à la hâte vers le corral. Comme elle passait devant les débris calcinés de l'écurie, elle s'efforça de chasser les pensées douloureuses qu'ils éveillaient en elle.

Son sommeil avait été peuplé de visions tour à tour belles et terrifiantes. Elle se rappelait l'intensité du regard de Quince tandis qu'il se penchait sur elle, lui murmurait des mots d'amour. Elle revoyait son père, gisant près de l'écurie, puis l'expression blessée de Quince quand il avait essayé de la relever... En cet instant, elle ressentait une telle culpabilité que sa seule défense avait été de rejeter celui qui souhaitait la consoler.

Elle ne savait trop comment elle en était arrivée à une telle confusion, mais au milieu de la nuit, elle s'était rendu compte que le but qu'avait toujours poursuivi son père n'avait pas disparu avec lui, et qu'abandonner serait le trahir. De même que ce serait trahir Quince, dont le seul tort était de l'aimer.

Les paroles de Jan résonnaient encore dans sa tête lorsqu'elle enfourcha son cheval. Elle avait mis le contrat en péril, et par là même l'avenir du Diamond C et de la Demi-Lune. Quince n'aurait pas passé la nuit en ville dans l'attente d'une réponse de Fort Griffin si la situation n'avait été critique. Elle priait pour qu'il ne soit pas trop tard !

Blanche regarda prudemment autour d'elle, puis elle prit la direction du relais de poste, situé à l'autre bout de la ville. Elle ne croyait pas vraiment que Lobo pût être caché quelque part, à la guetter, à une heure aussi matinale. Il devait plutôt cuver l'alcool ingurgité la veille.

Elle hâta le pas. De crainte que Lobo ne l'apprenne, elle n'avait parlé de son départ à personne. Elle avait laissé un mot pour O'Malley, et un autre pour Madge et les filles. En espérant qu'ils comprendraient, et qu'ils lui pardonneraient.

La diligence arrivait, et elle accéléra l'allure. Elle ne pouvait se permettre de la rater !

Elle était installée en face d'un commis voyageur qui ronflotait doucement quand le cocher fit claquer son fouet. Le véhicule s'ébranla. Alors qu'il traversait Diablo, elle tourna les yeux vers la vitre, le cœur serré, et découvrit Quince sur le seuil de l'hôtel. Une joie douce-amère l'envahit. Il avait de l'affection pour elle. Vraiment. Elle garderait cette certitude ancrée en elle, où qu'elle aille, et cela la rendrait plus forte.

Une nouvelle vie.

Elle lui avait fait une promesse, elle la tiendrait.

Elle agita la main en signe d'adieu, et crut voir Quince lui répondre, mais elle n'en était pas sûre, aveuglée qu'elle était par un flot de larmes brûlantes.

Quince relut le télégramme pour la seconde fois. Il s'était levé à l'aube pour s'assurer que Blanche quittait la ville dans de bonnes conditions. Il l'avait suivie du regard jusqu'à l'arrêt de la diligence, mais n'avait pas osé la rejoindre de peur de lui ôter tout courage.

Il avait été content lorsqu'elle lui avait fait signe de la diligence, et il lui avait retourné son salut, adieu sincère qui marquait la fin d'une brève amitié qu'il savait ne jamais oublier.

Lui écrirait-elle ?

Il l'espérait.

Le jour était à peine levé quand il avait traversé la rue, mais l'employé des postes avait déjà reçu le message.

Délai accordé.

Jonah n'était pas homme à perdre du temps en longues phrases.

Le télégramme en main, Quince décida qu'il irait trouver Glory, et qu'il ne partirait pas avant qu'elle ait écouté ce qu'il avait à lui dire.

À savoir : qu'il l'aimait, qu'ils étaient faits l'un pour l'autre, qu'il s'agisse de tenter de rembourser un prêt, de chasser le mustang, ou tout simplement de faire l'amour. Qu'elle avait passé assez de temps à pleurer seule. Il lui ferait comprendre qu'il était prêt à partager sa douleur, comme ils étaient destinés à tout partager jusqu'à la fin de leurs jours.

Il se mit en selle et talonna son cheval, plus déterminé que jamais.

Lobo fulminait. Quince Hunter quittait la ville.

Il sortit de la ruelle où il s'était dissimulé, et alla récupérer son propre cheval.

Il était arrivé en ville à l'aube, et s'était efforcé d'éviter la rue principale, mais cette précaution lui avait été fatale. Il avait atteint le *Lone Star* au moment où Blanche en sortait. Un mouvement devant l'hôtel avait attiré son attention. Il avait reconnu Quince Hunter, et avait aussitôt compris qu'il était là pour lui tendre un piège.

Fou de rage, il avait vu Blanche monter dans la diligence, et Hunter lui faire un signe de la main. C'est alors qu'il avait décidé que, quels que soient leurs projets d'avenir, ils ne se réaliseraient pas. Car Hunter n'aurait plus d'avenir à l'instant où il le rattraperait.

Une fois Hunter éliminé, coincer Blanche serait un jeu d'enfant.

Il se lança aux trousses de Quince.

Edmund vacillait au bord du ruisseau. Il avait mal au crâne, et son estomac se rebellait. Dans la cabane, Kane cuvait paisiblement, alors qu'Edmund vomissait tripes et boyaux.

Il était normal, se consola-t-il, que Kane eût un estomac d'autruche, tandis que lui, habitué à une existence plus raffinée, ne supportait pas les excès.

Il esquissa un sourire. Il existait cependant une forme d'excès que son corps supportait volontiers, et à l'avenir il fêterait plutôt ses victoires de cette façon. Pour l'heure, il fallait qu'il rentre à Diablo, où il se remettrait en songeant à son brillant avenir.

Il rejoignit sa monture d'un pas incertain.

Quince chevauchait à une allure savamment calculée. Il prit un tournant, poussa son cheval le long d'une pente jusqu'à un point qui lui dévoilait tout le chemin qu'il venait de parcourir. Dissimulé sous un bouquet d'arbres, il fronça les sourcils en découvrant que ses soupçons se confirmaient : il était suivi.

Le cavalier, un grand blond, large d'épaules, était aussi caractéristique que son cheval. Il avait cru avoir découragé Lobo, ce premier jour, au *Lone Star*, mais, apparemment, cela n'avait eu pour résultat que d'aggraver la situation de Blanche.

Et il s'était fait un ennemi mortel.

Il aperçut soudain un autre cavalier qui prenait la direction opposée à celle de Lobo, et il tressaillit.

Cette chevelure qui flamboyait au soleil...

Glory !

Conscient que lorsque Lobo ne le verrait plus sur la piste, il se douterait qu'il avait été repéré et réagirait violemment, Quince éperonna sa monture. Il fallait qu'il rejoigne Glory avant que Lobo n'apparaisse au tournant, et qu'elle se retrouve dans sa ligne de mire.

De nouveau en terrain plat, il fonça au triple galop. Il ne sut pas à quel moment Lobo prit le tournant et l'aperçut qui galopait furieusement. Il ne le vit pas sortir son fusil et le viser. Il avait les yeux rivés sur Glory.

Il n'entendit même pas la détonation qui éclata au moment où une intense douleur lui déchirait le dos et le jetait à bas de son cheval pour le plonger dans des ténèbres tourbillonnantes.

Glory avait tiré sur les rênes à la vue de Quince, et elle poussa un cri lorsque la détonation retentit. Comme dans un cauchemar, elle vit Quince tressauter sous l'impact de la balle, glisser de sa selle, heurter le sol et rouler sous les buissons du bas-côté.

Elle poussait sa monture pour le rejoindre lorsqu'elle aperçut un cavalier qui venait dans sa direction, le fusil pointé. Elle fit sortir sa jument de la piste à l'instant où il pressait la détente.

Elle plongea dans les taillis et s'y tapit tandis que les balles continuaient à labourer le sol autour d'elle. Elle sortit son propre revolver, mais l'inconnu n'était plus visible.

Impuissante, horrifiée à l'idée que Quince ait pu être touché mortellement, elle réalisa avec désespoir qu'elle venait peut-être de perdre à jamais la possibilité de lui dire qu'elle l'aimait.

D'un pas résolu, Lobo s'approcha des épais fourrés où était tombé Hunter. Manifestement, ce dernier s'était senti suivi, et l'avait attendu au tournant du chemin. Sans l'arrivée inopinée de la fille Townsend, il serait peut-être à la place de Hunter, à l'heure qu'il était. Et s'il n'en finissait pas avec lui sur-le-champ, il se pourrait bien que ce type ait un jour le dernier mot.

Tirant de temps en temps dans la direction de la fille afin qu'elle se tienne tranquille, Lobo continua d'avancer. Il s'occuperait d'elle plus tard.

Il s'amusa un instant de l'ironie du sort. Blanche se rendait à une destination inconnue où elle espérait sans doute qu'Hunter la rejoindrait... mais ce serait lui qui arriverait à sa place. Elle ne serait pas difficile à pister. On se rappellerait aisément une jeune femme qui voyageait seule. Il jubilait d'avance en imaginant sa terreur quand elle le reconnaîtrait. Il ne savait pas encore exactement ce qu'il ferait d'elle, mais il y avait mille moyens d'utiliser ce genre de fille.

Comme il parvenait à proximité de l'endroit où Quince était tombé, il redoubla de prudence. Ce type était malin, et s'il n'était pas mort…

Il s'immobilisa à la vue du corps inerte. Hunter gisait sur le flanc, un beau trou sanglant dans le dos. Il le contourna et découvrit qu'il avait aussi une vilaine plaie au front. Les yeux clos, il respirait avec difficulté. Il n'était pas encore mort… mais cela ne saurait tarder.

Jouissant de son triomphe, Lobo se tint au-dessus de Hunter et le fixa d'un regard méprisant. Il ne faisait plus autant le malin, à présent !

Il le bouscula du bout de sa botte et fut presque déçu qu'il ne réagisse pas. Il aurait aimé voir la peur dans son regard avant qu'il ne tire, mais il devrait se contenter de…

— Jetez votre arme !

Lobo sursauta et tourna la tête du côté d'où venait la voix.

— J'ai dit : jetez votre arme !

Il l'avait sous-estimée, si bien qu'elle se retrouvait maintenant en position de force.

Quand il lança son arme à terre, Glory sortit à découvert. Son regard s'arrêta sur la tache qui s'élargissait dans le dos de Quince et elle se dit qu'il fallait absolument qu'elle le conduise chez Charlie Herbert, qui avait sans doute extrait plus de balles et sauvé plus de vies que le Dr Gibbs.

Il fallait absolument que Quince vive, qu'elle lui dise tout ce qu'elle ne lui avait pas dit jusqu'à présent… Qu'elle l'aimait, qu'elle passerait le reste de son existence à ses côtés, qu'elle serait son amante, sa femme, la mère de ses enfants, sa partenaire sur le long chemin de la vie. Elle lui dirait…

Elle entendit le claquement sec d'une lanière de cuir et vit le pistolet dans la main de Lobo.

Un coup de feu partit. Elle hurla.

Ahurie, elle demeura immobile. Elle ne sentait rien. Lobo la regarda durant de longues secondes avant de s'effondrer lentement sur le sol, une tache de sang sur sa chemise. Elle baissa les yeux à l'instant où l'arme encore fumante s'échappait de la main de Quince.

En deux bonds, elle fut près de lui, s'agenouilla, posa sa bouche sur la sienne et lui murmura des mots d'amour sans suite. Elle n'entendit même pas les cow-boys du Diamond C arrêter leurs montures près d'eux. Elle éprouva seulement une bouffée d'amour lorsque les yeux de Quince s'ouvrirent et que son regard flou croisa le sien.

L'étreignant avec passion, elle chuchota d'une voix pressante qu'elle était à ses côtés et qu'elle y demeurerait à jamais.

16

— Tu es sûr que…

— Glory, tu sais aussi bien que moi quel remède me soulagerait mieux que n'importe quel médicament.

— Non, je voulais dire…

Elle sourit.

Ils étaient allongés dans le lit conjugal, aussi nus qu'au jour de leur naissance. Elle se tourna vers lui et scruta son visage.

Il avait un peu maigri, durant sa convalescence, mais, curieusement, cela n'avait en rien entamé la puissance qui émanait de lui quand ils avaient prononcé leurs vœux dans la petite église de Diablo. Quince avait insisté pour que leur mariage soit célébré dès qu'il avait été capable de tenir sur ses jambes.

Le clan Hunter avait assisté à la cérémonie. Crystal et Brent, souriants; Abby, pleurant de joie; Jack, silencieux et sobre. Il ne manquait que Matt, et Glory savait que cette absence chagrinait Quince.

Les employés des deux ranchs étaient présents, tout fiers dans leurs habits du dimanche, ainsi que quelques citoyens de Diablo.

Elle n'oublierait jamais cet instant où Jack l'avait attirée à l'écart pour la remercier solennellement d'avoir sauvé la vie de son fils. D'une voix vibrante de sincérité, il leur avait souhaité tout le bonheur du monde. Parviendrait-elle un jour à persuader Quince que son père n'était pas la brute au cœur sec qu'il imaginait ?

Jack avait insisté pour qu'Edmund fût présent. Ce dernier avait invoqué son récent deuil pour se tenir un peu en retrait des festivités, mais Glory n'avait pas été dupe. Il ne l'avouerait jamais, pourtant, elle devinait que le banquier ne s'était pas réjoui en constatant que l'accident de Quince avait insufflé une énergie nouvelle aux cow-boys des deux ranchs, et que la livraison des mustangs s'était faite avec une semaine d'avance.

Quince et elle s'étaient installés au Diamond C juste après le mariage. Si Jan et ses hommes avaient accepté Quince sans problème, ils comprenaient néanmoins qu'il demeurât profondément attaché à la Demi-Lune.

Glory ferma les yeux tandis que Quince baisait ses paupières, ses lèvres, sa gorge. Elle gémit doucement lorsqu'il se hissa sur elle pour la prendre.

— Le meilleur remède dont un homme puisse rêver, lui murmura-t-il à l'oreille.

Comme il commençait à se mouvoir en elle, elle risqua d'une voix un peu enrouée :

— Tu es encore convalescent, et la nuit dernière…

— Hum… la nuit dernière.

Ils avaient fait l'amour des heures durant. Elle donnait autant qu'elle recevait, expérimentait le bonheur d'offrir du plaisir au point de laisser son mari sans forces.

— Je pensais juste…

— Tu pensais juste que c'était ton tour ?

Il redevint sérieux.

— Je commençais à croire que cela n'arriverait jamais, murmura-t-il.

Désireuse de ne plus rien lui cacher, Glory répondit :

— Je sais à présent, Quince, que j'ai senti que je t'aimerais dès le tout premier jour.

— Quand tu étais tellement en colère après moi ?

— Oui.

— Quand tu m'ordonnais de partir ?

— Oui.

— Quand tu étais horrifiée de me revoir à la Demi-Lune ?

— Je n'étais pas horrifiée.

— La vérité, Glory.

— Je ne voulais pas céder à mes sentiments.

— Pourquoi ?

— Je ne croyais pas qu'il fût possible d'aimer quelqu'un comme je t'aime. Je ne croyais pas possible que quelqu'un partage mes pensées, mes rêves, et veuille m'aider à les réaliser simplement par amour.

Elle s'interrompit un instant avant de reprendre dans un murmure :

— Je t'en voulais de ta force parce qu'elle me faisait me sentir faible, et parce que j'avais l'impression que je finirais par rester dans ton ombre. Je n'imaginais pas qu'en acceptant ton amour, en t'offrant le mien, je serais moi, pleine et entière.

— Moi, je n'en ai jamais douté, répliqua Quince spontanément. Tu es entrée dans mon cœur au premier regard. Tu dominais mes pensées, jusqu'à ce que je me dise que le seul moyen que nous ayons d'avancer, c'était d'être ensemble... Mais ce n'est pas fini, mon ange, ajouta-t-il après une brève hésitation. Nous connaîtrons encore des temps difficiles, ici comme à la Demi-Lune, et il nous faudra trouver les réponses à bien des questions qui demeurent en suspens.

— Nous affronterons tout cela ensemble.

— Je t'aime, Glory, souffla-t-il d'une voix rauque.

Très doucement, il la mena sur le chemin de l'extase. Ils oscillèrent un instant au bord du gouffre, puis, cramponnés l'un à l'autre, ils se laissèrent emporter dans le tourbillon de la jouissance.

— Nous étions faits l'un pour l'autre, Glory, murmura Quince quand il eut retrouvé son souffle.

Elle ne put qu'acquiescer.

— Le feu et la glace. Une rousse entêtée et un rebelle aux yeux froids.

Il avait raison, elle le savait, à présent.

Tellement raison !

ÉPILOGUE

Juste un peu avant l'aube, Edmund arpentait son salon encore plongé dans l'ombre. Il aimait l'ombre, qui l'aidait à élaborer ses plans si noirs.

Contrarié par les événements des derniers mois, il avait mal dormi. Curieusement, il avait cru qu'après la mort d'Iona, la chance lui sourirait, or, elle s'était retournée contre lui.

Il avait été ravi d'apprendre que l'on avait tiré sur Quince Hunter, hélas, ce gredin avait survécu ! Non seulement il avait survécu, mais il avait épousé la sorcière rousse du Diamond C, renforçant ainsi leurs positions mutuelles.

Il se consolait cependant en se persuadant que la situation n'était que temporaire. Il avait pour ce couple des projets qu'ils ne pouvaient même pas imaginer.

Et puis, il y avait Abby. Sans contact avec elle depuis la mort d'Iona, il la sentait s'éloigner davantage, tandis que le désir qu'il avait d'elle devenait sans cesse plus exigeant.

Mais il ne doutait pas de l'avoir un jour. Ce n'était qu'une question de temps avant qu'elle vienne le supplier à genoux… Car il gardait en réserve quelques petites surprises à l'attention du clan Hunter.

Seul Jack était resté esclave de ses machinations. Il se confiait encore à lui, il croyait en lui.

Pauvre ivrogne ! Il ne manquerait pas d'en tirer parti.

Edmund cessa d'arpenter le salon et se redressa.

Il avait laissé passer assez de temps pour qu'une impression de sérénité s'installe à la Demi-Lune, et Kane attendait toujours en coulisses, prêt à exécuter ses ordres. L'heure était venue.

Rasséréné, il alla à la fenêtre contempler les premières lueurs de l'aube qui éclairaient le ciel nocturne.

La victoire était à portée de main.

Oui, c'était juste une question de temps.

Découvrez les prochaines nouveautés
de la collection

Aventures et Passions

Le 3 décembre

Un cœur à vendre

de Jane Feather (n° 4172)

Angleterre, XIXᵉ siècle. Une superbe demeure, des centaines d'hectares de bois et de champs, décidément, c'est un bel héritage qui attend Sylvester – à condition d'épouser l'une des quatre petites-filles du défunt comte de Stoneridge... Quelle idée stupide ! Mais il n'y a pas d'autre moyen d'entrer en possession de cette fortune. Sylvester éperonne son cheval lorsque son regard tombe sur une sauvageonne plantée au beau milieu du ruisseau. Sans doute une bohémienne en train de braconner des truites, songe Sylvester, troublé par cette jeune beauté...

Déclarations scandaleuses

de Jane Feather (n° 7416)

Angleterre, fin du XIXᵉ siècle. Les trois sœurs Prudence, Chastity et Constance dirigent anonymement un journal féminin. Lorsqu'elles calomnient un lord, ami fidèle de leur père, pour manque de moralité, celui-ci assigne le journal en justice. Comment trouver un avocat prêt à les défendre sans révéler leur identité à quiconque – pas même à leur propre père, ignorant de leurs activités ? Reste à Prudence à convaincre sir Gideon, le brillant ténor du barreau...

Ce mois-ci, retrouvez également les titres de la collection

Amour et Destin

Des histoires d'amour riches en émotions déclinées en trois genres :

Intrigue ***Romance d'aujourd'hui*** ***Comédie***

Le 3 novembre *Romance d'aujourd'hui*

La blessure du passé

de Mary McBride (n° 7404)

Voilà un an que l'agent secret Cal Griffin a sauvé le président. Grièvement blessé, il est devenu alors un phénomène de mode pour les médias. Et grâce à lui, Holly va peut-être voir sa carrière démarrer. Jeune productrice de télévision, elle vient de se voir confier un reportage sur les héros des temps modernes. Problème : Holly ne croit pas aux surhommes. Elle se rend tout de même dans la petite ville du Texas où vit Cal. Et à sa grande surprise y découvre un homme séparé de sa femme, seul et fragile…

Le 10 novembre *Intrigue*

Piège en eaux troubles

de Patricia Potter (n° 7385)

Deux hommes entrent dans la galerie d'art dirigée par Sam et lui annoncent qu'elle a un frère jumeau et que son père mourant souhaite la voir. Désemparée, Sam interroge sa mère, qui lui révèle la vérité. Son vrai père et son frère habitent Boston où ils sont à la tête d'une puissante organisation mafieuse. Aussitôt, la jeune femme part afin de les rencontrer, mais l'accueil qu'on lui réserve n'est pas celui qu'elle attendait. Par deux fois on tente de la tuer. Elle fait alors appel à l'agent du FBI Nate pour assurer sa protection…

Le 26 novembre *Comédie*

Dingue de toi

de Jill Mansell (n° 7401)

Il y a des week-ends comme ça où tout dérape. Les choses étaient pourtant bien organisées : le vendredi soir, j'enterrais ma vie de jeune fille avec les copines, le lendemain, j'épousais Rob. Et nous devenions un gentil petit ménage sans histoires. Sauf que le samedi, j'ai rompu. Du coup, furax, Rob m'a révélé ce que tout le monde sait dans le quartier apparemment depuis vingt-deux ans : à savoir que mon père n'est pas mon vrai père. Et c'est ainsi que moi, Poppy, je me suis retrouvée à Londres. En quête d'un appartement, de mon géniteur, d'un job et de l'âme sœur !

ainsi que les titres de la collection

Escale Romance

De nouveaux horizons pour plus d'émotion

Le 3 novembre

Sur un air de tango

de Agnès Colomb (n° 7538)

Julia, étudiante en littérature, a perdu ses parents adoptifs un an plus tôt. Une lettre retrouvée dans leurs papiers et signée d'une certaine Carmen Epstein suffit à bouleverser la jeune femme. Sur un coup de tête, elle décide de partir pour l'Argentine à la recherche du moindre indice sur son passé et ses origines. Arrivée à Buenos Aires, Julia rencontre Dimitri, journaliste français, qui enquête lui-même sur Victor Epstein... Saura-t-il l'aider dans sa quête d'identité ?

Si loin de Rome

de Pascale Lecœur (n° 7539)

Valentina vit la journée la plus agitée de sa vie : une promotion inespérée au sein de Benetton, une fête organisée en son honneur et enfin une demande en mariage de Stefano, son compagnon. À peine remise de ses émotions, elle s'envole pour l'Écosse où l'attend sa première mission : analyser la rentabilité d'une petite usine. Si loin du tumulte de la ville, elle découvre le calme et la sérénité de la campagne et l'élégance brute et naturelle d'un homme, Aidan, le directeur de la fabrique...

QUESTIONNAIRE

N° 1

Aidez-nous à mieux vous connaître.
Répondez à ce questionnaire et pour vous remercier, nous vous enverrons un livre de votre collection préférée.
Choisissez la collection que vous souhaitez recevoir en cadeau :

Aventures & Passions	1
Amour & Destin	2
Barbara Cartland	3
Escale Romance	4

Si vous êtes parmi les 100 premières, vous recevrez deux livres !
Pour répondre, il vous suffit d'entourer le ou les codes correspondants et de **retourner ce questionnaire à l'adresse suivante :**

Editions J'ai lu
Service Marketing
84, rue de Grenelle
75007 Paris

1. Depuis combien de temps lisez-vous des livres de la collection Aventures et Passions ?

*	C'est le premier volume que je lis dans cette collection	1
*	Depuis moins d'1 an	2
*	De 1 à 2 ans	3
*	De 3 à 5 ans	4
*	Depuis plus de 5 ans	5

2. Combien de livres de la collection Aventures et Passions lisez vous en une année (y compris celui-ci) ?

*	1 à 5	1
*	6 à 10	2
*	11 à 20	3
*	21 à 30	4
*	31 et plus	5

3. Comment avez-vous connu la collection Aventures et Passions ?

*	Par des amis/relations	1
*	Par des publicités/articles	2
*	Par la radio	3
*	Par la télévision	4
*	Dans une librairie	5
*	Dans un hypermarché	6
*	Par un auteur édité dans une autre collection	7
*	Sur Internet	8
*	Autre (précisez) :	9

4. Quelle note globale de 1 à 10 donneriez-vous :

*	A la collection	_ _ _
*	Aux couvertures	_ _ _
*	Aux histoires	_ _ _

5. Lisez-vous des livres des 3 autres collections sentimentales de J'ai lu ?

* OUI	1
* NON	2

Si oui :

*** Livres de la collection Amour et Destin ?**

* OUI	1
* NON	2

Si oui, combien de livres par an pour chacune des sous-collections suivantes :

	Intrigue	Romance d'aujourd'hui	Comédie
* 1 à 5	1	1	1
* 6 à 10	2	2	2
* 11 à 20	3	3	3
* 21 à 30	4	4	4
* 31 et plus	5	5	5

*** Livres de la collection Barbara Cartland ?**

* OUI	1
* NON	2

Si oui, combien de livres par an :

* 1 à 5	1
* 6 à 10	2
* 11 à 20	3
* 21 à 30	4
* 31 et plus	5

*** Livres de la collection Escale Romance ?**

* OUI	1
* NON	2

Si oui, combien de livres au total ?

* 1 à 5	1
* 6 à 10	2
* 11 à 20	3
* 21 et plus	4

6. Lisez-vous d'autres collections de romans sentimentaux que les romans des collections J'ai lu que l'on vient de citer ?

* OUI	1
* NON	2

Si oui, combien de livres au total ?

* 1 à 5	1
* 6 à 10	2
* 11 à 20	3
* 21 à 30	4
* 31 et plus	5

Si oui, quelle(s) collection(s) et quel(s) éditeur(s) lisez-vous ?

Nom de la (des) collection(s)	Nom du (des) éditeur(s)
....	....
....	....
....	....

7. Qu'est-ce qui est le plus important pour vous lorsque vous achetez un roman sentimental (donnez deux réponses) ?

* La couverture	1
* L'auteur	2
* Le titre	3
* Le résumé au dos du livre	4
* Le prix	5
* La collection	6
* L'éditeur	7

8. Etes-vous :

* Un homme	1
* Une femme	2

9. Quel est votre âge ? _ _ _

10. Quelle est votre profession / votre activité ?

* Agriculteur, exploitant(e)	1
* Artisan, commerçant(e)	2
* Chef d'entreprise	3
* Cadre supérieur	4
* Profession libérale	5
* Enseignant(e)	6
* Cadre moyen, technicien(ne)	7
* Employé(e)	8
* Ouvrier(e)	9
* Etudiant(e)/élève	10
* Retraité(e)	11
* Autre inactif	12
* Autre (précisez)	13

11. Quel est le code postal de votre lieu de résidence ? _ _ _ _ _

12. Etes-vous :

* Marié(e)	1
* Vivant maritalement	2
* Célibataire	3
* Divorcé(e)	4
* Veuf(ve)	5

13. Combien y a-t-il d'enfants de moins de 16 ans dans votre foyer ? _ _ _

Nom : .... Prénom : ....

Adresse : ....

....

Code postal : .... Ville : ....

Vos réponses sont confidentielles et uniquement destinées à notre service clientèle

7402

Composition Chesteroc Ltd
Achevé d'imprimer en France (La Flèche)
par Brodard et Taupin
le 2 octobre 2004. 26299
Dépôt légal octobre 2004. ISBN 2-290-34024-3

Éditions J'ai lu
84, rue de Grenelle, 75007 Paris
Diffusion France et étranger : Flammarion